虫 | 科幻中国
WORMS

人只是宇宙中会思考的虫子

PARALLEL WORLD
平行世界

何夕 等著

北京理工大学出版社
BEIJING INSTITUTE OF TECHNOLOGY PRESS

超维卷 |

科幻的终极目的就是触摸永恒

Science fiction ultimately aims at eternity.

目录

何夕

六道众生

平行世界正在进行时

引子

厨房闹鬼的说法是由何夕传出来的。

何夕当时才不过七八岁的样子，他们全家都住在檀木街十号的一幢老式房子里。那天夜里他懵懵懂懂地溜到厨房里想找点吃的东西，而就在这个时候他看见了鬼。准确地说是一个飘在半空中的忽隐忽现的人形影子，两腿一抬一抬地朝着天花板的角上走去，就像是在上楼梯。何夕当时简直不明白发生什么事情了，他的第一反应并不是害怕，而是认为自己在做梦。等他用力咬了咬舌头并很真切地感到了疼痛时，那个影子已经如同穿越了墙壁般消失不见了，于是何夕这才如梦初醒般地发出了惨叫。

家人们开始并不相信何夕的说法，他们认为这个孩子准是在搞什么恶作剧。但后来何夕不断说看到了类似的场景，就是那种看不清面目的人形影子，仿佛厨房里真有一架看不见的楼梯，而那些影子就在那里晃动着，两腿一抬一抬地走，有时是朝上，有时是朝下。有时甚至会有不止一个影子悄无声息地出现在那并不存在的楼梯上。它们盘桓逗留的时间一般都不长，和人们通常在楼梯上停留的时间差不多。人们怜悯地看着这个可怜的孩子越来越深地陷入恐惧之中。他整天都用那种惊恐的眼神四处观望，就像是随时都准备着应付突如其来的灾难。尽管别的人从来就看不到何夕描述的怪事，但这样的日子使得每个人都感到难受。于是两个月后何夕全家就搬走了，他们一路走一路冒着被罚款的巨大危险燃放古老的鞭炮。

几年之后，何夕已经是十四岁的少年，他觉得自己长大了。有一天傍晚，他出于某种无法说清的原因，又回到檀木街十号，来到他以前的家。但是他只驻足了几分钟便逃也似的离去——

何夕看到在厨房上方的虚空里有一些影子正顺着一个不存在的楼梯上上下下。

一

很普通的一天，很凉爽的天气，在这个季节里这是常有的事。大约在凌晨三点钟的时候，何夕就再也睡不着了。他走到窗前拉开窗帘，一股清新的空气透了进来。但是何夕的感觉并不像天气这么好，他感到隐隐的头痛，太阳穴一跳一跳的，就像是有人用绳子在牵扯。他想起了昨晚的梦境，那具奇怪的隐形楼梯，以及那些两腿一抬一抬地走动的影子。多少年了——也许有20年了吧，那个梦，还有梦里的影子都时常陪伴着他。他不管用了什么方法——比方说拼命大叫或者是用力打自己耳光——都不能从梦魇中挣脱出来。他只好充满恐惧地一遍又一遍地重复观赏影子们奇异的步态，并且很真切地感受自己咚咚的心跳声。

但是昨天的梦有点不同，何夕还看到了别的东西。当然，这肯定来自他当年所见，可能由于极度的害怕以及当初只是一瞥而过，以至于这么多年来他都没能想起这样东西，只是到了昨夜的梦里他才又重见到了这样东西，如同催眠能唤醒人们失去的记忆一样。当他在梦里重见到它的时候简直要大声叫起来，他立刻想到这个被他遗忘了的东西可能正是整个事件里唯一的线索。那是一个徽记，就像是T恤衫上的标记一样，印在曾经出现过的某个影子身上。徽记是一行黑色的具有书法韵味的汉字：枫叶刀市。这无疑是一个地名，但是何夕想不起有什么地方叫这个名字。

何夕打开电脑，用几分钟的时间对所有华语地区进行了地名检索。在做着这一切的时候何夕按捺不住地感到紧张。多年来由于那件事，在家人眼里何夕已不是一个很健康的人，尽管他们并没有因此而嫌弃他。何夕一直都认为自己是正常的，但他也不明白为什么只有自己才看得到那些影子。出于可以理解的原因，家人都非常小心地保守着这个秘密，但还是有一些传言从一个街区飘到另一个街区。当何夕走在大街上的时候，他会很真切地感到有一些手指在自己的背脊上爬来爬去。每当这种时候，何夕的心里就会升起莫名的伤悲，他甚至会猛地回过头去大声喊道："它们就在那儿，只是你们看不见。"一般来说，他的这个举动要么换回一片沉静，要么换回一片嘲笑。

当然，还有琴，那个眼睛很大、额前梳着宽宽的刘海儿的姑娘。想到这个名字的时候何夕的心里就滚过一阵绞痛。她离开了，何夕想，她说她并不在乎他的那些奇怪的想象，但却无法漠视旁人的那种目光，她是这么说的吧……那天的天气好极了，秋天的树叶漫空飘洒，真是一个适合离别的日子。有一片黄叶沾在了琴穿的紫色毛衣上，看上去就像是特意别上的一件装饰品。她转身离去的背影美极了，令人终生难忘。

检索结束了，但是结果令人失望，电脑显示这个地名是不存在的。不仅没有什么“枫叶刀市”，就连与它名称相似的城市也是不存在的。

何夕点燃一支烟，然后非常急促地把它吸完。他不明白发生什么事情了，那个城市应该存在，他明明看到了它的名字。它肯定就在世界的某个地方，由于海市蜃楼或是别的什么很普通的原因，使何夕看到了在这座城市里生活的人。一定是的，何夕有些发狠地想，我是正常的，和别人一样正常，我会证明给所有人看。但是，那座城市究竟在什么地方呢？那座枫叶刀市。

二

天亮之后，何夕没有去上班，他开始在电脑上写一封信，大意是向每一位收到这封信的人询问关于枫叶刀市的任何线索，同时希望他们能够把这封信发给另外一些他们认识的人，同时何夕还在多处电子公告牌上发出了询问信息。做完这些事情之后，何夕有种如释重负的感觉，他坚信自己能够达到目的。

何夕曾经设想过发出那封信会招致的各种后果，但他从没有想到那封信竟然会招来警察。发信后的第二天下午，有 20 名武装到牙齿根部的警察冲进了何夕的办公室，以涉嫌危害公共安全的罪名带走了他。当何夕眼前蒙着的黑布被除去的时候，他发现自己处在了一个完全陌生的环境之中。这是一间很大的屋子，装饰相当豪华，同时也相当有品位。何夕正想仔细探究一番的时候，门突然开了。

来人是一位四十出头的男子，衣着样式考究，做工精良，目光中显露出只有地位尊贵者才具有的非凡气度，整个人都给人一种高高在上的感觉。“下午好，何夕先生。”来人彬彬有礼地点点头，“我是郝南村博士。是我请你来的。”

“你找我有事？”何夕小心地问。

“是为你发布的消息。我在互联网上的公告牌里看到了那则消息。”郝南村眯缝着的双眼给人的感觉像是两把锋利的刀，“你在找一座城市。”

何夕来了精神，他甚至忘了自己当前的处境：“难道你有那个地方的线索？”

“你还是先说说你为什么会想到去找这个地方？”

对真相的渴望压倒了一切，何夕把整件事情的前因后果交代了一个透彻。说到兴头上的时候，就连那个离他而去的姑娘也抖落了出来，他实在是太想知道这一切都是为什么了。

“从小时候……”郝南村喃喃地说，“只有你能看到那些影像？”

“那些影像从来就没有消失过，它们一直在那儿，只不过别人看不到而已。”何夕说着话有些出神，“我觉得它们仿佛就生活在那里，那座叫枫叶刀的城市。”

“是吗？”郝南村笑了笑，“可是并没有那样一座城市。”

何夕没想到对方会这样说：“这不是真话，一定有那么一个地方的。”

“这只是你的想法。”郝南村摇摇头，“世界上并不存在那样一座城市，不信的话你可以去周游世界来求证。你的古怪念头是出于幻觉。忘了告诉你，这里是一所医院，负责治疗有精神障碍的病人。

不过，我们愿意为你支付治疗费用。”

“你的意思是……”何夕倒吸一口凉气，“我是个病人？”

“而且病情相当严重。”郝南村点头，“你需要立刻治疗。我们已经通知了你的家人，他们听说有人愿意出钱给你治疗都很高兴，并且他们也认为这是很有必要的。喏，”郝南村抖动着手上的纸页，“这是你家人的签字。”郝南村摁下了桌上的按钮，几秒钟后便进来了四名体形彪悍的身着白大褂的男人。

“带他到第三病区。他属于重症病人。”郝南村指着何夕说。

何夕看着这一切，他简直不知道发生什么事情了。自己转眼间成为一名精神病人，他感觉像是在做梦。直到那四个男人过来抓住他的胳膊朝外面走去时，他才如梦初醒般地大叫道：“我没有病，我真的能看到那些影子，它们在上楼梯。它们就住在那里，住在枫叶刀市。我没有病。”

但是何夕越是这样说那四个男人的手就握得越紧。走廊上有另外几名医生探头看着这一幕，一副见惯不惊的模样。郝南村笑着耸耸肩做了一个表示无奈的动作，然后他回身进屋关上了门。几乎与此同时，他脸上的笑容立刻便消失了，代之以阴鸷的神色。

三

牧野静出门的时候显得很慌张，她几乎是一路小跑着冲到地下停车场的。进到车子里后她立即拨通了可视电话，屏幕上欧文局长的脸色相当紧张。

“第三十六街区一百四十八号，华吉士议员府邸。知道了。”牧野静大声重复着欧文的话，“我立刻赶过去。还有别的人吗？”

“这件案子暂时由你一个人负责。”欧文强调一句，“根据初步情况判断，这件案子可能与‘自由天堂’有关。”

牧野静悚然一惊。自由天堂，新近崛起的神秘组织。与别的一些组织不同，这个组织简直就像是警方的盟友，因为它只干一件事情，那就是铲除别的恐怖组织。在不到一年的时间里，它接连不断地颠覆了不下10个警方一直束手无策的组织，但是谁也不知道它用的什么办法。总之在这一年里警方的日子真是好过得很，每天都有好消息传来。但是这样的情形没有永远持续下去，警方很快发现这个神秘组织的势力越来越大，那些被颠覆的组织实际上是被它吞并了，而它后来的几次行动更是让警方意识到真正可怕的对手要出现了。

应该说这些都只是警方的猜测，因为没有任何证据能够证明这个组织与近来发生的几起恐怖事件有关。人们只是发觉，凡是与自由天堂作对的人或组织最终都莫名其妙地遭到打击：两个月前的一个雨夜，主张对所有非法组织采取更强硬态度的刘汉威议员突然死于家中；一个月前与刘汉威持相同观点的另一位议员也暴毙街头；现在轮到了华吉士议员。

“那我原先负责的那些案子怎么办？”牧野静问道，“尤其是我最关心的那件。”

欧文皱了下眉：“你是说撒哈拉沙漠发生雪崩的谣传？”

牧野静忍不住插言道：“我不认为那是谣传。我相信那些当地人的说法，他们不像是在编故事。我已经花了几个月的时间来调查这件事情了，现在可不想半途而废。”

欧文淡淡一笑：“还有比热带沙漠雪崩更离奇的故事吗？”

“可我当初去过现场。我亲眼看到在沙漠里有大面积的水渍，而且当时那里冷得让人打哆嗦，这肯定是冰雪融化造成的。”牧野静几乎是在喊叫了，“雪崩还压死了两个当地人。”

欧文皱眉道：“我不想同你争。这样吧，你自己选择，要么负责调查眼下这件事情，要么继续调查神奇雪崩。”

牧野静懂事地闭上嘴，露出无奈的表情。过了一会儿她点点头说：“那好吧，雪崩的事情以后就算是我的业余爱好。我现在就去三十六街区。”

三十六街区是一片环境优美的居住区，有不少成功人士都住在这里。整个街区都笼罩在翠绿的树影里，显得幽静而舒适。

“请让我进去。”牧野静一边举起自己的证件一边往里挤。

这时一名体形彪悍的警察走过来非常负责地查看她的证件，他有些迟疑地看着牧野静的脸说：“好吧，你可以进来。不过里面可能有危险。”

“什么危险？”牧野静问道。

“我们接到华吉士议员家人报警，称华吉士议员被劫持了，我们立即赶过来。现在我们正在想办法和对方谈判。”

“是什么人干的？”

“不知道。”警员指着不远处的一扇门说，“那是卫生间。华吉士议员就在里面。我们已经封锁了所有出口。”

牧野静朝门的方向走过去。有几名警员正用枪指着门，大声地朝里面喊话。从门缝里可以看到灯光的闪动，说明里面还有动静。同时可以听到一些沉闷的声响不时从门里传出来，像是有人在挣扎。

“你们已经被包围了。”有一名身材高大的警员一遍接一遍地喊道，“立即放下武器出来投降！”

这时突然从门里传来一阵很大的响动，之后便再没有了丝毫动静。牧野静心里暗暗叫了一声糟糕。几乎与此同时，警员们立刻开始了行动。他们开枪打掉锁冲了进去，但立刻僵立在了当场。

牧野静紧跟上前，她立即明白警员们何以会呆若木鸡了。因为里面居然只有华吉士议员一个人。窗户紧闭着，其实就算窗户打开也不可能有人能够从那里逃逸，因为窗户上钉着钢条。华吉士议员面朝上倒在血泊中，身上穿着睡衣，一柄样式古怪的小刀贯穿了他的右胸。牧野静冷静地看了眼华吉士议员的伤势，然后摇了摇头。很显然，他的伤已经不能治了。这时华吉士议员的嘴唇突然翕动了一下，牧野静急忙将头埋下去想听清楚他最后的遗言。

“……那个男人……朝那儿走了……”华吉士一边说一边将目光扫过卫生间，牧野静知道这就是那个人离去时的路线。但是华吉士的目光斜向了卫生间的上方，最后停在了天花板左上角。华吉士的目光渐渐迷离，“……他两腿一抬一抬地……走上去了。”

“然后呢？”牧野静大声问道，她感到自己正在止不住地冒汗。

“然后……”华吉士议员的嘴里冒出了带血的浮沫，“然后……不见了。”他的头猛地一低，声音戛然而止。

四

“2074，来拿药。”胖乎乎的格林小姐扯着大嗓门叫道，她推着一辆装满药品的小车。躺在床上的男人立时条件反射地弹起，伸出瘦得像鸡爪一样的手接过格林小姐手中的小口袋。

格林满意地点点头，在她的印象里 2074 还算进步得比较快，刚来时他不仅拒绝吃药，并且和每一位医务人员都像是仇人一样。第一次给他喂药还是凭着几个壮汉才成功的。

“把药吃了。”格林柔声道。其实格林也并不清楚 2074 到底吃的是些什么药，感觉都是些没有见过的奇怪的小丸子。

2074 把药倒进嘴里，然后接过格林手上的水杯。他吞下药丸之后以一种讨好的表情指着自己的腹部对格林小姐露出笑脸。“吃了。”他说，“都在这里了。”

格林小姐心里滚过一阵柔柔的感情，相比之下 2074 算是那种比较好侍候的病人，用非专业的话来说他是一个“文”疯子。一般说来像这种病人都是住在集体病房的，但 2074 却一直一个人住，并且严格禁止他与别的病人交谈。

“乖。”格林很少有地拍拍 2074 的手说，“吃了就好。”

2074 受了表扬之后有些脸红，露出几分害羞的神色，憨憨地低下了头，一缕口涎顺着他的嘴角流到了被子上，与原先的那些污迹混在了一起。他对口涎拉出的亮线显然有了兴趣，伸手揽住那道悬在空中的黏液，一牵一牵地把玩着，两眼笑得发痴。

格林小姐看到 2074 一边玩一边在念叨着什么，她注意地听了几秒钟，那好像是一个词。

“楼梯……那儿有个楼梯……”

格林小姐叹口气，楼梯，又是楼梯，从 2074 入院开始他就不停地在告诉每个人有一个楼梯。格林小姐撑起身，推着小车正准备出门到下一个房间去。这时突然有一个男人拿着一页纸冲了进来，他一边走一边大声地喊："何夕，谁是何夕？"

格林拦住来人，"马瑞大夫，你找谁？"

来人没有回答，他的目光四下里搜索着，然后像是有大发现般地叫道："2074，对啦，就是你。"他冲到床前对着那个正在玩口水的男人说，"恭喜阁下，你的病全好了，可以出院啦！来，签个字吧！"

何夕一脸茫然地看着这个突然闯入的男人，有些害怕地往格林小姐身后躲去。"吃了。"他露出讨好的笑容指着腹部说，"我吃过药了。"

马瑞不耐烦地把一支笔朝何夕手里塞去。"你已经病愈了，该出院了。"他厌恶地皱了下眉，"我就知道免费治疗只会养出你们这些懒东西，好吃好喝又有人侍候，这一年多可真是过得好日子呢！别装蒜了，检验报告可是最公正的。"

何夕不知所措地看着手里的笔和面前这个嗓门粗大的男人，像是急得要哭。过一会儿他突然调转笔尖朝嘴里塞去。

"这不是药。"格林小姐急忙制止了何夕，她转头对着马瑞说，"你是不是弄错了，虽然我只是一个护士，但我一直负责看护这个病人。我能够确信他还不到出院的时候。"

"那我可不管。"马瑞摆出公事公办的样子，"反正上面安排这个病人出院。如果是病人自己出钱的话他愿住多久就住多久，不过这可是免费治疗。现在上边让他出院，以后也不会给他拨钱了，你叫我怎么办？"

"可是他的病真的没好。"格林看着何夕，"他这个样子出去只能是一个废物。"

“这不是我管得了的。给他收拾一下吧，病人的家属还等在外边呢！以后自然由他们来管他，可没咱们什么事。”

格林小姐不再有话，马瑞说得对，这不是她管得了的事情。格林将何夕的手放到马瑞的手里说：“你跟着他去。”

何夕害怕得想要挣脱马瑞的手，但是格林小姐用严厉的目光制止了他。片刻之后这间狭小的病房里便只剩下了格林小姐一个人。她低头理着床褥，但是却静不下心来。走了，那个病人。格林有些神思恍惚地想，他还是一个病人，谁都能一眼看出来。可我们居然逼迫一个根本没有痊愈的病人出院，谁来告诉我这到底是怎么一回事。

五

牧野静刚刚走进会议室就感受到了巨大的压抑。在这间足以容纳一百人的房间里只坐了不到十个人，但是他们中的每一位都是令人无法轻松面对的人物。此次她受命将华吉士议员遇刺案向国际刑警总部专程前来的高级官员汇报。

牧野静注意到她的听众都很认真，其中大多数是她的同行，只不过他们之中每个人肩上的徽章都令她不敢喘口大气。另外有几个看不出身份的身着便装的老人，但从另外那些人对待他们的态度上看，他们的地位似乎极为尊崇。面对他们，牧野静心里有种奇怪的感觉，怎么说呢，他们举手投足间都有种令人无法漠视的威严，就像是——法老。法老？牧野静愣了一下，为自己心里突然冒出的这个词。

“等等。”这时，一位头发雪白的老人打断了牧野静的发言，“我是江哲心博士，我想问一句，那个叫华吉士的议员真是那样说的吗？他当时的神情是否清醒？”

牧野静点点头：“他的确是那样说的。至于说他是否清醒我很难判断。从我的感觉出发我认为他的话是可信的，因为当时他简直是拼尽了全身的力量来告诉我那些话。我觉得他正是为了说出这几句话才硬撑着没有立刻死去。”

会议室里的几位老人交换了一下眼色，似乎接受了牧野静的说法，但是他们脸上的神色变得更加凝重了。

另一位相貌慈祥的老人开口道：“我是崔则元博士，我想知道华吉士议员是否提到那个人的性别。”

牧野静想了一下，“我记得他说那是一个男人。”

“看来出现了一个奇怪的人。”江哲心博士小声地对旁边的几个人说，“可怕的概率，我们有大麻烦了。”

牧野静迷惑不解地看这群人脸色严肃地议论，她不明白发生什么事情了，不过从直觉上她能感到这是一件非同小可的事情。她忍了一下但还是开口问道：“你们可不可以告诉我这是怎么回事？”

正在讨论的人们停了下来，注视着牧野静。过了一会儿江哲心博士说道：“对不起，这件事涉及政府高级机密，我们不能对你说明。”

牧野静不再有话，这里每一个人的级别都能够叫她乖乖闭嘴。她左右看了一眼，然后便知趣地退出了会议室，不过还是有一些低低的絮语钻进了她的耳孔。

“以前的那个人现在什么地方？”一个嘶哑的声音问道。

“让我查查……唔，就在本市。四十七街区六十一号。”

“能否与其联系上。”

“这……恐怕没有什么意义。”

“为什么？”

“因为当时按照‘五人委员会’的指示已经做了常规处理。”

牧野静只听到了这些，因为当她刚刚退出会议室，会议室的门就关上了。但是这几句话已经在她的心里埋下了一个很大的结。她回到办公室，想要稍微整理一下近来这个案子的进展情况，但是电话响了，是欧文局长打来的。

“什么？”牧野静大叫，“要我交出这件案子。现在一点眉目都没有就让我交出来可不行。”

“这件案子以后不归我们管了。上边另有安排。你把卷宗整理一下，准备移交。”

牧野静放下电话，咬住下唇怔怔地站立了半晌。“这件案子是我先接手的，我不能就这样交出去。”牧野静突然说出了声，她自己也被吓了一跳。但是她的决心就在这一刻下定了。

六

牧野静花了好几个小时才找到了四十七街区六十一号在什么地方。那是一片行将拆除的老式院落。牧野静打听到这里有一个叫何夕的人患有精神疾病，曾经有不明身份的人出资给他治疗过，但是没能治好。当时牧野静立刻就感到自己要找的就是这个人。

牧野静推开没有上锁的门走进院子。院子左方的墙边坐着一个满脸络腮胡的男人，他正半眯着眼惬意地晒着太阳，一丝亮晶晶的口涎从他的嘴角直拖到显然已经很久没有洗过的衣领上，在那里濡湿出一团深色的斑块。有一些散乱的硬纸板摆在他面前的地上，旁边还有半桶糨糊和一些糊好的纸盒。

这时一个老妇人突然从一旁的屋子里走了出来，猛地朝那个正在打瞌睡的男人肩上搡了一拳。“死东西，就知道吃饭睡觉，干一点活就晓得偷懒。”老妇人说着话不觉悲从中来，眼睛红红的，用力擤着鼻子，“30多岁的人了，就像个废物。不知道上辈子造了什么孽，老天爷叫你来折磨我。”那个男人从睡梦里惊醒，万分紧张地看着老妇人挥动的手，一旦她的手靠近自己的身体他就会惊惧地尖叫。过了一会儿他确信老妇人可能不会再打自己了，于是便慌忙地拾起地上的家什开始糊纸盒，但眼睛却一直紧盯着老妇人的手，丝毫不敢放松。

“请问……”牧野静小声地开口，“这里有没有一个叫何夕的人？”

老妇人露出疑惑的神情看着牧野静：“你找他有什么事情？”

牧野静一滞，她其实也不知道自己找到何夕又该怎么办。

“何夕。”老妇人念叨着这个名字，仿佛在咀嚼一样年代久远的事物。一些柔软的东西自她眼里泛起，她的目光投向那个被她称作“死东西”的男人。“何夕。”她轻声地呼唤了一声，然后转头看着牧野静说，“他就是何夕，他是我的儿子。他本来是很好的，最多只算是有点小毛病……”老妇人悲伤地揉了揉眼睛，“可现在却成了这个样子。”

院外突然传来一片嘈杂声，像是有大群人在朝这边走来。“就是这里。”有人高声叫嚷着。过了一会儿，院子的门被推开了，不下 20 个人一拥而进。牧野静惊奇地发现这些人她居然认得一些，比如江哲心博士，还有国际刑警总部的几名高级官员。另外一些人居然是荷枪实弹的士兵。

“你怎么在这儿？”江哲心博士意外地看着牧野静，“你知道些什么？”江哲心博士冲口而出，但他立刻意识到这样问反而显得事情复杂，“我是说你来这里做什么？”

牧野静心念一动，她有一种直觉，这件事会跟自由天堂的案子有关：“我只是在同何夕聊天。”

“聊天……”江哲心博士狐疑地看着牧野静的脸，“那我不得不打断你们了。现在我必须带走这个人。”

牧野静紧张地在心里打着主意：“刚才我们正谈到关键地方，这件事情可能会和自由天堂有关。”

江哲心博士愣了一下，看上去有些无奈：“好吧，看来我们还必须连你也一块带走。”他做了个手势，然后那些全副武装的士兵围拢过来。站在一旁的老妇人这时才明白发生了什么事，她挡在儿子面前说：“你们不能带走他。”士兵们不知所措地回头看着江哲心，等他下命令。

江哲心博士放低了声音说：“我们只是带他去治疗。”

老妇人警惕地看着那些士兵，眼里是不相信的神情。她的态度影响了何夕，他站起身，不信任地看着每一个人。这时牧野静才发现何夕的身材相当高大，如果要强行带走他肯定会费上一番周折。

江哲心博士想了一下，然后回头拿出对讲机低声说了句什么。过了十来分钟，一个胖乎乎的妇人从门口进来，她的目光一下子就盯在了那个仍在糊纸盒的男人身上。

“2074。”她说。

何夕稍微愣了一下，然后便露出讨好的笑容摊开手。

七

这是格林小姐见到过的最为漂亮的病房，超过五百平方米的面积，设施齐全应有尽有，整间病房只住着一个病人。何夕正在吃药，品种花色相当复杂。他现在变得越来越烦躁，有时却又长时间地沉默着发呆，像是在想什么问题。现在的何夕已经与一个月前判若两人，格林小姐如果不是一直陪着他的话，肯定认不出现在这个时时眉头紧锁、眼睛里含着深意的英俊男人竟会是当初的那个白痴。今天何夕并没有像往常一样在吃完药之后立刻休息，而是点起了一支烟。过了一会儿他像是下了决心般地对着面前的空气说了句“叫他们来”。

“你是说……”江哲心博士擦拭着额上的薄汗，房间里只有他和何夕两个人，“你完全想起来了。”

何夕冷冷地看着面前的这个老人：“是的，我想起来你们是怎样把我抓走，又是怎样宣布我是一个疯子。”他的声音渐渐变低，“当然，我后来的确成了疯子和白痴……”

江哲心博士沉默着坐下，他的腿有些软：“我知道这件事伤害了你，但是你现在必须帮助我们……”

“帮助你们？”何夕打断了他的话，“我为什么要帮助你们？”他大声吼道，“你们毁了我，是你们把我变成了一个废物。我的天……”

泪水漫出了何夕的眼睑，“而现在你居然要我帮助你们。”

江哲心尴尬地笑笑：“我只能说抱歉。我知道没有什么能够弥补你的损失，但是你真的要帮助我们。”

何夕平静了些：“这样吧。如果你们对我做的一切能够说出正当的理由的话，我会考虑这个问题。”

“这件事情不是我一个人能够做主的，同时这个地方也不安全。除非五人委员会集体同意，否则我不能告诉你真相。”

“那好吧，我跟你走。”何夕点点头，“还有件事，我希望见到那天比你们早几分钟找到我的那个女警官。”

“为什么？”

何夕叹口气：“因为我实在不想那么漂亮的一个女孩变成白痴。”

八

五人委员会是一个充满神秘色彩的机构。它的成员是 5 名年龄从四十几岁到八十有余的著名的专家。它实行的是终身制，如果某一位委员去世了才会由另几名委员推选新的成员。谁也不知道这个机构到底是干什么事情的，同时谁也没有听说这个委员会隶属哪个部门。

何夕一直不肯走进密室，直到他见到了江哲心带来的牧野静。密室的门在人们身后缓缓关闭。任何一个进入密室的人第一眼便会看到大厅正中那个直径超过 10 米由三维成像技术制造出来的半透明地球影像，它缓慢而静谧地转动着，如果仔细分辨的话，甚至能看到海洋巨浪掀起的小小波纹，淡淡的经纬线标志在球体的表面浮动着。屋子里只有 7 个人——何夕与牧野静以及五人委员会。这些人里何夕认识两个人——江哲心和郝南村。当何夕的目光落到郝南村脸上时久久都没有移动，弄得郝南村有些不自在地左右四顾。

“我知道你的感受。”江哲心用规劝的口吻对何夕说，“当年郝南村博士只是恪尽职守，有些事我们也是迫不得已。”

这时坐在左首的一位满头银色鬈发的老妇人开口道：“何夕先生，我是五人委员会的凯瑟琳博士。”她又指着坐在她旁边的两位身着黑色西装的瘦高个男子说，“这是蓝江水博士和崔则元博士。出于安全原则，我们五人以前从未像今天这样同时出现在一个地方。现在由我来解答你的问题。当然，如果你愿意的话也可以向别的委员提问。”

何夕想也没想地就开口说：“我想知道枫叶刀市在什么地方。你们谁来答都行，喏，”他指着蓝江水说，“就是你吧！”

蓝江水没有立即回答，并且反过来提问道：“我想问你知不知道‘新蓝星大移民’？”

何夕想了想，说：“那好像是一百多年前的事情了。当时人类已经发现了宇宙中有众多适宜生命存在的行星。于是他们挑选了一颗和地球情形差不多的，让许多人接受了冷冻，出发移民到那颗新行星上去了。我记得那颗行星同地球的距离是四十光年，以光子飞船的速度算起来，第一批上路的人已经到达很久了。”

蓝江水博士摇头苦笑道：“我不得不佩服政府高超的保密手段，这么多年过去了居然还能让人不起一点疑心。天知道我们哪里来的什么光子飞船，就算是有什么新蓝星，又有谁能保证上面没有被其他生物所占据，难道准备去打星球大战吗？”

何夕忍不住插言：“你说什么，你不会是在告诉我那只是一次骗局吧？这可是载入了史册的伟大事件。”

凯瑟琳插话道：“如果说那是一次骗局的话它也不是出于恶意，最多算是一种手段而已。政府花了大力气把某个蛮荒星球描绘成一片充满生机的新大陆，以此来吸引人们自愿移民。说实话，当时的地球确实已经相当糟糕了，超过两百亿人居住在这颗最多只适宜居住一百亿人的星球上。”

“如果这是骗局的话，那么那些人都到哪里去了？”何夕倒吸一口凉气，“难道……”

江哲心博士在一旁摆摆手说：“‘新蓝星大移民’计划虽然是场骗局，但不至于那么恐怖。至于说那些人……”他的目光投向了面前地球上深黄的一隅，“他们就生活在类似于枫叶刀市的城市里，和我们生活的城市并无什么不同。”

“枫叶刀市。”何夕念叨着这个名字，这个城市已经与他有着千丝万缕的关系，甚至于改变了他的人生。但是他又的的确确对这个地方一无所知。

“他们生活在许多像枫叶刀市那样的城市里。”蓝江水的语气像是在宣读着什么，“他们一样地呼吸空气，一样地新陈代谢，一样地出生并且死亡，和我们没有什么两样。只除了一点。”蓝江水直视着何夕的脸，不放过他的任何一丝情绪变化，“——组成他们那个世界的‘砖’和我们不同。”

九

何夕觉得自己越听越糊涂，他打断蓝江水的话："你还是没告诉我枫叶刀市到底是个什么地方。"

凯瑟琳博士笑了笑，"我来告诉你吧。枫叶刀市是海滨的一座中型城市，人口约九十万，大部分是华人。"

何夕有些恼怒地补充道："我没问这个，我是问它的地理位置。"

凯瑟琳的神色变得严肃起来："它大约位于东经105度北纬30度。"

"等等。"何夕打断她的话，他的目光在地球上搜索，"这不可能，那个地方是内陆，而且，"他倒吸一口气，"就在我老家附近。"

"不对。"凯瑟琳执着地说，"枫叶刀市位于枫叶半岛南端，面临枫叶海湾。"

何夕有些头晕地看着凯瑟琳博士一张一合的嘴唇，有气无力地说："我们两个要么是你疯了要么是我疯了。"

"你们都很正常。"是郝南村的声音，"凯瑟琳博士说那里是海滨，这是对的；你说那里是内陆丘陵，这也是对的；你甚至还可以说那里是雪山或是负海拔的盆地。这全对。"

"你……你说什么？"何夕扶住自己的额头，他看不出郝南村有开玩笑的意思，"你知道自己在说什么吗？"与他同样吃惊的还有牧野静。

"我当然知道自己在说什么。"郝南村毫不迟疑地点头，"你们只要听完其中的原因就会明白我为什么这样讲了。"

"知道什么是普朗克恒量吗？"凯瑟琳博士轻声问道。

何夕在自己的脑海里搜寻着："以前学过，那大概是一个常数，所有物体具备的能量都是它的整倍数。”

凯瑟琳颔首说道：“你说得不算离谱。那的确是一个常数，具体数值是 6.626×10^{-34}，单位是焦耳 · 秒。按照量子力学的基本观点，世界并不是连续存在的，而是以这个最基本的值为间隔断续存在。这个世界上所有物质的能量和质量——按照质能方程这两者其实是一回事——都是这个值的整倍数。如果我们把这个常数看成整数 1，那么这个世界上任何物体所具备的能量值都是一个很大的整数。比方说是 15000，或者是 940000076。这些都可以，但是绝没有一个物体会具有诸如 8.54 这种能量值。从这个意义上讲我们不妨把普朗克常数看作一块最基本的‘砖’，整个世界正是由无数这种‘砖’堆砌而成。”

何夕很认真地听着，他的嘴微微翕开，样子有些傻。应该说凯瑟琳讲得很明白，但何夕不明白的是她为何要讲这些，何夕看不出这些高深莫测的理论和眼前的问题会扯上什么关系。

“等等。”何夕终于忍不住打断了凯瑟琳博士的话，“我只想知道枫叶刀市在什么地方。你不用绕那么多圈子，我对无关的事情不感兴趣。”

凯瑟琳博士叹口气：“我说这些正是为了告诉你枫叶刀市在什么地方。”她的目光环视着另外的几个人，似乎在做最后的确认，“枫叶刀市的确就位于我说的那个位置。”

“这不可能。”何夕与牧野静几乎同时叫出声。

“这是真的。”江哲心博士肯定地答复。

“你是说它是一座建在地底的城市？你们在地底又造了一座城市，甚至——还造出了地下海洋？”何夕有些迟疑地问，也许连他自己都觉得这个推测过于荒谬，他的声音很低。

凯瑟琳摇头："我说了那么多你应该想得到了。我看得出你很聪明。"

何夕心中一凛，凯瑟琳的话让他想起了一件事。是的，还有一种可能……但那实在是——太疯狂了。

"不可能的。"何夕喃喃道，他的额上沁出了汗水。

凯瑟琳的表情变得有些幽微，她的心思像是已经飞到了很远的地方，银白的头发在她的额头上颤巍巍地飘动。她的目光停在了地球上的某处，那里是一片深黄色。"枫叶刀市就在那里，一座很平常的城市。但是……"凯瑟琳顿了一下，"它是由另一种'砖'砌成的。"

十

"量子力学的基本原理给了我们一个强烈的暗示，那就是我们并不像自己通常认为的那样占满了全部空间。实际上即使这个星球上已经看不到一丝缝隙了，它仍然是极度空旷的，因为在普朗克恒量的间隙里还可以有无数的取值，就好比在'1'到'2'之间还有无数的小数一样。"凯瑟琳博士露出神秘的微笑，"你明白我的意思吗？"

"在枫叶刀市所在的那个世界里普朗克常数有另外的起点。如果把我们的普朗克常数看作整数 1 的话，枫叶刀市的普朗克常数的起点大约是 1.16。"江哲心语气艰难地开口道，看得出他每说出一个字都费了不少劲，"这就是答案。"

"另外的……起点。"何夕仍然如坠迷雾，"这意味着什么？"

"你不妨想象一下一队奇数和一队偶数相遇会发生什么事情。"

江哲心像是在启发，他注视着何夕的神情，“你应该想到那其实不会发生任何事情，因为它们都将毫无察觉地穿过对方的队伍。而我们与枫叶刀市之间正好相当于这种关系。如果你和生活在枫叶刀市的一个人相遇了的话……”江哲心做了一个停顿，“你认为会发生什么事情？”

何夕的表情有些发傻，“发生……什么事情？”他用力思索着，“我是不是会看到他身上有很多小洞？”

江哲心博士缓缓摇头：“答案是你根本就感知不到他。他在你面前只是一团虚空。”

“可是他总会反射光线吧？”何夕插话道。

“问题是他所在的世界的所有物质都和他具有同样的普朗克常数偏移量，光也不会例外。”江哲心指指头上的灯，“我举个例子。红色光的波长大约是 0.0000006 米。一个光子具有的能量值是普朗克恒量乘以光速再除以光的波长。在我们的世界里，一个红色光光子的能量大约是 3.31×10^{-19}，由这样的光子组成的光束能够被你的感官所感知，只是因为你的身体处于与之相同的能量序列之内。而来自枫叶刀市的光线则不然，它们具有完全不同的能量序列，同样波长的一个光子的能量将是 3.86×10^{-19}，而这个能量值对我们这个世界来说根本是不可能存在的。包括光线在内的那个世界的所有物体都可以毫无阻碍地穿越你的身躯，对它们来说你也只是一团虚空。你们之间的关系就像是数学里的平行线，永远延伸但却永远不能相交。”

“你的意思是想告诉我，就在我身体的周围还生活着另外一些奇怪的东西。”何夕神经质地伸手在空中抓挠着，“它们可以任意穿过我的身体，就像是我并不存在。”汗水自何夕的额头上沁出来，他颓然地扶住墙壁，防止自己倒下去。牧野静的情形也不比他好到哪儿去。何夕吁出口气："好吧，我相信你们了。虽然从理智上讲我难以接受这一切。"他转头环视着屋子里的另一些人，"我想你们花这么多工夫告诉我这些不是为了让我长见识吧？说实话，你们要我做什么。"

江哲心博士没有直接回答这个问题，而是自顾自地往下说："有件事情我还要告诉你，记得郝南村博士说过在枫叶刀市所在的位置上还有高山和盆地吗？"他停下来，"你应该明白我的意思。"

何夕想了一下，"难道说还有另外的世界存在？"

"在两百多年前的那个动荡不安的年代里，由于人口问题以及对自然的过度开发，我们的地球已经不堪重负。"江哲心的语气变得沉重，"不知道在你心中是怎样看待我们这些以科学为职业的人，不过我倒是觉得我们之中的大多数人都是良知的奴隶。当我们目睹人类的苦难时内心里总会感到极大的不安——哪怕这种处境根本就是咎由自取。就在这时候我们的一位伟大的同行出现了，他是一名华裔物理学家，他叫金夕。金夕博士找到了一种他称作'非法跃迁'的方法，可以将物质跃迁到另一层本来不可能存在的能级上。在他的方程式里总共找到了 6 个可能的稳定解，我们原有的世界只是其中的一个解。"

"那另外的 5 个解呢？"何夕插话道。

"当时的世界已经无法承载人类的重负，金夕博士唯一的选择是立即把所有的解都用上了，政府全力支持了这项计划。枫叶刀市所在的世界也只是其中的一个解，而从某种意义上讲，我们现在的世界其实是由 6 重世界构成的。"

"6 重。"何夕喃喃而语，似乎有所触动。

“的确有点巧合。”江哲心仿佛看透了何夕的心思，他的目光停在虚空中。那个孤独的地球开始闪烁起来。浩瀚的太平洋的腹心突然涌现出深黄的陆地。北美洲眨眼间消失得无影无踪，就像是被一场灾难吞没。北冰洋成了北极洲，而南极大陆则成为一片汪洋。这一幅新的版图并未保持得太久，十几秒钟之后，另一幅完全不同的地球景象又出现了……

江哲心理解地望着何夕，他尽量使自己的声音平稳：“当年佛陀把欲世界分成包括地狱道、饿鬼道、畜生道、阿修罗道、人道、天道在内的六道，它们在业力的果报下永无止境地流转轮回。”他稍停一下，语气变得像是宣判，“此所谓六道众生。”

十一

“众生门”国家实验室位于南太平洋的一座孤岛上。从外表看这只是一座平常的热带岛屿，但是附近的渔民都知道这里不能随便靠近，每天都有一些行踪不定的神秘船只和直升机从岛上驶向外界。

“我们已经很久没有启用过‘众生门’了。”江哲心走到何夕的身后，他的思绪显然已经飞到了往昔的年代，“我的前辈们设置了这个装置，用来将当时过多的人口发送到另外五个新创的世界去。它的原理并不复杂，你应该知道，如果一个电子吸收了光子的话，它就会跃迁到某个新的能级轨道上去。在‘众生门’里有一种可控的特殊能级的粒子将会辐射你的躯体，其能级不到普朗克常量的十分之一，在我们的自然界中是不存在这种能级的。通过这种辐射，我们可以让你到达其余 5 个新创世界去。”说完话江哲心急匆匆地朝忙碌的人群走去。

牧野静若有所思地看着江哲心的背影："我觉得有地方不对。"

"你说什么？"何夕吃了一惊。

牧野静小心地看了眼四周，同时压低了声音："你不觉得这里有些事情不能解释吗？"

"解释？解释什么？"

"你知道我是个警员，我是因为调查自由天堂的案子才牵涉到这件事情里来的。"牧野静说得很认真，"如果把这些事情同那件案子联系起来想的话……"

何夕愣了一下，他是从牧野静口中知道了整个案子的详情的。当他听到华吉士议员死前描述的场景时很自然地想到了自己以前目睹的怪事，但他并未从中悟出什么来。现在牧野静突然提到这一层倒是让他心中一动。

"我甚至还有个更大胆的想法。"牧野静兴奋地说，"大约在一年前我调查过一件发生在撒哈拉沙漠的离奇雪崩事件。你想想看，这里边会不会有联系。"

"你不会是在说……"何夕欲言又止，他觉得这个想法太荒唐了。

牧野静却点头道："也许那就是真相。"

"我还没说呢，你怎么知道我说的是什么。"何夕禁不住笑了。

"这就叫身无彩凤双飞翼，心有灵犀一点通嘛！"牧野静得意地跟着笑，以何夕的眼光来看她这副自鸣得意的笑靥真是动人极了。"哎。"她突然轻叫一声，双颊泛起红晕。

"怎么啦？"何夕问，但他立刻知道是怎么回事了，因为他想起了牧野静刚才的那句话里可以包含的另一种意思。这样想着何夕也不禁有些讪讪。“你别多心嘛，说错了就说错了，我们不是没事嘛！”话一出口他就知道自己又错了，遇上这种场面只能装糊涂，哪能有意卖弄明白呢？

“谁说错了？”果不其然，牧野静当即白了何夕一眼，“就你对。”

“还是说正事吧！”何夕换了话题，“如果把雪崩看作是位于另一层世界的物质由于某种原因突然进入了我们这层世界的话也就好解释了。同样地，如果把那个人的突然消失解释为进入了另外一层世界的话也就没有什么奇怪了。”何夕的眼中放着光，“可是那个人根本没有凭借什么‘众生门’之类的装置，难道，”何夕的脸色有些变了，“他能够在六个世界里自由往来。”

牧野静的声音有些发抖，“而这个人居然还是个——杀人凶手。”

何夕倒是很平静，他重复着牧野静的话，他觉得这一切简直令人发疯：“是的，他是个凶手，来无影去无踪执掌六道众生生杀大权的自由的凶手。”

十二

江哲心博士颓然坐下，过了好半天才幽幽开口：“你们终于还是想到了。不错，这就是我们眼下的处境。我们刚刚听到自由天堂的案子时就知道什么事情发生了，因为除此之外没有别的解释。五人委员会本来就是一个管理层叠空间的组织。”江哲心注意到了他的听众的茫然，“层叠空间就是指包括我们这个世界在内的六层空间。五人委员会成立于200多年前，当时世界刚刚凭借人类智慧的伟大力量分化为六层平行的物质空间，其后又花了近100年的时间使得另外5层世界变得适宜人类居住。我想强调一点，我们说到空间分层的时候其实是指物质与能量分层。站在我的观点上看，空间和时间都是并不存在的抽象概念，空间只是对应着物质的存在，而时间则对应着物质的运动。当物质世界分层的时候空间也就自然分层了。我们的这个世界看上去并无变化，而另外5个世界则是全新的。整个空间范围是以地球为中心半径约6500千米的球体，包容着整个地球生物圈。如果区域之外的物质进入该区域的话也将被分层。比如说太阳光照射进这个区域时将分化为六层，并分别被每一层世界所感知。在这个空间范围内的所有物质元素都被分出了新的五层。新的物质元素层次在新的空间里组合出另一层世界。那些世界和我们这层世界相当类似，它们在初创之时拥有除生命之外的一切，比如水和空气，适宜的温度，以及土壤——虽然相当贫瘠。不过这已经足够了，因为它们是行星，是和地球同样规模的超巨系统。对于一颗行星级别的系统来说，这些条件已经足以承载宇宙间无与伦比的奇迹，那便是生命。由于出自同一原始物质，所以这六层世界在位置上始终是大致重合的，但效果上却是我们仿佛有了六个地球。当时成立五人委员会是为了应付可能出现的异常情况，应该说在200年里这个组织虽然地位崇高但却是无事可干。不过金夕博士倒是预言，由于按照量子力学的观点，这个世界本质上是按概率存在的，故而任何事情都可能发生，只是概率大小不同。所以不排除可能存在某些可以穿梭于不同能级空间的自由物质，比如说某一个质子，或是某一个光子，其概率按方程式解出的值都小于十亿分之一。”

何夕心念一动：“如果是一个大的物体呢，比如是某个人？”

江哲心的身躯颤抖了一下，“以人这样大小的物体来说，出现某个可以自由穿梭层叠空间的人的概率不到十万亿分之一。你知道，6重世界的总人口也不过700亿，所以这种概率可以认为是不可能。但是……”江哲心露出痛苦的神色，“我们中彩了。事实上出现了这样的人，而且是两个。当然，我想也不可能再多了。其中一个是那个可怕的凶手，而另一个人就是——”江哲心的声音颤抖了一下，“你。”

十三

“我？”何夕惊奇地反问，尽管他心有预感，但还是受到了巨大的触动，“你是说我是那种可以自由穿梭层叠空间的人？”

江哲心郑重地点头，“不到十万亿分之一的概率让你遇上了。”他补充道，“你可以将自己连同周围小范围的空间一起跃迁到另一层世界去，比方说你自己连同身上的衣服以及一些小的东西。”

“如果我是那种人，你们又何必花这么多精力来启用‘众生门’？”

“通过‘众生门’你可以尽快发现自己的全部潜力，‘众生门’起引导作用，过不了多久你就能够凭自己的力量自由来往于层叠空间了。”

这时凯瑟琳博士在不远处招手道：“可以开始了。”随着她的话音，大厅中响起一阵奇异的声音，半分钟之后一个巨大的深不可测的黑色圆洞突兀地浮现在了大厅正中。四周安静下来，所有人都目不转睛地注视着黑洞。它是人类智慧最伟大的发现，它是奇迹，它是通向宇宙中原本不存在的物质区域。

何夕突然露出一个奇怪的笑容，他对江哲心说："你们很自信嘛！凭什么就认为我会愿意做这个实验呢？"

江哲心吃了一惊，他看着何夕的目光就像是看一个陌生人："这是什么意思？我们不是有约定吗？"

何夕脸上仍然是那种奇怪的笑容："你不妨回忆一下，从头至尾我何曾说过一句同意的话。我只不过想知道真相罢了。正是因为你们的研究，我从小就被认为是一个怪人，一个神经病。我失去了正常人应有的生活，失去了一切。当我想要弄明白这是为什么的时候，你们甚至真的让我变成了一个白痴。"何夕的脸变得扭曲了，看上去有些狰狞。"我看过自己病中的照片，我像是一块面团似的靠在肮脏的床头，嘴里扯出几尺长的口水，脸上却挂着满足的笑。我的天——"何夕闭上眼睛，"那是什么样的笑容啊，就像是一头吃饱了的猪。可那就是我，的的确确就是我啊。如果不是因为现在你们有了麻烦，需要我的帮助的话，我的一生都将那样度过。这就是你们对我所做的一切，而你们全部都心安理得。"这时何夕的目光落到牧野静的脸上，她的眼里有莹莹的泪光闪动，"还有她，你们当初是不是也打算让她成为那样的白痴？"

江哲心的语气变得很低，"我只能说抱歉，为了保守秘密我们没有别的办法。"

何夕粗暴地打断他："那是你们的事。自始至终我有什么过错吗？我根本是无辜的。如果现在要我去选择的话，我宁愿去做另外那个人。"何夕捉弄地看着江哲心，就像是一只猫看着一只老鼠，"你不觉得那个人比我聪明得多吗？他没有像我一样傻乎乎地到处去寻找答案，也没有寄希望于别人。现在他能够自由往来于六道众生之间，在每一层世界里他都是一个不受拘束的人，而这在实际上就相当于——神。”何夕注意观察着江哲心的脸，对方的表情让他的心里涌起阵阵快意，“他掌握了对六道众生生杀予夺的无上权力，他可以随心所欲地主宰这个世界。而这一切都是你们造成的。”何夕大笑起来，“如果说他是魔鬼的话，那么你们就是造就并且放出魔鬼的人。”

何夕咧咧嘴：“还有件事。我想清楚了，发生在赤道沙漠的离奇雪崩也是你们造成的，来自另一层世界的冰雪——对了，你们管这叫自由物质吧——压死了两个人。”他残酷地笑了笑。“那次你们运气好，如果雪崩发生在某个上千万人的大城市的话，比如说纽约——”何夕凝视着江哲心的眼睛，“是的，这种概率很小，可是别忘了，你说的概率里没有考虑时间。随着时间推移，这种机会将越来越多，直到成为一种必然。就好比某一地方在某一时刻发生地震的概率很小，但若干年之中却终究会发生地震一样。”

江哲心的脸已经变得苍白如纸，何夕说的每一个字都像是一把锋利的刀割在他的心。何夕说的每一句话都是实情，你是帮凶，有一个声音在他耳边萦绕着，是你放出了魔鬼。江哲心博士再也站立不稳，他缓缓地瘫倒在地。而与他的身躯同时倒塌的还有他自己全部的世界。

十四

郝南村愤怒地瞪着何夕的脸，他的语气冷得像冰：“按照章程，现在由我接替江哲心博士执行委员的职务。他是我的老师，如果他有什么不测的话我绝对不会放过你。我说到做到。”

何夕满不在乎地看着面前这个面色阴沉的中年人："我是不会合作的。"

"也许你对我有成见。"郝南村不紧不慢地开口，"老实说我并不想为自己辩解，谁让我当年是一个执行者呢？你要是恨我尽管恨好了，但是我不希望你因此而违背自己的意愿。"

"违背自己的意愿？"何夕重复着这句话，"我不知道你在说什么。"

郝南村洞若观火地笑笑："何苦强撑。我知道你的性格。你和江哲心博士根本就是同一种人，"他稍稍停顿了一下，"也就是那种对世界的关心胜过对自己的关心的那种人。我知道你会同意的，只是时间迟早的问题。"

何夕的表情有些发呆，郝南村的话让他有异样的感觉，就像是突然被人击中要害。

"这次反复只是你内心不满的表现，你只是记恨当年我们那样对你。"郝南村悠然开口，"实际上你早就已经妥协了。不过我觉得与其说是向我们妥协，倒不如说是你向自己内心深处潜藏的某些东西妥协了更为恰当。我说的对不对你自己知道。"

何夕有些惊恐地看着郝南村，在这个人面前他有种被人剥光了衣服的感觉。妥协，他回味着这个词，然后他极不情愿地发现郝南村说的居然是对的，对方的目光竟然完全看透了他的内心世界。

"老实说我从不认为科学家们应该为这个事件负什么责任。"郝南村用目光制止了何夕想要反驳的举动，"你先听我说完。我知道你想说这是我在为自己开脱。但这是我内心真实的想法。人类缺乏能源，于是我们找到了原子能；人类缺乏粮食，于是我们找到了转基因作物；人类缺乏生存空间，于是我们又找到了层叠空间。我们许身科学以求造福人类，难道能够对人类的苦难不予理睬？不错，我们同时给人类带来了核爆炸，带来了新变异的可怕物种，带来了自由物质和自由天堂，可是这难道是我们愿意的吗？我们就像是一头在麦田里拉磨的驴，为了给人们磨面而转着永无止境的圆圈。同时因为踩坏了脚下的麦苗还必须不时停下来想办法扶正它们。这就是我们的处境。”

何夕叹口气，“好啦，我认输了。我们出去吧，他们可能等不及了。”

……

“众生门”再次开启，如同一只怪兽大张的嘴。何夕朝黑洞走去，他突然觉得一阵心慌，仿佛有什么地方让他觉得不放心。别紧张，他安慰自己说，这个玩意儿传送过上百亿人呢！但是那种感觉越来越强烈，他觉得浑身都不舒服起来，就像是一把很钝的锯子在他的耳边锯钢条，让他起鸡皮疙瘩。

何夕突然逃也似的退回来，脚步踉跄，险些摔倒。

直到面对凯瑟琳博士的眼睛时，何夕才醒悟到这件事多么难以交代，他讪讪地笑着说：“可能是里面有些热。”

郝南村倒是没有说什么，他看着何夕只是摇了摇头，然后对其他人摆手示意行动取消。“等等。”何夕突然说，“可能是因为我没有经验，心里有点不踏实。”何夕脱下身上的外套扔进黑洞，它立即消失在了那片神秘区域中。“不如先拿它做个实验。”何夕说。

郝南村轻蔑地哼了一声，不知道是针对这个想法还是针对何夕刚才的举动。“你知不知道做一次跃迁要花多少精力和费用？请不要总是用实验这个词，在两百年前可以这么说，而现在已经不是实验而是实用了。”他转头对着另外几个人说：“关闭能源。”

何夕拦住他：“我只是一个俗人，不敢相信自己没见过的东西。就当是给我点信心。”

“我看就依他吧！”蓝江水没好气地说，“否则他是不肯合作的。”

黑洞的方向发出低沉的声音，控制台上的指示灯开始急促地闪烁。十几秒钟之后，一切静止下来，黑洞消失了。何夕第一个冲上前去。身后传来凯瑟琳平静的话语，“里面什么都不会有的，你的衣服已经不在这个世界上了。”

但是何夕转过身来，他的手里拿着一样东西——是他的外套，只不过上面已经是千疮百孔。“看来——”何夕古怪地笑笑，“实验是部分成功。”

“我的上帝，有人破坏了‘众生门’！”凯瑟琳博士低声惊叹。郝南村警惕地环视着四周，他的目光停在了大厅左角，那里堆放着一些很大的仪器。这时从那里突然传来一声响动，郝南村立刻冲了过去，蓝江水紧随其后。

枪声。

人们这才反应过来，乱糟糟地朝着那边赶去。但是一个奇景出现了，有一个影子凌空朝着大厅的天花板走去，两脚一抬一抬的，就像是在上楼梯。人们驻足观望，警卫们朝这个影子开枪射击，但那个影子越来越淡，然后消失在了天花板的一隅。

人群愣立着，枪声还在回响着。何夕这才猛地想到郝南村和蓝江水，他急步朝前走去。郝南村倒在一台仪器的背后，他的肩上中了一枪，人已经昏迷。蓝江水倒在几米之外，子弹穿过了他的头颅。

十五

清晨的太阳从东方升起，慷慨地将喷薄万丈的光芒倾泻在大地上。云彩被阳光染成了火红的颜色，幻化出无尽的变迁。

何夕走在一条已经废弃不用的道路上，道路两边是坡度低缓的原野。在他的正前方已经可以隐隐看到一些高大建筑的身影，这使得他受到了鼓舞。

这时旁边的一块路牌吸引了何夕的目光，他停下来注视着这块朽烂不堪的牌子，并且点燃了一支烟。何夕一直等到这支烟燃完，他的两指间产生剧烈的灼烧感时才如梦初醒般地扔掉它，他重新把手抄到裤包里，朝前走去。

何夕的身影渐行渐远，只留下一块朽烂的路牌在风中颤抖。这时一阵风将路牌吹得变换了方向，阳光照在了上面，显出一行已经不太清晰的字迹：

四千米，枫叶刀市。

……

“实验对象没有按期返回。”凯瑟琳博士注视着“众生门”，时间显示何夕离应该返回的时间已经超出了近六个小时。

牧野静坐在旁边的椅子上，她咬着下唇一言不发，但眼睛里的焦急却是人人都看在眼里。她想知道何夕会不会出事，但却不知道该问谁。而且周围的人好像全知道她的心事一般，有人还促狭般地朝她笑。

江哲心博士坐在轮椅上，才短短几天他看上去就苍老多了。那天与何夕的争论引发了他的心脏病，如果不是因为郝南村正在治疗人手不足的话，他本是不用来的。“有没有重点观测枫叶刀市所在地区？”江哲心博士轻声问道，“我认为何夕是足以信赖的，他的晚归一定是因为到那座城市里去了，如果换成我也会这样做的。”

但是何夕突然出现在了“众生门”里：“我回来啦。”他富有深意地看了一眼轮椅上的江哲心，显然他听到了他们的对话。

江哲心博士直视着何夕的脸说：“你感觉怎么样，现在如果没有‘众生门’，你能不能穿梭层叠空间？”

何夕迟疑了一下说：“还没那么快。我想起码还需要两三次实验吧！”

江哲心竟然笑起来，“你不要想骗我，我是相信理论的人，通过‘众生门’获取经验一次就足够了。”

何夕有些尴尬地点点头：“看来瞒不过你。我只是不愿意看着你们高兴的样子。”

江哲心叹口气：“如果我是你的话也不愿意看着我们这些人高兴，我甚至还巴不得这些人撞得头破血流整天哭丧着脸才好。”

何夕也学着叹口气说：“你比我想象的要聪明得多。”

江哲心笑笑，这使得他脸上的皱纹越发地沟壑纵横：“这不关聪明的事，而是近不近人情的问题。我站在你的立场上自然就能够猜度到你的心思。”

何夕稍愣，过了一会儿他幽幽地说：“看来你真的是一个好人。”他环视了一眼四周，“有件事情我想单独同你谈。”

密室的门关上了。

“我这次实际上去了两层空间。”

“为什么？”

“因为我在枫叶刀市看到了很不寻常的事情。你知道自由天堂吧，在我们这里它还是一个没有被正式承认的非法组织，但是在枫叶刀市的那个世界里它已经被合法化。”

江哲心的脸色阴沉了，他望着墙角一语不发。

何夕继续说道：“在那一层世界里有近百分之三十的人成为会众，而且人数还在急速增长之中。我同其中的一些人谈过，据他们说，‘圣主’是受命拯救世界，力量无边，可以操纵世间众生的生死祸福。他们中的一些人还亲眼看见过圣主显灵。”何夕叹口气，“你不知道他们有多么虔诚，我觉得即使圣主要他们马上去死，他们也肯定不会有丝毫的犹豫，因为他们相信圣主将令他们永生。自由天堂主宰那一层世界只是迟早的事情了。”

“你不是说你还去过另一层世界吗？”江哲心插话道。

何夕艰难地笑笑，“情况更糟。自由天堂在那个世界里的影响更大，几乎所有人都陷于狂热了，站在教堂的神坛上接受礼拜的已经不是上帝，而是一个影子一般的雕像，他们说那是圣主。我觉得并不是那些人愚昧，因为他们目睹的的确是超出了他们想象的事物，不由得他们不陷入狂热。”

“还有别的事情吗？这次你还有没有别的收获？”

何夕的身体抖动了一下，江哲心的问询触动了他。这次他违反了计划私自到枫叶刀市只是顺应了内心的一个声音。当何夕面对着枫叶刀市那宏伟壮观的城市风景时，当他看到巨大的玻璃幕墙反射出万丈阳光时，当他的手真切地在粗糙的建筑物表面划过时，当他的眼睛被滚滚红尘带起的喧嚣所灼痛时，他清楚地听到自己内心有一个声音在大声地说：我看到枫叶刀市了，我亲眼看到枫叶刀市了，我不是疯子。他的心思飞回了檀木街十号那幢老式的建筑，耳边回响着母亲的叹息，眼前飘过漫天黄叶和黄叶里大眼睛姑娘离去的背影。两行滚烫的泪水顺着何夕的脸庞滑下来，滴落在异域的土地上发出清脆的声音……

……

“你怎么了？”江哲心关心地询问惊醒了何夕。

何夕摆摆手说：“没什么，我只是想起了一些事情。”他顿一下，平静了一下心绪，“你有没有发觉事情不对？我是说关于上次‘众生门’被人破坏那件事。”

“我知道的，看来自由天堂的确势力庞大，我觉得那个影子——他们就是这样告诉我的——就是我们要找的人。”

“问题是他怎么会进来的。”

“你这样问反倒让我奇怪。对能够穿梭层叠空间的人来说整个世界都是透明的，他可以天马行空往来无碍。”

“问题是他怎么知道我们那天刚好要进行跃迁实验？事先只有最核心的几个人知道这件事。他还不至于能跑到别人的脑子里去吧？”

“你就直说怀疑谁吧！”

何夕迟疑了一下：“跃迁实验那天崔则元博士为什么没有来？”

江哲心悚然一惊，“你怀疑他？”

十六

送走客人之后崔则元独自走进书房，他的神情显得很疲惫，自从3年前过了70岁生日之后，他自感精力已经大不如前。他没有注意到有一个人已经站在他的背后很久了。

“你好。”何夕大方地打了声招呼。

“你来做什么？”

“我想弄清楚一件事。现在我怀疑五人委员会里有自由天堂的人。”

“这么说你怀疑我。”崔则元环顾四周，“这没别人了，你直说吧！”

“我觉得只有做这个假设才能解释一些事情。”

崔则元博士叹口气：“你是不是因为实验那天我不在场所以才做出这种推断的？”他指着桌上一沓厚厚的文件说，“两个月前我因为身体原因正式提出退出五人委员会。你知道以前我们一直是终身制，所以这次的变化应该算是很大的。这段时间我一直忙于这事情，不想反而惹得你怀疑。江哲心博士知道这件事的，他没有告诉你吗？”

“江哲心博士？他没有说过。”何夕苦恼地回忆着，他脑子里突然闪过一个念头，一时间他几乎站立不稳。

……

何夕驾着小车一路狂奔，窗外的景物飞一样地朝后退去。走过两个街区突然道路被阻断了，一些拉着横幅的游行队伍鱼贯而过。所有的横幅上都写满了“自由天堂”这几个字，横幅下边是无数表情狂热的人。他们喊着口号喧哗而过，更多的路人加入其中。何夕知道近段时间以来自由天堂的活动已经日趋公开，在政府里也有不少人支持。这个日益庞大的组织取得合法地位只是迟早的事情。

游行队伍好不容易才过去了，何夕急不可耐地踩下了油门。现在一切都清楚了，五人委员会里很可能有自由天堂的人。因为“众生门”计划从设计之初就只有一个单程路线，在另5个新创空间里根本没有“众生门”，而如果没有“众生门”做引导的话，没有人能够达到自由穿梭层叠空间的境界，所以这个人一定来自这一层世界。更为关键的一点是，如果有这么一个人，那么他一定也会同何夕一样曾经目睹到一些奇怪的现象。从人之常情出发他也一定会发出询问，想要找到答案。但是他却没有这么做，而是采取了另外一种完全不同的利用这种能力的方式。这就说明他很可能是一个知道内情的人，而且很可能知道何夕的悲惨遭遇。除了五人委员会之外还有谁能具备这些条件？5人中蓝江水已死，而何夕是怎么也想不到江哲心头上去的。凯瑟琳在实验出事时一直没有走出过何夕的视线。现在如果崔则元没有嫌疑，那么就只剩下一个人。当天在实验室他第一个朝大厅左角跑去的，他和蓝江水到底看到了什么事情已是死无对证。他那天如果不那样做的话人们很容易会想到“众生门”被破坏是内部出了问题，他那样做便可以引开人们的视线。他可以先打死蓝江水，之后再故意显出一个模糊的影子来吸引人们的注意力，然后从另一层空间里迅速返回原地，再给自己补上一枪。当时场面混乱，警卫们一直在外面开枪，枪声是根本无法区分的。何夕感到一阵阵的心悸，郝南村阴鸷的脸在他眼前晃呀晃的。

十七

江哲心博士微微喘息着，他感到自己的心脏一阵阵地紧缩。自从何夕同他谈过对五人委员会内部的怀疑之后他就知道什么事情发生了，他几乎是直觉地想到了郝南村。但是他怎么能正视这一点？郝南村是他最得意也是最心爱的学生呀！

“这么说你承认了？”江哲心低声问，他脸上的肌肉止不住地哆嗦。

郝南村面无表情地看着自己的脚，江哲心的询问让他心烦意乱。什么地方出了差错，他仔细地回想着。他并不怕江哲心发现这个秘密，实际上这也只是迟早的事。在他的计划里他迟早会露面的，因为他将主宰六道众生。问题是他不想这么快就和江哲心摊牌，毕竟他是自己恩重如山的老师。

“你不会明白的。一个人从小就被迫目睹无数说不清来处的奇怪的影子，它们无时无刻不在你的眼前飞舞。我不敢对任何人讲自己亲眼看到的东西，我怕他们把我关进疯人院去，我怕极了。”郝南村捂住了头，他的眼睛里充满痛苦，“你不会明白的。”

江哲心的神色平静了些，他轻抚着郝南村的肩头，“我知道你受过很多苦。在整件事情里我们都是有责任的。只要你解散自由天堂，放弃那些荒唐的做法，你的前程是不可限量的。”

“前程。”郝南村仿佛有所触动，他直愣愣地望着墙，目光像是痴了。叫他怎么给江哲心说得清楚，江哲心知道站在神坛之上享受亿万人的顶礼膜拜是什么滋味吗？知道自己脚下的尘土被人亲吻的滋味吗？可他知道。那种感觉真是令人永远难忘。如今在六道众生的世界里已经到处都建起了自由天堂的神坛，当他降临其上的时候四周狂热的欢呼声响彻云霄。他的一笑一颦一喜一怒都可以左右亿万人，他们愿意为他生为他死，无数人愿意为他奉献金钱，无数少女愿意为他奉献贞操。在自由天堂的世界里他的话就是圣典就是金科玉律，那个时刻他就是世界的中心，就是亿万人的主宰——而现在江哲心居然要他放弃这一切。

江哲心的神情有些恍惚："这些日子以来我一直在想，也许我们和金夕博士都错了。我们实在是过于迁就人类的意愿，总是想尽办法满足他们。六道众生。"江哲心悲叹一声："佛陀本来就只给人类准备了'人道'这一层世界，我们挖空心思做的这一切根本就是逆天而行，只能是饮鸩止渴。何夕说得对，随着时间的推移，自由物质出现的总体可能性将越来越大，如果那次雪崩或是某一次火山爆发发生在某个大城市的话后果真是不堪设想。"江哲心闭上双眼，显出痛苦的神情："倘若如此，我们的灵魂将永坠阿鼻地狱的底层。所以，我决定了一件事。"

"什么事？"郝南村有些紧张地问。

"我决定由我们这一届委员会来终止'众生门'计划。我已经和凯瑟琳博士及崔则元博士谈过，他们已经同意了。"江哲心凝视着郝南村，"现在，就差你的一票。"

"如果我不同意呢？"郝南村幽幽地说。

江哲心脸上显出决绝的神色，一丝痛苦的表情在他苍老的眼睛里浮动着，"那我们只能恩断义绝。"他拿起桌上的电话。

但是江哲心立刻捂住了胸口，一柄样式古怪的刀子贯穿了他的胸口。他看着殷红下滴的鲜血，苍老的嘴角止不住地哆嗦，脸上的表情像是面对一件无法想象的事情。

“不——”何夕突然从墙角现身出来，刚好目睹了弑师的一幕。郝南村的脸一下子变得惨白，他惊恐地朝后退去。

何夕看了眼江哲心的伤势，他愤怒地瞪着郝南村。“你还算是人吗？”他悲愤地问，“他是你的老师！”

郝南村镇定了一些，他神经质地叫喊着：“他要阻止我。无论谁要阻止我都是死路一条。我是神，是至高无上的神——”

“你是魔鬼。”何夕狂怒地打断他，与此同时他的手里多出了一把枪，“你该下地狱。”

郝南村突然笑了，他满不在乎地盯着何夕手里的枪，“你应该知道这没有用。我俩都是上天凭借概率之手选中的人。世界上没有什么东西能够伤害我们。等你的子弹打过来时我早就到另一层空间里去了。”

“我相信报应，报应啊——”何夕虔诚地大喊，似乎想借上天的力量帮助自己除去这个恶魔，几乎就在同时，他手里的枪喷出了长长的火舌，震耳欲聋的枪声充斥了整个密室。

硝烟散尽，对面的墙上布满了弹孔，但是郝南村不见了。没有报应，也没有上天的力量，什么也没有。何夕扔掉枪绝望地跪倒在地，掩面长泣。

“你是……谁？”是江哲心的声音。他苏醒过来，迷茫地看着何夕。

何夕急忙迎上去：“是我，何夕。”他握住江哲心的手，感觉生命正一点点地从这个老人身上消失。“我该怎么办？”何夕痛苦地呻吟，“他是超出六道众生的恶魔，任何力量都奈何不了他。告诉我，我该怎么做？还有什么能阻止他？还有什么？告诉我——”

一丝淡然的近于彻悟的神色自江哲心苍老的脸上漾开，他低垂着眼睛一字一顿地说：“天——网——恢——恢——疏——而——不——漏——”他的头猛地一低。

何夕一动不动地跪在原地，他的心中麻木得没有一丝感觉。没有人进来，密室向外隔绝了刚才的一切。不知过了多久之后，一阵急促的电话铃声突然响起，何夕抓起听筒。

“江哲心博士，”听筒里传出一个焦急的声音，“几分钟前凯瑟琳博士和崔则元博士在实验室里遇刺身亡。据郝南村博士分析，这很可能是一名叫何夕的恐怖分子所为，政府已经发出了通缉令……”

何夕不禁哈哈大笑，这太荒唐了，自己居然成了通缉犯，而真正的恶魔却依然正人君子般高高在上。他大笑着对着听筒说：“我就是何夕，江哲心博士就在我旁边，他已经死了，来抓我吧。哈哈哈……”

何夕扔掉听筒，继续放声大笑。密室的门打开了，荷枪实弹的警卫冲了进来。但是何夕的身躯渐渐变淡变空，最终消失不见，只有凄厉的绝望到极点的笑声还在四处回荡……

十八

牧野静穿过拥挤的人群，她的目光须臾都不敢从前方那个身影上滑落。四周充满了男人的汗臭与女人的香水混合而成的刺鼻气味，让人呼吸不畅。天知道这么多人怎么会突然聚拢来，看上去也许超过十万。所有人的精神都健旺之极，一个个红光满面就像是过足了瘾的吸毒者。四下里的火堆照亮了天空，噼噼啪啪的木头爆裂声清晰入耳。松枝燃烧析出的油脂“滋滋”地往下淌，恰如人们高涨到极点的情绪。在广场的前方搭有几米高的高台，台子正中是一具十字架。在十字架的中心处悬空挂着一张座椅。激光在高台四周的半空中投放出血红的大字——自由天堂。

牧野静不知道何夕为什么一到晚上就到这里来，十天前他突然失魂落魄地找到自己。当时何夕的样子就像是刚刚走了几十里路似的，人一倒在床上便人事不醒了。那一觉足足睡了将近二十个小时，醒来后的何夕像是换了一个人，脸上是一种大彻大悟的神情。牧野静问他到底发生了什么事，为什么政府现在要通缉他，他是不是真的杀了人。对于这些问题，何夕的回答只是一个，那就是一语不发。不过他每天都会消失一段不算短的时间，回来的时候总是面色苍白，疲倦得像是散了架，有时身上还带着青紫的伤痕。

人群中突然爆发出一阵巨大的欢呼声，牧野静知道准是快到那个时刻了。往日里也是每到这个时候，人群都会像炸锅一般地掀起震耳欲聋的狂喊声，直到那个什么“神”突然出现在高台上的椅子上，却又立刻静得连一根针掉在地上都能听见，而接下来便是更加狂热的声嘶力竭的呼喊和掌声。那时的人群就像是要疯了一般且歌且舞，无数人朝那个高台冲过去，口里嘶吼着“带我走吧”“你与我同在”“我愿意为你死”。片刻之后“神”却悄然逝去，就如同他的出现一样神秘。牧野静感到这里的人一天比一天多，她记得十来天前只有几百人而已。听别人说以前这里的“神”是极少显身的，但是近段时间以来却从未让人失望过。

牧野静心里有一个猜想，虽然她实在不愿相信这是真的。因为每当“神”显身的时候她就会发现何夕不知上哪儿去了，而当“神”

离去之后何夕却又会悄无声息地突然出现，脸上是一种极度满足的神情。那种神情让牧野静没来由地感到恐惧，她疑心如果何夕真的想要去当一个“神”的话自己应该怎么办。她知道何夕不是常人，甚至他本身就可以说是一个神。这样想着的时候牧野静觉得何夕就像是一个令人不安的陌生人。

牧野静咬咬牙，她快步向前几步，拽住了何夕的手。她轻声叹口气说：“你今晚一直陪着我好吗？”

何夕怔了一下，他低头看表：“等一会儿吧。我办完事情就回来陪你。”

牧野静盯着何夕的眼睛：“什么事情？是不是比我重要？”

有一丝亮光自何夕的眼睛里闪过，但立即就变暗了，他缓缓地将手从牧野静手里挣脱，“比什么都重要。”他停了一下，眼里滑过一丝无奈，“包括你。”

何夕说完这句话就无声无息地从牧野静面前消失了。周围的人群都狂热地盯着高台的方向，没有人注意到这奇怪的一幕。

但是人群突然安静了下来，所有的人都拼命地伸长脖子，朝着高台的方向望去。牧野静擦干顺着脸庞流下的泪水，她的心已经碎了，她终于知道一个女人的柔情在男人的所谓理想面前是多么的渺小可笑。她真想一走了之，离开这个伤心的地方。但是她还是本能地望向了高台的方向，她知道“神”就在那里，不，应该说是何夕就在那里，享受着万众的膜拜。

但是事情变得有些古怪了，因为高台上突然凭空出现了两个身影——两个“神”？！他们居然还在说着什么，只是无人能够听清他们的话。其实就算听得见也没有人听得懂他们在说些什么，因为那是“神”与“神”的对话。

十九

“怎么你会在这儿？”郝南村坐在高台上的椅子上，一条长长的披风斜拖在地。他居然化过妆，使得他的面容看上去更加威严和神圣，如果不仔细看的话几乎认不出他是郝南村。他突然笑了：“我听说每天都有神在这个盛大的聚会上现身，原来是你。你终于想通了。其实你何必冒我的名来偷偷享受这种无上之福呢？”郝南村陶醉地聆听着震耳欲聋的欢呼声，“想想看，造物主待你我不薄。世界就在我们的掌中，六道众生也在我们的掌中。这真是妙不可言的感觉。”

“我不大懂你的意思。”何夕淡淡地说。

“这有什么难懂的？”郝南村轻慢地指着黑压压的人群，“我和你属于另类，相对于这些人来说我们是神。人生短促如朝露，何不利用上苍的恩赐享受。”他志得意满地大笑，“我和你都将有精彩的人生。这些人心甘情愿地供我们驱使，这个世界上的一切都将属于我们。”

“可是你想过没有，这个世界是不稳定的。”何夕插话道，“随着时间的推移，六层空间的世界将面临越来越多的问题，也许就在下一个时刻灾难就会降临。”何夕指着狂热的人群：“这里有十万人，如果地下突然冒出火热的岩浆会是怎样一种情形？”何夕盯着郝南村的眼睛，“就算是炼狱也不过如此吧？”

郝南村稍稍愣了一下，也许何夕描述的情形让他有些害怕，但只一瞬间之后他即恢复了常态：“这对你我都是没有影响的，我们可以马上穿梭到另一层安全的世界去。”

“可他们呢？这里有 10 万人，你就看着 10 万人在火海里挣扎着死去吗？”何夕激动得大叫，他的脸涨得通红。过了几秒钟后他平静下来，用同样平静的口吻说：“不过我倒是很满意你的回答，简直可说是满意透顶。”他的脸上露出奇怪的笑容。

“满意？为什么？”郝南村问道，他隐隐觉得什么地方有些不妥。

“因为这使我永远都不必为自己将要做的事情感到后悔。”何夕的手指微微一动。一道亮闪闪的金属圈从椅子上弹出来，箍住了郝南村的身体。

“你这是为何？”郝南村迷惑不解地看着何夕，“你要做什么？”

何夕的手上多出了两样东西，那是一根足有两尺长的锈迹斑斑的铁钉和一把同样锈迹斑斑的铁锤。

“这根钉子是我特意委托一位牧师替我找的，据说曾经钉入过魔鬼的胸口。”何夕认真地说。

郝南村哑然失笑，他觉得何夕可能是有点神经不正常了，“不要玩这些噱头了，你知道这不会有用的。这个世界上没有什么东西能够伤害到我，子弹不能，你手里的玩意儿更不能。”

何夕没有理睬郝南村的话，他一脸虔诚地朝前逼近：“你没有试过怎么就知道不行？等到铁钉的尖锋刺进你的胸膛你就不会这么说了。记得我说过一句话吗？”何夕的眼神迷蒙了，“我说过我相信报应。我知道你是不相信报应的，这正是你我之间最大的不同。不过快了，你马上就会知道什么是报应了。”

郝南村有些怜悯地盯着何夕，就像是看着一个疯子：“你准是疯了。我不想和你纠缠。我奈何不了你，可你也同样奈何不了我。你慢慢玩吧。”说着话郝南村的身体开始变淡，轮廓也开始消失。只一瞬间的工夫何夕的面前便只剩下了一团虚空。

但是何夕的姿势没有变化，他依旧一手执锤一手执钉，脸上满是虔诚地望着苍穹，目光里有希冀的光芒闪现，他的口里念叨着什么，就像是在祈祷。

大约只几秒钟的时间郝南村突然又出现在了何夕面前的金属圈里，他的脸由于极度的惊恐已经扭曲变形，看上去令人害怕。

“你做了些什么？”郝南村挣扎着大叫。

何夕低叹口气：“你终于知道害怕了。你知道你的老师江哲心博士临死前对我说了句什么吗？”

郝南村面色变得像纸一样白，额头上冒出汗水，“他……说什么？”

“他说天网恢恢疏而不漏。”何夕指着那个金属圈说，“我给它起的名字就是天网。其实很简单，它并不是单一的，在六道世界里的同一位置里都有这样的一个圈，所以无论你逃到哪一层世界都会发现自己刚好仍然被它牢牢地箍住。这就是天网。”

“天网。”郝南村面无人色地重复着这个词。

“你以为我每天到这里来就是为了享受这种令人作呕的狂热崇拜吗？”何夕鄙夷地看着黑压压的人群，“我承认那种滋味的确让人飘飘欲仙，但是它不值得我留恋。你想主宰这个世界，可我不这么想，我从不认为哪个人有权这样做，而且我说过的，我相信报应。我每天来这里只是为了等你。如果你想避开我的话我是毫无办法的，所以我设计了这一切。我知道这样的盛会对你的诱惑是不可抗拒的。你不是喜欢万众的膜拜吗？你不是喜欢坐在宝座上高高在上的感觉吗？这些我全给你。当然，还有天网。为了布置好这些，我在每一层世界里费尽周折。”何夕撩开衣袖露出伤痕，“这个位置在其中一层世界里甚至是火山口。”何夕扫视台下激动无比的人群，“这些人都是你的信徒，你是他们心中至高无上的‘神’。不过——”何夕露出冷酷的表情，“他们将亲眼看着你死。”

“还有这根取自魔鬼身上的铁钉。”何夕将手里的器物高高举起，“它也不是单一的，在六道世界里都安排有一根这样的铁钉。你无处可逃了。”

郝南村彻底瘫软了，他的身体剧烈地哆嗦着，汗水从他的脸上大滴大滴地滚落下来。“你放过我吧。”他呻吟着哀求，“我不是人，你不要杀我。”

何夕用更高的声音打断了他的话：“到现在才说这些已经太迟了。”他的眼里有隐隐的泪光闪动，他的眼前晃过一些故人的面孔：“想想为你而死的那些人吧，想想你将把世界引向的去处吧！这就是你的报应。”何夕突然举起了铁锤，“拿命来——恶魔。”他高声喊道。

全场哗然。

“以圣灵的名义——”何夕击打着铁钉。

血光飞溅。郝南村在惨叫。人群发出惊呼。

“以圣子的名义——”何夕睁大了双眼，污血溅得他满脸都是。

郝南村喉咙里发出咕咕的响声，他已经说不出话。

“以死难者的名义——”何夕继续挥动铁锤。

郝南村的身躯扭曲着忽隐忽现。他在六道世界里左冲右突却无路可逃，他的眼睛瞪得很大，像是要暴突出来。污黑的血顺着铁钉往下淌。

“以正义的名义——”何夕的神色已是极度亢奋，他的心里升起一股嗜血的快感。

郝南村抽搐着，口里吐出血沫。

何夕停下来，但是立刻又补上一下："以我的名义——"

铁钉贯穿了郝南村的身体，直达背后的十字架，他的身体已经以铁钉为支撑悬挂在了上面，有如某种象征。

何夕朝郝南村的尸体上啐上一口，他已经筋疲力尽。但是他还是强打精神转向已经惊呆了的人群。一时间何夕有些茫然，他不知道应该如何向人们解释发生的一切。也许是该让人们知道真相的时候了，尽管这个真相并不美好，里面浸透了人类的疯狂与贪婪，但是，它是真实的。

"这就是你们的'神'。"何夕走到麦克风前，他指着郝南村的尸身大声说，"但是他死了，和所有人一样，他也会死，所以他也不再是神了。"何夕扔下手里的铁锤，打在地上发出巨大的声音，"我来告诉你们这一切究竟是怎样发生的吧！这个故事实在太长了，它从 200 多年以前延续至今，而几乎所有人却对它一无所知……"

……

四下里的火堆已经燃尽，收敛了曾经喧嚣直上的妖冶的火光，有气无力地冒着烟。而东方的天空已经现出了淡淡的天光，预示着真正的光明就要来临。

何夕还在讲述着。

周围安静极了，所有人都静静地站立着，就像是一群雕像。

"后来的事你们都看到了。"何夕轻声叹口气，他像是要虚脱了一般，"这就是真相。也许你们现在还不愿意相信我，但是迟早你们会明白的。"何夕无奈地笑了一下，目光惨淡，"有时我会忍不住想人类真是伟大，能够凭借智慧发现那么多自然的秘密，用以造福自己。而有时我却又想，如果大自然是一位母亲的话，那么人类就是她最聪明但也是最可怕的一个孩子。这个小家伙顽劣不堪却又自以为是，他总是不断地向母亲要这要那。母亲疼爱自己的孩子，但是她并不想纵容他。可是这个孩子实在是太聪明了，他总能够变着花样地从母亲那里得到自己想要的东西。而有些东西是母亲本不愿意给、不能给，同时也给不起的。但是因为孩子的聪明，他总是如愿以偿。他每一次背着母亲偷偷地火中取栗都是有惊无险，每次都自以为得计地享受着自己的聪明，却不知母亲一直就站在他的身后，默默地为他将来的命运伤心垂泪。"

何夕说不下去了，他的眼中淌出了泪水。泪光中他见到一个人走上高台，轻轻地依偎在他的胸前——那是一个姑娘。这就是结局了，何夕想。

尾声

微风扫过无人的城市，蓝色天幕上巨大的云影缓缓移动。

134 岁的何夕已是白发苍苍，他站在宽大的街道上，环视着雄伟壮观的枫叶刀市。一座高大而荒凉的过街天桥横亘在他的面前，昔日人流上下奔忙的景象已是苍狗白云。周围没有一个人，也没有有人的迹象，就像是一座死城。死城，何夕回味着这个词，是的，这里是一座死城。“重归”计划是从一百年前启动的，也就是郝南村死后不久。何夕想着这个时间，他在心里惊叹自己居然活了这么久，也许是因为他的身体异于常人，但是他知道自己确实老了，他已经能够看到死亡的身影。在这个计划里人们用了一百年的时间返回故里——谁能想到回家的路竟然有这么长。

牧野静已经离开这个世界很久了，在不太遥远的未来的某一天，何夕自己也终将离开这个世界。但是这个世界将继续存在下去，连同他们的子孙。何夕想到这一点时内心充满宁静。

阳光还在，反射万丈光芒的玻璃幕墙还在，但是人们已经归去了。这片异域的土地本来就是不存在的，它也不应该存在。它只是空中楼阁，就如同镜子的反光。但是它毕竟存在过，并且在那么长的时间里承载过无数人，连同他们的爱与悲哀。只是，现在不需要它了。

再有几分钟，当“重归”计划结束之时，位于另一个世界的一些人将启动巨大的仪器湮灭五个新创的世界。何夕周围的一切将消逝无痕，就如同它们根本就不曾存在过。这个时刻何夕想了许多，无数思绪在他的脑子里匆匆而过。他仿佛看到了百余年前那个惊梦的童稚少年，仿佛看到许多故人向他微笑着走来。

何夕抬起手臂，做了个挥手道别的动作——向往昔的一切，也向这座令他永世难忘但却终将在繁华落尽之后归于虚幻的城市。微风吹过来，掀起他的白发。当何夕的手还停在空中的时候，他的眼前突然闪过一阵亮到极点的白光，他不自觉地闭上了双眼，他知道，那件事情发生了。

等到何夕重新睁开眼睛的时候，刚才的一切都已消逝不见，他发现自己身在一间亮着灯光的屋子里，脚下是真正坚实的大地。何夕跺跺脚，享受着沉闷踏实的声音。不会有雪崩了，也不再有离奇的灾难，这很好——他想。

这时房门突然“吱吱呀呀”地被推开了，一个小脑袋小心翼翼地钻了进来，那是一个七八岁的长得胖乎乎的小男孩。

小男孩见到有人先是一惊，但是立刻问道，“你在我家厨房做什么？”

“厨房？”何夕一怔，他环视了一圈，这里果然是个厨房。“我……路过这里。”他来了兴趣，“那你到这里又是做什么？”

小男孩不好意思地笑笑，他指着肚子说：“我饿了，想找东西吃。只要过了吃饭时间我妈妈就不准我吃东西。”

何夕心念一动，他这才发觉周围的景物是那样熟悉。时光的流逝停止了，窗外小园子里花草们的身影随风摇曳。“告诉我，这是什么地方？”他轻声问道。

小男孩打开冰箱，食物的香气扑鼻而来，他的脸上立刻写满幸福。“檀木街，十号。”男孩咽了口唾沫，嘟哝着说。

2004笔会纪要

赵海虹

灵魂深处，邂逅另外的自己

穿过康定的那条河非常清澈，河水湍急，仿佛在城市的任何一个角落都能听到流水的奔涌之声。

康定是一座小城，据导游说，旧城大部分毁于几年前的一场洪水，现在的康定城几乎都是那之后重建的。群山环抱的小城被这条十几米宽的河纵向分成两半，河水恣意、纵情地高唱。水总让人联想到柔美的女性，而康定的河，是男性化的，蕴藏着曾经摧毁一座城市的狂野力量。

那是一个闲适的夜晚，《科幻世界》笔会附加旅游的第三天。下午我们刚刚去了38千米外的木格措领略野人海的风貌，一帮同行的姐姐妹妹穿着藏装热闹地拍照。回来已经不早，晚饭后的自由活动才是我之所好。城市太小，就一条沿河的主干道，很快就走到了头。环顾四周重重山影，倾听一路隆隆的水声，这高原小城的夜晚有一种独特的力量，带给我心灵的宁静。

快到宾馆的时候，看见大刘、姚夫子和小罗在路边小店挑旅游商品。没说几句，大家就争着做东找地方吃东西，最后大刘以得奖为由坚持要请客。那一顿烧烤吃罢，小罗告退，剩下的就都是“老人儿”了。大家抚今追昔，怀念起历年笔会时出现过的面孔：有的是一闪而过的星，有的是共同在科幻圈努力的老友，偏偏今年的老面孔少而又少，让我们这些“老人”感叹不已；也说自己和对方的小说，种种实现的、未能实现的想法。不大沾酒的我不知不觉间被劝下一杯又一杯冰镇啤酒，脸也烧得红扑扑的，在酒精作用催发之下，放出了许多豪言壮语。

快 11 点时我们退席，刚走出小店，我忽然晕眩起来，仿佛从远处黑沉沉的山影里透出一阵怪风，吹得我天旋地转。

好不容易站稳脚跟，身子也不再摇摆，我回头寻大刘和姚夫子，两人居然都已不见了，店里只见靠门边的一对食客，好像与片刻前不同，而本应在收拾桌席的老板袖着手坐在柜台里，我们刚刚饕餮一顿的乱席已被收拾得了无痕迹。

我定了定神，认为自己一定是酒劲儿上来了，又冲进前方的夜幕里费劲儿地寻找同伴。

河岸边的小店还有三成依然在营业，灯火映照的街道上全然看不见他们的身影。

“走得真快。”我嘀咕一声。

夜色中浮现出乌黑的山影、沉郁的河流，明亮的星星在夜空中列出无法辨识的阵势。

回房时又遇到一个意外。给我开门的居然是张卓。

“你回来啦，”她说，“后来又去哪儿玩了？”

“你什么时候换来的？”我问。

“是你要换的呀，说方便照顾我。”张卓路上水土不服生了病，下午都没有去木格措。但她出来一路都和杂志社的编辑同屋，我一直和秦姐一间。

我忽然觉得古怪，离店的片刻间那种怪异的感觉又回来了。我觉得全身发虚，心里特别没着落，但要因此和张卓核对事实，又仿佛有点小题大做。

我试探着说："晚上去哪儿了？我和大刘他们吃烧烤去了，还有姚夫子和小罗。"

"你什么记性啊！"张卓狐疑地横了一眼，"我不是和你们一块儿吃的吗？小罗没去。我把他想买的藏刀全买完了，他满街找藏刀去了，根本没和我们一块儿吃。"

我心里"咯噔"一下，赶紧扑到镜子面前：脸上还泛着异样的潮红，酒劲儿还没有下去。我望着镜子里的自己，张卓穿着我几天前见过的那件大T恤正在我身后梳头，用的是一把黑色宽边牛角梳——我曾经怀疑这把梳子是硬塑料的。

这应该就是原来的那个世界，难道是我的记忆力出了问题？

"我有点累就提前回来了，你们刚完啊？"张卓继续说。

"是。"我迟疑地点点头，胃里有什么在搅动，"你现在感觉怎么样？下午休息一下还是有效果吧？"

"你还没老，怎么就得上老年病了？"张卓把脸凑到我跟前，瞪圆眼睛盯着我看。她很仁慈，没有直接说我老年痴呆。"我下午不是和你们一块儿去的吗？我们五个人还一起穿藏装玩COSPLAY呢！"

我可以清楚地看到张卓那双熟悉的、带点懵懂的眼睛，和她面颊上几粒可爱的浅褐色小雀斑。我百分百肯定这个人确实是张卓，但我也百分百地肯定她下午没去。不过我没敢说，那种"有什么不对劲"的感觉愈加强烈。当然，下午她有没有去是很容易证明的，我的相机里有“四女”的藏装合影，倘若如她所说，那么我拍下的就应该是“五女同戏”。

我面对着熟悉的面孔和熟悉的房间，一股寒意却从脚底升起。含糊地支吾几句后，我洗漱上床，临睡前习惯翻几页书，但我从包里掏出来的不是这次带出来的《小说月报》，而是杂志社新出的《计算中的上帝》。我怎么也想不起来什么时候弄来了这本书。好在阅读的过程相当愉快。我喜欢看聪明人写的书，同时我发现自己片刻前的惊惶是那么可笑。

不就是张卓逗我，开了几个玩笑？我怎么可以幻想自己到了另一重时空——是的，我知道自己暗地里是这么揣测的。我忘了自己只是个写科幻的。或者应该怪酒精，也许我还未完全清醒。我翻转过身看张卓那边，她好像已经睡着了。

“卓儿。”我笑着叫她。

“嗳？”她双臂挣出被子，手掌在被沿儿上扑打了一下。

“我们约个暗号。”

“什么？”

“梳子。记住，暗号是梳子。”我瞪着浅褐黄色的天花板，心里有一种自嘲的恶意。真的，我是在讽刺那个曾经害怕过的自己。

“你真喝高了。”张卓很认真地点点头。

没多会儿我就睡着了。梦里云山雾罩，身体浮在波浪上，又像是趴在一台发动的马达上面，震得我有点恶心。这个梦似乎特别长，我一直带着微弱的意识期望闹钟把我叫醒，但我却是被推醒的。大客车上和我隔了一条空走道的女孩拍着我的左肩道：“泸定桥到了，还睡！”

我猛睁开眼，天光让我不习惯地又闭上眼帘。应该是在昏暗的客房里的，难道是我做梦做得魇住了？

但是，日光的热度、带着汽油味的空气是真实的。我疑惑地重新睁开眼：乘客正在下车，我坐在第一排靠门边走道右手边的位子，这位子是没错的，问题是上上下下的人里，没有一个是我认得的！

我脑子里嗡地震了一下，顿时瘫软下来：我跟错团了！

想想，再想想。

我按了一下腰间，硬硬的包还在，有钱有证件，就算跟错团也出不了什么大事，不过要马上通知杂志社的人才好，免得他们担心。

可是我怎么会跟错团呢？我坐第一排，导游不可能没有确认过我这个位置。我也完全不记得何时早饭、何时上车了。难道是我间歇性失忆？太夸张了。相比之下，走错时空的解释似乎还正常一点儿。

我迟疑地下了车，打量车子的外观——也是黄色的旅游大客车，但和原来那辆不太一样。我不敢走远，只是努力在人群中寻找熟悉的面孔，却总是徒劳。泸定桥入口离车子不到 30 米，我左顾右盼地走近时，守在桥口那个挂着导游证的圆脸黑皮肤女孩塞给我一张门票。“10 点半上车啊，10 点半！”她对我嚷。

这应该就是我“现在”的导游。我尝试着和她搭话，问道：“什么时候能回成都？”

“下午 5 点左右吧！”她显然因为劳累而不耐烦，“你今天都问三遍了。”

我被吓得不敢吱声，觉得像误入沼泽的旅人，每一步试探都可能陷入吃人的泥淖，坠入不可知的虚无。

我几乎是被导游赶着走上了摇摇晃晃的泸定桥，梦游似的躲过桥心站着拍照的旅人，朝对岸摸索过去。这时，横里插出一个挂着一次成相机的老倌儿，拦路兜揽生意：“小姐拍照吗？一分钟成相三分钟可取，十元钱。”

他在我眼中的形象有点儿虚，其实我看谁都觉得对不准焦距，应该是心理问题。

“好吧，拍一张。”我听见自己说。

老倌儿身手矫捷地蹦到桥尾，让站在桥心的我摆个姿势。我左手抓住充当栏杆的铁索，咧嘴露出比死还难看的奇怪笑容——当然这是照片显影后我才见识到的。

我早早回到了大客车上，拿出手机找电话簿，里面却没有随同旅游的任何一个编辑的手机号码。只能给成都的杂志社打电话了。接电话的居然是姚夫子。我瞬间失语。整个笔会人马组成的旅行团应该还在泸定桥前后的路上，离成都还有六七个钟头的车程。

“……你什么时候回成都啊？”

我回过神来时听到姚夫子在问。

“我……今天傍晚吧！一路没什么熟人挺没意思的。”后句是我临时想出来的试探。

“之前去九寨沟回来大家都累得够呛，也就你还有精力继续玩。对了，还有潘海天他们去西藏了。”

我支吾了几句挂了机。

九寨沟？

杂志社举行的笔会旅行去了九寨沟？我去完了又一个人来康定？而且还是用我一贯厌弃的跟团方式？

我翻了翻泸定桥的过桥票，明信片式的票后印着当日的戳：

20040801。

时间是对的。

我默默看着到时间后一个个上车的旅客，每一张面孔都是陌生的。然后那个圆脸的黑姑娘上了车，坐在梯级上，司机——一个长得有三分像赵本山的师傅，发动了引擎。

车到成都，导游的任务就结束了。我随便找了个旅馆，搁下东西就直冲卫生间，一身的冷汗，肠胃里直搅和，吐得我昏天黑地。勉强冲了个澡，也懒得吃东西，一直趴在床上想东想西。

感觉稍稍好些后，我给张卓家打了个电话。她到现在还不肯使手机，也不知她到家了没有，只能姑且一试。不料居然是她本人接的电话，张口就问我旅行如何。我说："累吐了，我连日子都记不清了。笔会是几号开始的呀？"

"20 号呀！"电话那头说，"连开会带玩 26 号结束，你歇一天居然又去海螺沟、康定了，真够有劲的，还是不行了吧？"

可笔会明明是 27 日才开始的，我见过邀请函。我又问："笔会是去的九寨沟？"

"你怎么了你？老年痴呆？"

"记不记得那天我说的暗号？"

"哪天啊？我说，你病了就别说话了。吐过了好好睡一觉，省得说什么错什么。"

我无力地搁下电话，脑子是木的。我想我要好好面对这次特殊情况了。

假设我一直熟悉的世界是 A，张卓换房的世界也许就是 B（B

与A的区别还是不确定的），而眼下所在的世界却是C，感觉我离自己熟知的那个“时空”越来越远了。这种正在远离的恐惧催促我立刻打了下一个电话。

我拨了大刘的手机，然后惶恐地等待。

应声的人是大刘，我松了口气，至少这个号码还是正确的。

大刘正在北京，他说开完笔会就去北京办事，还要过几天才回山西。

虽然不好意思耗费他的漫游费，我还是厚着脸皮和他展开了一个科幻设计的讨论。

讨论的主题是：人是否可能由于某种奇妙的频率波动，进入不同的平行宇宙。

“很多科幻小说中，在A时空的主人公，我叫他张一，进入B、C、D等不同时空时也会分别遇见张二、张三、张四……他和自己的变体是共存的。不过我认为，不管进入了哪一个平行时空，只有一个张，如果那是张一，就不会存在张N。”

“你继续说。”大刘说。

“不过很多故事里的张进入平行时空是希望改变A中的自己，结果却无谓地进入了B、C、D，他永远无法改变张一。当然也有例外的情况，但不是平行宇宙概念的，《谋杀了穆罕默德的人》中，张一不断求变的结果是颠覆了自己存在的基础。有没有这样的情况：张一完全不自觉地、没有任何原因就进入了B、C、D等平行时空，而且每当进入，他就顺势成为了张二、张三、张四，但同时还保留着张一的意识？”

“这里的B、C、D之间有关联吗？”

“也许，它们和A的现实距离越来越远。”

“那也许只是一次波动。”

“波动？”

“任何生命都是一种波粒二向性的存在。这里我们只谈波。张存在的波偶然发生单向峰值的波动。比如从0升到100，假设100是峰顶，而每变化10个单位值就会进入另一个平行宇宙；但是，如果把它当成坐标值的一次波动，那么它很快会恢复正常值。张也就会回到A时空。”

“但为什么只有张一的意识存在？张二、张三到哪里去了？”

“被张一暂时占频了吧。但我认为他们其实是同时存在的。也许张一会发现自己拥有张二的身体，只是意识在频率混乱的情况下抢占了片刻的地盘。”

“什么原因可能造成这样的状况？”

大刘沉默片刻后道：“这就要看你小说的需要了。不过没必要纠缠具体技术，你完全可以有自己的写法。”

我冒着被当成神经病的危险战战兢兢说了一句：“其实我觉得自己就是频率波动的赵一，已经进入了空间C，而且可能还会继续远离。”

电话那边显然迟疑了。

“在康定一起吃烧烤的，除了你、我、姚夫子、小罗，有张卓吗？”我是豁出去了。

大刘很平静地回答：“我没有去过康定。”

我害怕夜晚，别提有多怕。我怕醒来发现又是另一个世界。我怕那个世界里“我”的生活逐渐超出自己的掌控能力。

我怀疑梦也是一种频率变化的结果，也许所有的梦境都是源于睡眠中自身频率的不稳定——被其他平行的时空接收，进入了另一个自己。

但夜幕还是温柔地降了下来，月亮圆得太规整，我查了查日历，发现今天是阴历十六，十五的月亮十六圆，那么，在康定的夜晚就是阴历十五了，不知这和我的"波动"有没有关系，可我那夜并没有看到月亮。

我努力回想整个的变化过程，意外发现以前的我——这里应该叫"赵一"，反而变得越来越不确定。那个我是真正存在过的吗？还是那只是我的一次"波动"，而现在的时空才是我的原乡？

眼帘越来越沉重，我听到自己熟睡的呼吸——这不是语病，也不是逻辑错误。我真的听到自己熟睡后均匀、平静的呼吸。然后我完全失去了意识。

我依然是在波动中醒来的。仿佛我不是熟睡了一夜，而只是眼皮子打架，打了几秒钟的盹儿。而且我是在小三轮上，这种价格低廉的交通工具是成都的一大特色，一般短途选用比较划算。望着蹬车师傅穿着红色汗衫的后背，我好久没回过神，也不知道该说什么。直到他在一栋熟悉的院子前停下车，转过头用四川话对我说"科协到了"，我这才恍然大悟地交给他十元钱——不知事先说好的是多少，但肯定是够了。师傅找了我五元钱，我梦游般地说声"谢谢"，一仰头，看到了大楼顶端写着"科幻世界"四个字的大牌子，牌子很朴素，并没有如 A 时空里那样安上霓虹灯。

我走进一楼大厅，电梯边的介绍栏灰扑扑的，上面找到了"十楼，科幻世界"。

我心里咯噔了一下，A 时空的《科幻世界》杂志社在新楼的六楼。

我坐电梯上了十楼，带着做贼心虚的感觉往里走。我还记得六年前的《科幻世界》杂志社，但依稀有些不同。我不知道自己到底是进入了 D 时空，还是时光倒转，回到了六年前。

我一路走过了挂着“社长室”“总编室”“邮购部”门牌的房间，房间的门都关得紧紧的，直到“编辑室”才看到一扇虚掩的门。我在门边礼貌地叩了两下，不，这不是六年前的科幻世界，如果我没有记错的话，那时编辑部的门是双面的木门，而不是这种单面的红色铁门。

房间里有人用带川音的普通话应了一句：“请进。”

我推开门，陷入一个完全陌生的环境，埋首工作的编辑们对我置之不理，只有那个应门的编辑转身问我：“找哪个？”

我不认识他。我不认识这屋里的任何一个人。

我觉得嘴唇发干，报了自己的名字。他没有反应。另一个编辑的脑袋从最远一排桌上垒得高高的书和杂志上冒了起来：“你就是刚才打电话要买书的那个吧？去邮购部。”

我一边嘴里不停地说着“打扰了”，一边退出房间。这一刻我不知如何是好，仿佛因为杂志社的改头换面，我和原来世界的联系也彻底断了线索。

我不知道我进邮购部还有什么意义，但是我实在想不出后面该做什么。我甚至不知道自己住在哪里——昨晚入住的宾馆很可能也属于“上一个波段”。

于是，我敲响了邮购部的门，一个中年男子拉开门：“有事吗？”

“我……”无奈之下，我只能报上了自己的名字。

"哦，我刚查过邮单的。已经给你发出去了呀！"

我松了口气，仿佛又抓到了另一根线，虽然是那么纤细的一条线索。"我……我还想再买几本别的，请你们用原来的地址给我发出去就可以了。"

果然在电脑里存了发货的地址记录。他打了一张出来，我把随便挑的四本书递给他，看着他打包。同时，我拿起桌上的一支圆珠笔，在手心里记下了那个地址：浙江省杭州市福心路 285 号 302 室。

记忆中杭州并没有这样一条路。

付钱后，我离开了杂志社和多少有几分原来面貌的科协大楼，在人民南路上漫无目的地晃悠。这似乎就是我熟悉的人民南路，但是气息、感觉却不尽相同。

与本原越来越远的世界让我措手不及。所幸有过之前几次渐进的铺垫，我还能保持基本正常的精神状态。

成都的天空总是灰蒙蒙的，云层遮蔽了天空，即使在晚上，也很难看见清晰的星群。也许这个世界里的星星，和别的世界是一样的吧？我像一个白痴那样坐在花坛边的水泥板上瞪着天空，等待黑夜的降临。其实我根本不熟悉星星的位置，我的天文学知识完全不具备实践能力。

就在这个时候，我挂在腰间的小包忽然震动起来。

"在我意想不到时候，你居然就在那里……"一个女声唱着，伴着叮叮咚咚的和弦。

我忽然意识到这是手机来电。

我急忙去掏那个包，从来没有觉得自己的手脚这么笨拙，终于掏出这个跳动的小东西。可我又迟疑了，不是我的西门子，也不是我知道的任何牌子，我不确定应该如何接听。

那个女声依然唱着我从来没有听过的歌曲：“我等待了那么久，你来的时候我却已经放弃……”

管他呢，手机反正都差不多。我按下屏幕上的 C 键，希望那个符号代表话筒。

和弦停了。女声安静了。然后又一个声音，细细的，从手机一端传来：“喂——”

我战战兢兢地凑上去听。

“听得到吗？”

“听到了。”我心虚地回答。

“什么时候回来？”

“啊？”

“你不是说昨天订了票吗？告诉我航班号，好去接你。”

一个男声。陌生的男声。

我灵光一闪，立刻在包中翻找，果然找出了一张机票。2004 年 8 月 3 日上午 9 点 30 分起飞，CU3850，成都到杭州。我在电话里报了一遍。

那边笑了。“明天我调休吧！你想想要怎么庆祝？”

我就像个临时顶替的 B 角，在舞台上忘了词：“庆祝什么？”

“你当我忘了？ 3 周年嘛！锡婚，还是陶瓷婚？我是搞不清那些的。反正我已经准备好节目了。”

我干笑两声挂了电话，这才真正地傻了眼。大刘说波动也许是暂时的，很快就会复原。如果真是这样，我希望现在就复原。现在！

我对着翻得一团糟的挎包许愿：让我立刻回去吧，实在不行的话，一切在明天中午之前结束也行啊！

我抓住这只新鲜的手机，努力寻找电话簿，但是里面没有一个熟悉的名字。有一个“家”的号码，但我怕会是那个陌生的男人接听而不敢尝试。

我拨了一个 A 世界中杭州家里的电话。

无尽的长音，之后喀的一声，一个很粗鲁的声音在电话那头应声：“喂？”

“喂。”我畏缩了，我已经料到这个电话也失效了。

“找谁？”话音是凶横的。

我忽然来了气，因为这一段无端的颠沛，我用同样凶横的口气说：“找我妈！”

“打错了！”电话被重重地挂断了。

包里有一张薛涛宾馆的房卡，我不明白赵四——这个空间原来的住客，为什么要住得那么远。还有一个红色的皮夹，塞了十张纸币和各种颜色的银行卡、贵宾卡。纸币是绿色的，正面印着毛主席的全身像，反面好像是革命圣地延安，都印着阿拉伯数字 100 和“壹佰圆”字样。

皮夹里还有一张两人合照。一对年轻男女刻意摆出肉麻的姿势。这两个人我谁都不认识。

然后还有一盒兰蔻的两用粉饼，一支迪奥的口红。

我打开粉盒，镜面因为沾了粉而不太清晰，但还是可以看到一双陌生的眼睛从镜子里望着我。我被唬得“哇”了一声，几乎把带镜子的粉盒摔在地上。

镇定，镇定。我对自己说。

我把镜子重新举到面前，镜子里还是那双陌生的眼睛。

等等，好像见过。我拿起皮夹，和镜子并排举着。

是的，镜子里照出来的，正是照片上那个女人的脸。

见鬼，我也许真的是和一个赵四撞在一起了。她的身体，我的意识。或者她的意识也是存在的，我们正在抢占同一个波段。

“我不干了！”我仰起头，好像这个城市天空的云层之后有张嗤笑的脸正在取笑我的慌乱，“我真的不干了！”

下一次的震荡发生在飞机下落时分。一个柔美的声音提醒我，飞机正在下降，请收起小桌板。我这才发现自己刚才又睡过去了，手表显示时间是 11 点 30 分，还有 20 多分钟就要到杭州机场了。

窗外是白茫茫一片，没什么值得看的风景。而我，软弱地遵从了赵四的生活轨迹，终于还是在昨晚回到了薛涛宾馆，并且一早出发赶飞机。不是没有想过愤然反抗——留在成都不走，或是换一班飞机回杭州，让那些我不认识的人再也找不到我。但是钱包里只有一千元钱，卡再多不知道密码也白搭。当然还有最重要的一点，我想我和赵四共处的时间也许非常短暂，如果同前几次一样，可能还到不了一天。

现在我已经杯弓蛇影到了每次瞌睡醒来都会立刻查证是否进入了另一重世界。我按了按腰部，没有那个包。我急了，先搜座椅后的袋子，除了卫生袋还找出一本南方航空的杂志。咦，不是川航的航班吗？终于从 T 恤衫的胸袋里掏出一个皮夹，蓝色的，大夹层里只有薄薄两张纸币，一面印着一个不认识的头像，另一面是长江三峡，标明面值是“壹仟元”。“哈！”我情不自禁叫出声来，左边座上的一对老夫妇白了我一眼。记得上机时邻座是一对小夫妻呢！

虽然又换了个世界，但打了个盹儿的工夫就多了一千元钱总归是好事。我觉得这个世界，按顺序应该是E，一开始就给我带来了好运。反正一切都不由自主，那就只能等待尽快复原，同时把当下的经历当成一次小小的冒险，或者，看成大学时在英语剧社里演出的短剧好了——我在心里对自己这样说，但仍然觉得七上八下，握皮夹的手掌心汗津津的。

两张银行卡，三张名片，一张照片。

名片居然是同一个人的：“章之延，中国美院国画系，家庭地址：杭州市南山路540号302室”。A世界里的南山路没有那么大的号数。但为什么会有三张？一般只可能是本人的名片，出门时带了几张备用的。难道赵五连名字都换了？当然，事实上不能叫她赵五，她只是E世界里正好和我同频的人。

还有那张照片，那张让我一个激灵的照片。

一个小小的女孩儿坐在画面正中，粉蓝色的婴儿裙，贴耳根的短发，黑圆的眼睛瞪得很大，照片上缘印着：章咪一周岁。

在这个世界等着我的，也许是婴儿的纸尿片。

皮夹从我汗湿的手掌里滑落，我弯腰去捡时，前额撞到了左边的扶手。“啊呀！”我边揉着额头，边把皮夹放进衣袋，我觉得自己有一种脱力的感觉，再也无法应付这一波又一波的新生活了。

从飞机临降落前的一段广播中我得知，这是从云南昆明过来的南航班机，降落时间是中午12点05分。我最后一个下机，因为没有别的方式从行李柜中找出“我”的包——所有附近乘客都拿剩的，才是我的。

机票上没有额外的贴纸，应该没有托运的行李。我木然地跟随人流向出口走去，全然忘了可能会有接站的人。走路的感觉有点异样，也许是我不习惯脚上的高跟鞋。

“之延！之延！”一个男人匆忙地挤到了我的身边，“幸好没晚。一路还好吧？”

我看着他的眼神一定很奇怪。我没有见过他，他甚至不是赵四的皮夹里那张肉麻合照中的男人，声音也不合。

他比我高一头，特瘦，眉眼棱角有些过分突出，并不是我喜欢的类型。

我下意识和他比个子的时候忽然发现，赵五，或者是章之延，个子是很矮的——大概不到1.6米，那这个男人其实也并不算高了。

刚才的异样感觉就是因为陡然矮了一截，走路、看周围的环境就都不大一样了。

我做了几次深呼吸，像初上战场前的女兵。但我说不出话，一句都说不出，只是一言不发地跟着他走，实在需要发表意见的时候“唔唔”两声。

我跟他上了一辆吉普，途中他非常安静，说过一句“阿咪特别想你”之后再无他话。这种安静让我觉得不正常，只好时不时瞥他一眼，以确认他没有睡着。50分钟后，车停在了南山路口一个古怪的弄堂外，只见一块小牌子上写着：“纤花巷，南山路520号—546号”。

“那我就不上去了。”男人说。

我狐疑地推开车门，走到巷口向里张望，而男人的车居然在这片刻间就开走了。

我东张西望地找着 540 号，有路过的小姑娘和我打招呼：“章阿姨回来啦！”

我局促地笑笑。

然后就看到 540 号楼，非常古色古香的五层小楼，楼道有点儿窄，采光也不太好。上到 302 室，看见一扇青漆的木门，正中嵌着一串深红的珠子，其中一粒嵌着门铃。

我四下里看看，忽然有一种想要从这里逃跑的冲动，终于叹口气，又做个深呼吸，按响了门铃。

最上面一粒珠子突然透出一簇光来，原来下面藏着个猫眼儿。有人正从门内打量我。

门还没开声音就先出来了，是带点安徽口音的年轻女声：“阿姨回来啦！”

我吓了一跳。赵五怎么有这么大的侄女？

门后站着的小姑娘不到 20 岁，穿着朴素，脸上透着都市里少见的淳朴，很灵光地接过我手上的行李包。我松了口气。这是个小保姆。

“是叔叔把你送回来的？”小保姆一边放下行李，一边去冰箱里拿了一瓶冰水给我。

我估计她是指刚才来接机的男人，便随口“嗯”了一声。

“阿姨，其实叔叔对你那么好，为什么要离婚呢？”

我定住了。一贯讨厌这种多管闲事的碎嘴娘，但这次却幸亏她多嘴，让我松出一口大气。紧张感退却后就感到了疲惫，全身上下都酸痛得要命，不是因为坐飞机，也许是因为换波段。

我脱下脚上的高跟鞋，把肿胀的双脚套进门边放得整整齐齐的一双水绿色篾编拖鞋，走过湖蓝色的客厅，左右观望了一下，立刻找出了属于赵五的卧房：淡青色地板，浅一个色号的墙，深一个色号的衣柜、梳妆台和一张大床，并排还放着一张婴儿床。

保姆在身后追着说：“咪咪睡着呢！叔叔一早把她送回来的，他说咪咪这几天很乖。”

我叹了口气，走向另一段串线的命运。

婴儿床上的孩子正在酣睡，圆圆的脑袋陷在松软的枕头里，嘴角挂着一串白亮的口涎。细眉毛，睫毛黑簇簇的一大圈，鼻头有点塌，小小的嘴巴，翘翘的嘴唇，肉鼓鼓的两只小胳膊摊成一字形。我没有养孩子的经验，看不出她到底有多大，但显然比一周岁的照片上大了许多。

正看她时，她就醒转了，睁开的眼睛像杏仁，圆咕隆咚，转起来好像会有声音似的。

她在静静地观察我。都说小孩的感觉最敏锐，难道她发觉自己的母亲已经换人了不成？

她黑色的瞳仁那样宁静，我在里面看到了赵五，不，是章之延的影子。我忍不住戳了一下她肉嘟嘟的胳膊，试探地叫了一声：“咪……”

不知道章之延平日怎么叫她，但是这一声试探的“咪”却立刻在她身上激起了回应。

小胳膊呼地朝上举起，仿佛是在召唤一个怀抱：“妈妈。”

嫩生生的小姑娘的声音，带着亲昵的撒娇的尾音。

我好像玩游戏走对了第一步，顿时被逗起了兴趣，把孩子从婴儿床里掏了出来，觉得不稳当又换了姿势，很舒服地把她抱在怀里。

孩子笑了。第一次发现婴孩笑起来眼角也会有这么厚的褶皱。

她用柔软的迷你手掌戳我的脸，戳腻了又抓。我喜欢那柔软皮肤的触感，但讨厌她的动作，心下嘀咕："真不知是怎么管教的。"

我用手臂当摇篮，回转身却看到保姆正目瞪口呆地站在卧房门口。

"怎么了？"我奇怪地问。

小保姆一边比画一边支吾："阿姨你……不是不喜欢抱孩子吗……可以交给我来。"

我的动作僵住了，低头看了看怀里欢天喜地的小家伙。原来，她这么兴奋是因为很少被妈妈抱。章之延随身带着咪咪的照片，应该很喜欢她，但或许不习惯用肢体语言表达。

小家伙又伸出手来摸我的鼻子，嘴里嚷着："咕噜！"

我闻到了她身上的奶腥味儿，那是一种暖烘烘的、让人心软的味道。"没什么。"我对保姆说。我把丫头搂得更紧了一点，任她折腾我的脸。

我们的交集，或者不会超过一天。

我抱着孩子完成了对整套房子的检阅。两室一厅，设计非常简洁，配色很干净，保姆在客厅搭铺，卧房外的另一间是书房兼画室。两面书墙，靠窗则是宽大的长桌，能铺下三米长卷。桌上的两排红木笔架上，像挂兵器一样悬着粗细不一的毛笔。砚台造型古朴，上次研的墨早已干了，却仍让整个房间都充盈着浓郁的墨香。

但是，桌上没有画。

一转身，就看见屋梁位置横着一根线，一幅水墨丹青飘飘悠悠地挂在那里。湖畔荷花图。在盛放的白荷花的花苞、荷叶之间弥漫着淡青色的雾气，让这画幅像轻纱一样灵动。

我忽然嫉妒起来，怨自己为什么不是赵五。

晚饭后，我带咪咪去湖边散步。出了巷口到湖滨不过几十米的路程，我就觉得怀里的小丫头越来越沉了，谁让我把孩子当玩具呢？这下子吃到苦头了。

刚下过小雨，眼前的湖山迷迷蒙蒙，如在梦中。近湖粉荷大放，荷花独特的香气伴着晚风阵阵袭来。我抱着咪咪在石椅上坐下，指着湖畔的花朵问：“咪——那是什么？”

“荷发——”咪咪激动得手舞足蹈。

忽然，一个小小的黑影从荷塘中一跃而上，轻悄悄地停在岸边的青石上。

“咪——这是什么？”

我小心翼翼地把她放在地上，让她可以仔细观察那个刚跳上来的小东西。

她撅起小屁股朝前探身，但幼小的她还不知道如何保持身体平衡，于是“噗”地仆倒在地上。娇嫩的手臂和地面摩擦，一定很疼，她“哇”地哭出声来。我慌忙把她抱起来，轻轻摇晃，一面察看她擦红的手臂，心里埋怨自己玩得太过火。

“蛤蟆！”她忽然停止哭泣，瞪着我说，手臂指向那个受惊跳回荷花丛里的小影子。

“是呀，这是蛤蟆。”我不由得有些惊讶，小丫头牙牙学语不久就教会了她这么难的词，章之延真有点本事。我突然想到了什么，把孩子抱起来，异常认真地对她说：“咪，我们约定一个暗号吧！”

“暗号。暗号。暗号。”小东西不知道这个词是什么意思，只一个劲儿地点头重复，好像在做一个游戏。

“蛤蟆。”我兴奋地对她说，“暗号是蛤蟆。记住了吗？”

她挥舞着小胖手，拍在我的脸上，“啪啪”地响。“蛤蟆！蛤蟆！”

“蛤蟆是什么？”

“暗号。”

“暗号是什么？”

“蛤蟆。”

真是个聪明的孩子。

我一笑，她也笑了，露出没长齐牙齿的牙床，黑眼睛格外晶亮。我心中一动，仰头看，夜空突然放晴，一整面洁净如透明蓝水晶的天空，嵌着深深浅浅的星座，遥远的星光隐约形成一条宽阔的乳白色河流，无声地从天宇中流过。只有在巴音布鲁克草原才能见到这样的星空！

我抱紧怀中的孩子，在星空神秘的注视下激动得全身颤抖。

入睡前，我在镜子前面好好打量了一下章之延的容貌。小脸尖下巴，不习惯。放肆的浓眉毛，我喜欢。有点塌的翘鼻子，过得去。黑洞洞的圆眼睛靠得太近，怪怪的。小嘴巴和鼓翘的嘴唇，还算可爱。我知道在我的人生轨迹中永远无法与她相见，除非是像现在这样：她在镜子里面，我在镜子外面。

我把咪咪从婴儿床上抱到大床上。在床头柜上准备了奶瓶和纸尿片。然后我搂着这个小小的肉包一起睡，她粉红的舌头不停地在我脸上舔来舔去，痒痒的，但很惬意。

“咪，暗号。”我在逐渐侵袭的困意中下意识地嘟哝了一声。

然后，一个温软的童声用跳跃的语调在我耳边放声说：“蛤——蟆！”

梦一个接着一个来了。

在梦里我穿越了一个又一个不同的世界，我又好像穿越了不同人一连串不同的梦境。而且一直在波浪上震荡。一波又一波。一浪又一浪。

我晕眩得想吐，我什么都忘了，以为自己在做一个晕车的梦。我不知道自己身在何处、要去向何方，我不知道梦里这一次又一次的流浪到底意味着什么——或者这几天的颠簸也许都是梦吧——这起伏翻滚的波浪，像穿越康定城的那条河，滚着汹涌的波涛，发出隆隆的声响，而河水又是那么清澈，可以看见波涛拍打着的河底青石。

然后隐约有什么声音。在那河水的咆哮声中有什么声音，像是一个孩子欢欣的笑声，渐渐地远去。

晨光中。有清晰的“吱啦吱啦”的声音传来。

我睁开眼，看到淡褐色的天花板。然后，看到BABY正在拉窗帘，逆光中的她，被勾勒出一个苗条的背影。

“我要上班去了。你是不是不舒服？刚才一直在翻身。”她回头问。

我还没有反应过来，只呆呆地望着她。

“电脑开机就自动上线，你要想上网直接打开就行。”她指指桌上的东芝笔记本。

我头部酥麻的感觉渐渐消散，然后慢慢地接上了线——在A世界的我，原计划从成都返回后径直去上海的同学家小住两天。这就是我为什么会在BABY家醒来的原因。

“好的。”我应了一声，声音有些虚弱，像大病初愈的人。

我慢吞吞地起床，在卫生间找到了我的洗漱用具，在镜子里看到熟悉的面孔，每一个早晨，这张脸总是有些浮肿，无精打采的。

“你好。”我摸着镜子里的自己，“欢迎回来。”

暑假很快就结束了，生活又回到了正轨，跟随忙碌的齿轮不停地旋转。我后来才知道，有这种经历的并不止我一个，康定夜晚的那阵怪风，吹散了 3 个人，而那次暂时性的波动给我们带来的影响，也在同一时间消失。在我们不在 A 世界的几天里，也有别的赵二刘三姚五占据了我们的频道吧？所以生活依旧沿着正常的轨迹继续。其实，大刘和姚夫子的经历比我更刺激有趣，但只有我总是念念不忘在不同空间的日子。

我经常怀念章之延的生活，也对赵四的丈夫有一点好奇。还有，还有，我想念咪咪那柔软皮肤的触感，和那对沉淀了璀璨星空的黑色眼睛。我知道我的人生中永远不会出现那样一个孩子，她存在于另一个神秘的世界，但我经常幻想，有一天，我遇见一个人，和他有一个孩子，而那是一个女孩，在她牙牙学语的时候，忽然靠在我耳边神秘地说——“蛤蟆”……

我知道，在我的空间永远不可能发生这样的事情。即使这是一篇伪科幻小说，也应有它内在的逻辑规则。其实我对现世的生活并无不满，但是，偶尔，我也想探望一下其他世界的其他自己，就像一次小小的旅行。

大刘说波动可能是偶然的、无序的、不可再生的。但是我想试试。许多事都是从偶然开始，逐渐被人们摸清规律的。

2005 年的夏天，同一个阴历十五的晚上，我又回到了康定。这一次，只有我一个人。

又是一个繁星若尘的十五夜晚，没有月亮的夜晚，我深吸了一口高原清新的空气，沿着跨河大桥桥墩处的梯级，一级级地走下去。水声越来越响地拍击着耳鼓。最下面的梯级没在河水中，我紧张地迈下一步，又一步，河水没过了我的凉鞋，清凉的水，夜里带着冰一样的寒意。我咬咬牙，继续下行，身体逐渐没入寒流，我紧抓住梯级旁的扶手，用被冰水冲得几乎麻木的脚去探最近的一块河心石。果然河水并不深，但是汹涌的浪头让我几乎站不住脚，如果不是双手紧扒住扶手，片刻间就会被巨大的水流冲走。

但是我感觉到了，在这波浪冲袭的一波又一波中，我感到这个世界的声音逐渐遥远，一种似曾相识的震荡感代替了水流的波动，将我送向一个又一个比邻时空……

后记：这篇故事纯属临时起意，是2004年科幻笔会的一个有趣的副产品。杨编提议做贺岁刊的时候，我说，那就写点好玩的，从笔会第五天，在康定吃烧烤说起，编个故事。当时是随口说说，谁知道在上海时就真正开动起来，一周间写了大半，回杭第二天就完成了。说实话，这次笔会我本来是冲着旅游去的（惭愧），但是中间几次交流却给我带来了全新的感觉。尤其要感谢大刘的《球状闪电》，读后让我感到科幻小说独特的力量，进而激发了自己在另一种风格上的创作探索。

小说开头的烧烤一节是真实发生的，其他大多是虚构的，读者自能辨别。

梦绕地心

拯救梅西

谢云宁

需要声明的是：本文只是一篇科幻小说，讲述的是与现实无关的另一个平行宇宙中梅西的故事。

罗萨里奥的黄昏

这是 1999 年 6 月的一个黄昏，位于南半球的阿根廷已进入漫长而寒冷的冬季。阿根廷第二大城市罗萨里奥宽阔的街道上人烟稀少，满是欧式建筑的街道两旁，色彩炫目的霓虹灯早早地闪亮了起来，无所事事的人们大多拥进酒吧与咖啡馆。尽管 20 世纪 70 年代末蔓延至今的金融危机让这个曾经富庶无比的国家债台高筑，通货持续膨胀，失业人口众多，80 年代与英国马岛一战更是让这个国家雪上加霜，可阿根廷人仍习惯流连于大大小小的酒馆，大口咀嚼着牛排，大口品味着咖啡与红酒，或是在缠绵悱恻的旋律中跳上一曲浪漫而忧郁的探戈，抑或围拢在电视前为一场足球转播激越不已。

这样纸醉金迷的景象，每个傍晚时分都会在这个城市的每个角落上演着。失意的人们总喜欢在醉意微醺中追忆早已变成云烟的昨日繁荣与浮华，而探戈与足球则成为所有阿根廷人心底最后的图腾与慰藉。

就在此刻，位于城市中心的格瓦拉广场上，12 岁的梅西正在坚硬的花岗岩地面上孤独地练着球。他身高还不到 1.4 米，滚动的硕大足球与他瘦弱的体型相比并不相称。在一旁冰冷的台阶上，他的父亲豪尔赫正面无表情地呆坐着，目光沉郁而落寞。

尽管没有对手，梅西的动作还是做得一板一眼。他时而加速带球，时而用力地假晃，时而又狠狠地急停急转，看上去心事重重的他像是刚受了什么委屈，要把所有不快都倾泻到脚下的足球上。

黄昏的广场上一片空寂，除了梅西父子外只有一个个子不高、年近四十的中年人驻足。他已经远远观看梅西很久了，从他略显疲惫的神情、一脸久未修整的络腮胡，以及背上那只超大户外旅行包看起来，这应该是一名途经此处的外地旅行者。

旅行者悄悄走近埋头练球的梅西，突然晃动了一下身体，做出要抢球的动作。梅西一下子就反应了过来，左脚将足球轻巧一拨，球立刻穿过旅行者略略张开的胯下，与此同时梅西飞速启动，又得到了球的控制权，就这样，梅西用穿裆的方式戏耍了来者。但来者一点也没有生气，他反倒像是来了兴致，转身再次发起逼抢。梅西不慌不忙地拨弄起了足球，足球就如粘在了他的脚底。尽管来者有着绝对的身体优势，但每当他的脚尖快要触到足球，那一瞬足球又会被梅西转移开。

终于，旅行者停止了抢球，大口喘着粗气叉腰站在原地。

“先生，这是你的儿子吧？我想告诉你，他是我见过的踢球小孩里面技术最好的一个。”缓过气来的旅行者走到了豪尔赫面前，兴冲冲地说，“这样下去未来他一定会成为一代巨星。”

“一切都结束了。”豪尔赫并没有抬头，只是冷冰冰地说出这样一句话。

“我不明白你的意思——”

豪尔赫没有回应，而是动作僵硬地将放在身旁的一张纸递向了旅行者。

旅行者接过了纸，这是一张医院的诊断书，他目光飞快地扫过纸面，不由皱起了眉头。“侏儒症？”旅行者惊讶道。

“我的孩子已经在纽维尔老男孩俱乐部少年队踢了七年球，可就在今天，他被诊断出患有先天性侏儒症，由于缺乏生长所必需的激素，他的身体将永远定格在11岁……”豪尔赫喑哑的声音中带着浓重的哭腔，“我们阿根廷盛产世界最好的牛肉、世界最好的奶酪，可是我的孩子却是吃着土豆和胡萝卜长大的。我知道是营养不良造成了孩子的病。”说着，豪尔赫双手抱住了头，陷入深深的自责。

这一刻，不远处的小梅西也停止了带球，他低下头慢腾腾地走到了父亲面前，可怜巴巴地望着父亲。

旅行者默默坐在豪尔赫身旁，他不知该怎样安慰这位伤心不已的父亲。此时，悄然升起的薄雾慢慢笼罩了整个寂静的广场，他看见梅西瘦削的身影在雾色的映衬下越发显得单薄，这一刻，仿佛全世界的重量都压在了他小小的肩头上。

“如果真是侏儒症的话，现在医学应该有一些办法。”旅行者斟酌着开了口，“兴许无法让小梅西长到多高，但也足够达到正常人的水平。你们的马拉多纳个子也不高，但同样征服了全世界……”

半晌之后，豪尔赫缓缓抬起头来：“医生告诉我依靠每周注射激素可以帮助梅西长高，可这是一笔不菲的支出。我明天去和俱乐部谈一谈，如果他们肯为梅西提供治疗，我们愿意和俱乐部签一份合同，无论何种条款。”

“希望你们好运。”旅行者祝福道。

“谢谢！”豪尔赫叹了口气，站起身来，“旅行者，看起来你对足球很在行。”他装作不经意地擦了擦润湿的眼角，移开了话题。

“先生，你可以叫我图尔尼。我年轻时也在少年队踢过球。”

“噢。”

“但我天赋平平，很早就放弃踢球到大学进修自然科学，如今我在欧洲从事地球物理方面的研究，这次是前往南极完成一项科考任务。只是科考船途经阿根廷，我一个人上岸来到这里朝圣。”

“朝圣？”

“是的，切·格瓦拉出生在这座城市。”旅行者转头望着竖立在广场中央的格瓦拉铜像。

“格瓦拉……”豪尔赫喃喃道，这是所有阿根廷人的骄傲，“说起来格瓦拉早年也是个出色的足球运动员。那次伟大的环美洲之旅，身无分文的他就是靠沿途教授当地小孩踢球凑得了摩托车油费和一路的旅费。”

“是啊，直到后来患上严重的哮喘，他才不情愿地当起了守门员。”旅行者激动地附和道，“足球，或许是世界上最凸显众生平等的一项运动。在非洲，在拉美，无数贫民窟的孩子们在凹凸不平的田野、街道上奔跑，追逐足球，梦想着足球能够改变他们的未来。”

就这样，豪尔赫和旅行者在夜色中畅谈起了格瓦拉、足球、信仰……而一旁的梅西仍孤零零地站在越来越深重的迷雾中。这个为足球而生的精灵不知道自己脚下的足球能否为他打破宿命的魔咒。

第二天上午，罗萨里奥市中心，纽维尔老男孩足球俱乐部。

这里是梅西奋战过七年的地方，可是今天他却将永远地离开这里。这个曾经培养出战神巴蒂斯图塔这样的巨星的俱乐部拒绝为小梅西提供治疗费用，梅西和父亲最后的希望破灭了。当很多年之后已成名的梅西被记者问及此事时，对此早已释怀的他并没有过多责怪老东家当年的薄情，毕竟很难有哪家俱乐部会情愿把宝押在一个前途未卜而又天生有缺陷的小孩子身上。

可是在这一刻，小梅西已哭成了一个泪人儿，他一手拉着父亲的手，一手怀抱着心爱的足球，无限留恋地回望着他抛洒过汗水的绿茵茵的球场。当他路过少年队训练场时，所有小队员都停下了训练，默默注视着他们球场上昔日的领袖离开基地。

“梅西——”一个黑眼睛的女孩大声呼唤着他的名字，从训练场奔跑了过来。

这个女孩名叫安东内拉，是梅西关系最好的队友的表妹。5 岁的梅西刚进入老男孩少年队时他俩就相识了，学校没课时她总喜欢来训练场看梅西踢球。

“安东内拉……”梅西低头嘟囔着，“我要离开球队了。”

晶莹的泪水一下子从女孩眼眶中涌了出来。她已经从表哥那里听说了梅西离开的原因。她愣在原地，不知道该对梅西说些什么。

在沉默了半晌之后，豪尔赫继续拉着梅西向前走。安东内拉默默地跟在他们身后。就这样，3 个人黯然走出了训练基地的大门。

出了基地不久，他们行至一个路口，远远看见一个身着蓝色羽绒服的身影伫立在一处水果摊前——这竟是昨天黄昏遇见的那位欧洲旅行者。

旅行者也看到了他们，他疾步走了过来："先生，我们又见面了。"

"你在等我们？"豪尔赫惊讶道。

"是的。"图尔尼揉了揉小梅西蓬松的金色头发，"昨晚我去了一趟为梅西做检查的医学中心，调出梅西的血液样本重新做了化验。"

"你为什么这样做？"

"这个或许并不重要，你可以认为我是在满足自己巨大的好奇心。但我想告诉你的是，束缚梅西身体发育的并不是侏儒症。"

"那是什么？"

"是他踩在脚下的圆球。"

"你是指足球？"

"不，先生，是地球。"图尔尼一字一顿地说道。

豪尔赫愣住了，但几秒钟后，他回过神来，对图尔尼恼怒道："旅行者，请不要拿你可笑的天方夜谭来拿我们寻开心。"

"不，豪尔赫先生，请你相信我。"图尔尼急切地说，"我们的地球并没有你想象的那样简单。梅西与生俱来的特殊体质并不适合在地球南半球踢球。"

豪尔赫没有理睬他，而是拉着梅西继续向前走。

他们走出了很远，身后传来图尔尼大声的呼喊："先生，你愿不愿意带你儿子去巴塞罗那试一试？"

梅西第一个回过头来，泪水迷蒙的双眼中闪耀出一丝异样的光彩。巴塞罗那，那是所有踢球的孩子心中的梦之队。

紧接着，豪尔赫也转过身来。图尔尼见此情景，赶紧跑了过来。

“我刚好有个朋友在西班牙巴塞罗那俱乐部任职，我已经打电话把小梅西的情况告诉了他。我的朋友表示巴萨对小梅西很感兴趣。”图尔尼气喘吁吁地说，他递给了豪尔赫一张纸条，上面写有一串电话号码。

豪尔赫犹豫着接过纸条，他很难相信一位萍水相逢的陌生人会给予他们如此大的帮助，但他愿意带梅西去西班牙碰碰运气，因为山穷水尽的他们在阿根廷已别无选择。

图尔尼将目光转回愣在一旁的梅西，他蹲下身子，这样一来他就和梅西一般高了。他一只手轻轻搭在了梅西尖削的肩膀上：“孩子，你的未来在欧洲——地球的另一个半球。”

梅西怯生生地望着图尔尼。遥远的欧洲，在他幼小的心灵中只是一个异常模糊的概念，那里是他的无数阿根廷足球偶像都走过的荣光之路。从接触足球的第一天起，他就无时无刻不在憧憬着长大能去那里的职业联赛建功立业，虽然他从来没想过会是现在。

图尔尼目光殷切地望着梅西：“你要记住，等你长大后要尽量少回地球的南半球踢球。”

梅西不知所措地点点头：地球的南北半球有什么不一样吗？也许自己太小，还不能理解他话中的奥义吧！

“好了，我该向你说再见了，梅西，祝你好运。”图尔尼站起身来，挥手向梅西告别。

梅西也愣怔着向他挥了挥手。

图尔尼面带微笑转过身去，很快的，这个神秘的旅行者消失在了博尔赫斯笔下描绘过的迷宫一般曲折的街道中。

悲伤好望角

2010 年 5 月，阿根廷国家队的包机飞抵南非约翰内斯堡，征战即将开战的世界杯。

当主教练马拉多纳率领 23 名弟子步入机场大厅时，早已等待多时的媒体立刻将他们团团围住。

夺冠大热门阿根廷阵中名将如云，但最受记者们追捧的无疑还是新科世界足球先生梅西，年纪轻轻的他这几年在巴塞罗那队取得了非凡的成功，以他为锋线核心的巴萨被球迷戏称为“宇宙无敌队”，一连夺得联赛与欧洲杯几项冠军，砍菜切瓜般横扫一个又一个劲敌。但唯一让人有些遗憾的是，一直以来梅西在国家队的表现并不具有足够的说服力，这次南非世界杯恰好是他证明自己的一个机会，所有阿根廷人都相信他是上帝赋予阿根廷的另一个马拉多纳，时隔 24 年，他将带领球队再次捧起大力神杯。

此时的梅西已经 23 岁，在聚光灯下仍显得非常腼腆。匆匆应付了几个记者的问题后，他快步跑进了开往训练基地的大巴。

是的，这还是过去那个淳朴的罗萨里奥大男孩。欧洲 10 年的生活并没有改变他，他差不多把全部精力都放在了足球上，足球之外的生活简单而朴实。他总是穿着最为普通的 T 恤和短裤，开着最普通的小车，在训练之余把时间都花在了与远在阿根廷的女友焖制电话煲——他的女友依然还是与他青梅竹马、两小无猜的安东内拉，她还留在阿根廷国内攻读营养学专业。

这次来到南非，除了为国出征的巨大荣誉外，让梅西期待不已的还有与安东内拉的相会——安东内拉会来到南非为他加油鼓劲。他心底甚至憧憬着，如果自己能为阿根廷赢得世界杯，在那个美妙的捧杯夜晚他将向安东内拉求婚……

6 月 12 日，约翰内斯堡艾利斯公园球场。迫不及待的梅西终于迎来了他在南非世界杯的第一场比赛——应战尼日利亚队。当他与队友列队踏上绿茵场，他的右手紧贴胸口，激扬的阿根廷国歌一响起，他的心顿时澎湃起来，代表阿根廷参加世界杯是他童年的梦想。在西班牙的 10 年里，虽然他非常感激当年巴塞罗那俱乐部对他的雪中送炭，但面对西班牙足协向他抛来的加入西班牙国家队的橄榄枝，他毫不犹豫地拒绝了——因为在他心中阿根廷才是他的祖国，自己的根……

很快，裁判一声哨响，比赛开始了。梅西奔跑在草坪上，他已做好了所有的准备，去为祖国赢得崭新的荣誉。

阿根廷的开局相当顺利。开场仅仅 6 分钟，左边后卫海因策就依靠一次任意球的机会头球破门。随后的比赛阿根廷尽管占尽优势，却始终没能再拉开比分。潘帕斯战士们总是一次次错失良机，最终比分还是保持在 1 ∶ 0 上。对于在整场左冲右突、穿针引线的梅西来说，他的表现可谓卖力。虽然并未达到俱乐部中那般惊艳的演出，但所有人都有理由相信梅西会在后面的比赛中渐入佳境。

7 月 3 日，世界杯四分之一决赛。

之前一路高歌猛进的阿根廷与德国战车狭路相逢了。

梅西带着满满的信心走上比赛场，他看到阿根廷球迷已经将偌大看台变成了一片蓝白旗帜的海洋，里面有他的安东内拉妩媚的身影——这段时间她一直陪伴在他身边。尽管此前四场比赛他还颗粒无收，但他和安东内拉都坚信：他的进球即将在与德国队的比赛中到来，帮助球队赢得胜利，一雪 4 年前被德国队淘汰之耻。

然而让梅西始料未及的是，比赛刚刚开始三分钟，德国队就利用“高空优势”，由穆勒打进一粒头球。不得已，阿根廷在梅西的带领下大举压上，对德国队阵地发起轮番进攻。德国队则以其擅长的严密战术体系严阵以待。日耳曼人严防死守住梅西的带球，全力压缩他的活动空间。场上多次出现三四名德国队球员合力围堵梅西的场面，梅西只得退回到中场，甚至后撤到后场指挥进球。即使是这样，当他带球突破一名德国队员后，总是被跟上来的第二名、第三名德国队员抢断。仅有的几次传球成功，也被前锋浪费掉了机会。

就在阿根廷人一次次无功而返时，他们的噩梦却一个个接连而至：德国人打进了第二球，第三球，第四球！当裁判员吹响结束的哨声时，比分凝固在了耻辱的 0 ： 4 上。赛前没有人会想到，风头正劲的阿根廷会被德国狂灌四球。

阿根廷人的世界杯之旅就此难堪而悲壮地收场了。

场上，阿根廷战士都低下了骄傲的头，失魂落魄的他们只想尽快远离狂欢的对手，而纵然付出了百般努力仍未取得一个进球的梅西拼命强忍住泪水，一个人留在场边，挥手向看台上的球迷做了最后的告别。

傍晚回到酒店，面对爱人，梅西再也抑制不住内心的痛苦，他伏在安东内拉身上如孩子般恸哭起来。

“梅西，别这样……你才23岁，你还有下一届世界杯证明自己。”安东内拉轻声安慰道。

许久之后，梅西终于停止了哭泣，他抬眼望着安东内拉，带着泪光的眼中流露出一种古怪的神色：“安东内拉，你不明白，我身体内有一股奇怪的力量导致了我发挥失常。”

“奇怪的力量？”安东内拉颤声道。

“这些年来我在国家队里表现得一直差强人意。美洲杯、世界杯南美预选赛……只有在巴萨以及为数不多的在北半球进行的国家队热身赛上，我才能够发挥出真实水平。”

“应该是你长途飞行奔波导致的。”安东内拉不安地打断了他的话。

“很多人都这样认为，但只有我自己心里清楚，一旦回到南半球比赛，我的状态就会大打折扣。沉重的双脚就如深陷在泥沼之中，无法施展我的技术特点。”梅西说着惨然一笑，“不知道你还记不记得10年前我们在罗萨里奥遇到的那位图尔尼？是在他的帮助下我才到了巴萨，他曾告诉我长大后不要回到南半球踢球……”

“你是说……”安东内拉心中一个激灵，她也回想起了10年前罗萨里奥街头的那一幕画面。那位神秘的来访者蹊跷地闯入梅西的生活，在告诉了小梅西那一番如今想来仍让人匪夷所思的怪论后，又蹊跷地消失了……“无论事实是什么，我们有必要先找到那位图尔尼。”安东内拉讷讷道。

“这几年，我一直在寻找他，但始终没有结果。”梅西沮丧地说。

安东内拉陷入了思考，她能预感寻找图尔尼之路将无比曲折。慢慢地，一个决定在她心中生成，许久之后，她抬起头望着梅西：“我们分开一段时间吧！”

“你在说什么？”梅西惊讶得睁大了眼睛。

“梅西，我们暂时分开，让我为你去寻找图尔尼吧。如果有缘……4年后的世界杯我们再见。”安东内拉艰难地说出她的决定，眼中满是泪水。

“不，安东内拉，我不能失去你。我们可以一起去寻找。”梅西痛苦地呼喊道，他抬起手臂想去牵她的手。

安东内拉没有接过他的手，她向后退了两步，她的身体不住颤抖着："梅西，你专心踢球……"她啜泣着说，说完转头奔出了房间。

梅西呆住了，他无力再追出门去，只是颓然面对打开的房门。不知过了多久，从别的房间飘来了一阵熟悉的旋律，一个如泣如诉的女声正在吟唱着那首《阿根廷，别为我哭泣》。

地心世界

2011 年 2 月，南极大陆。

过去的半年里，安东内拉已辗转去过十几个国家，四处打听图尔尼的消息。现在，她又踏上了南极大陆，虽然并不能确定自己费尽周折所获得的这个地址是否正确，在 GPS 的指引下，她还是搭乘一架直升机向着南极茫茫冰雪覆盖的腹地进发了。一路上，随处可见一座座形态奇异而绝美的冰体，这让她很是惊叹大自然的鬼斧神工。

当飞机抵达一片平坦的白色冰原时，GPS 突然鸣叫起来，上面显示的经纬度正是她的目的地。安东内拉极目望去，果真有一座庞大的白色建筑屹立在冰原上，建筑呈圆塔形状，约一百米宽，三四百米高。

安东内拉独自下到了地面上，踩着碎冰走向白塔。

白塔只有一扇大门，她小心翼翼地推门走了进去。出乎她意料的是，建筑物内部就像一个过于空荡的大仓库：巨大的空间中只是零散分布着一张张半米高的机械平台，平台上空无一物。除此之外，还有一些自动化的仪器灯光闪烁着，十来名身着太空服般银色连体衣的工作人员在其中穿梭，她看不出他们究竟在忙什么。

正在她环顾四周之时，身旁传来一个男人低沉的声音：“女孩，我们这里不对旅游者开放。”

她慌忙转头望去，一位同样身着连体衣的男子不知什么时候走到了她身旁。这位男子看上去已上了一些年纪，饱含沧桑的面容上有着一种特别的坚硬轮廓，这让她一眼就认出了他：“图尔尼——”

“你怎么会认识我？”男子很是惊讶。

“11 年前，你曾为身患侏儒症的梅西指引了一条通往欧洲的路——”

“我记起你是谁了。”图尔尼迟疑了片刻后恍然大悟道，“当年哭泣的梅西身旁的那个小女孩。”

“是的，图尔尼先生，这些年来梅西一直都在寻找你，想答谢你当年的帮助，但你……似乎有意向外界隐藏了行踪。”

“是么？”图尔尼露出了一丝笑容，“这些年，我一直待在南极从事我的科学研究。”

“不知道你是否知晓，梅西在欧洲大陆获得了他能够获得的一切荣耀，可是他在阿根廷队的表现总是差强人意，在不久前的南非……”

“我收看了世界杯，梅西已经拼尽了全力。”图尔尼语气平静地说道。

“这是为什么呢？”安东内拉急切地问道，“当年你对梅西说过的那番话……如今就如一道魔咒捆缚住了他。”

图尔尼并没有马上回答她，他收起笑容，目光深沉地注视了安东内拉好一会儿，接着缓缓地开口：“好吧，现在就让我来为你解释这个魔咒的来由——”

图尔尼走到旁边一台仪器前，用手指在显示屏上触摸了几下，一个湛蓝色圆球呈现在他们面前。

“地球？”安东内拉叫道。

“是的，这是我们地球的全息模型。人类历史的近一百年来，我们迫不及待地把视野投向浩渺的外太空，可事实上，我们对自己脚下的地心深处并没有太多了解。”图尔尼注视着地球模型，不急不缓地开口道。

“我想……或许是我们没办法真正进入到地心深处吧？”安东内拉小声地说。

“的确如此。地球的半径有 6000 多千米，而过去人类所抵达的最深记录是由苏联科拉超深钻井创造的，也仅仅只有 13 千米，这只是整个地球半径的 1/500。对于地心深处的图景，人类更多依靠的是推测与猜想。在目前主流的理论中，通常认为地球分为地壳、地幔和地核三层。”

图尔尼停顿了下来，这时地球模型从正中央裂开成了两瓣，露出了斑驳的内核，只见一圈圈颜色各异的同心圆环绕其中。

“你注意那一圈闪亮的银色。”图尔尼说。

安东内拉睁大眼睛望去，她看到靠近地心有一大圈熠熠发亮的银箔色，与其他层次不一样的是，这一层竟然呈现出流动的液态！

“这一层距离地表 3000 ~ 5000 千米。科学家认定，在这一宽阔地带涌动着巨量的超高温液态金属流，这些导电的金属流以同一方向围绕一个月球大小的固态金属核缓慢旋转，这就犹如一台巨大的发电机，从而产生出地球的磁场。”

随着他的话音，地球模型分离的两瓣又重新合为一体；紧接着，无数条蓝色光线从地球模型的一极迸发而出，高低有致地环绕地表半圈后终结于地球另一极。这样一来，像是给地球套上了一层层镂空的蓝玻璃外壳。

“你瞧，这些线条就是地球磁力线，它们由南极向北极贯通，形成一圈圈闭合的磁力环。这个覆盖地球的磁场阻挡了太阳风粒子与来自宇宙外层射线的攻击，使人类免受辐射危害。当然，这个磁场也不是永恒不变的，历史上，地球历经过多次南北磁极倒转，最近的一次发生在距今 75 万年前。”图尔尼介绍道，“地球磁场在地表的强度仅为 1 高斯，这是一个普通人类无法感知的强度。然而即使是这样的磁场，仍会微弱影响人类的大脑，比如已有研究证实，如果北半球的人们睡眠时将头朝向北极，顺着磁力线方向，他们将睡得更为安定舒适。”

“可这和梅西有什么关系？”安东内拉紧张地插话道。

“地球复杂的磁场对梅西大脑的影响远远超过常人。”图尔尼抬眼望着她。

“怎么会？”安东内拉嗫嚅道。

“我们知道，某些鸟类和昆虫的大脑天生拥有感知地球磁场的能力，这将帮助它们在迁徙过程中辨识方向。另外它们也会根据地球磁场状况选择栖息之地。与此相似，梅西特殊的大脑构成对地球并不对称的南北磁场非常敏感，南半球特有的磁场会压迫他幼时的大脑，抑制了其生长激素的分泌。等他长大后，南半球磁场又会阻碍他大脑的反应速度。”

“可又是什么导致梅西如此异于常人？”安东内拉声音发颤地问。

“梅西这一特异体质，源于他体内一种名为 Cry2 蛋白质的变异[1]，人类出现这种基因变异的概率大约是亿分之一，所以非常遗憾……”图尔尼耸了耸肩，望着安东内拉的眼睛。

“这样说来梅西的遭遇是命中注定……”安东内拉喃喃道。她陷入了长久的沉默，显然很难接受这一残酷至极的说法。猛然间，她像意识到什么似的：“四年后的巴西世界杯仍然是在南半球，有没有什么办法能帮助梅西？”

“方法或许有……”图尔尼迟疑道，他的目光变得复杂起来，“愿不愿意跟我到地心走一趟？”

“地心……这怎么可能？”

“来吧，孩子，我给你看一些东西。”图尔尼说着，从裤袋中摸出一副形状古怪的蓝色眼镜，递给了安东内拉。

安东内拉戴上眼镜，立即被眼前浮现出的不可思议的景象惊住了：十几个银光闪闪的巨大人形出现在她的四周，这些巨人一动不动地挺立在一张张机械平台上，每一个都有埃菲尔铁塔那么高大。如此一来，她刚刚还觉得空荡无物的大厅立刻变得拥挤起来。

“这些是什么？”

“由中微子聚合成的机器人——我们这些年的创造之一。它们被称为‘地心勇士’。”

“它们有什么用？”

“中微子可以轻易穿透固体地层，而如今我们掌控了运用中微子通信与感知其他物质的技术，因此，我们可以身处地表远程操控

---

①据最新英国《自然—通信》杂志报告，人体内有一种蛋白质可感知地球磁场，这种蛋白质名为Cry2。美国马萨诸塞大学的研究人员发现，一旦这种蛋白质被激活，其可充当人体的“磁场传感器”。

这些勇士进入到地心深处。”

几十分钟后，安东内拉在工作人员的帮助下躺进了一个透明的水晶箱子内，紧接着，她的头部被套上一个特别的面罩，透过面罩她看到箱顶正在慢慢闭合。就在这时，她看了最后一眼矗立在她前方的那个银色巨人，惊奇地发现此时巨人的脸孔已变成了自己的模样。

一刹那，她的视界变了，视线中此刻自己竟远远地俯视着一个水晶柜子，一个女孩正安睡其中，而这个女孩就是她自己！“女孩，试着用你的意识控制地心勇士。”一个熟悉的声音在她耳畔响起，那是图尔尼的声音。

她下意识地循声望去，一个比她体型魁伟得多的地心勇士正站在她身旁，那张面带微笑的脸孔正是图尔尼。

安东内拉试着活动起手脚来。她伸了伸手，抬了抬脚，控制如此庞大的身躯真是异常奇妙。

“你现在可以下到地面上来。”图尔尼对她说，接着他从机械台上轻轻一跃，稳稳站到了地面。

安东内拉鼓足勇气，笨拙地跳向地面。可就在她触到地面的那一瞬，她的双脚竟然如同透明般穿透了地面，接着她整个庞大的身躯也陷了进去。“上帝啊！”她惊恐失措地大叫道，自己已进入一片茫茫无际的赭褐色中，而且还在疾速地向下沉！

“快用你的意识让自己停下来！”她听到了图尔尼的声音。

“啊！”安东内拉慌忙聚起意识。可怎么让自己停下来啊？她的意识拼命挣扎着。终于，她不断下沉的身体如刹车般停下了。

“中微子能够穿越地层，因此如果你不用意念去控制，地心勇士将按你的初速度下沉。其实让勇士停下来的方法很简单，你只需要在脑海里想象你停在哪儿，勇士就会停在哪儿。”图尔尼模样的地心勇士也下潜到了她的身边，“现在，我们开始通向地心的旅程吧！”

“地心？”

“是的，你看，我们已经来到地壳层，再穿过地幔层，我们就将进入地心，那里有一个你无法想象的神秘世界。”话音刚落，图尔尼就开始飞速下潜。

“等等我——”安东内拉连忙调动起意识，这一次，她的身体很好地做了配合——她甚至让自己下潜的速度变得更快，很快追上了图尔尼。

一路上安东内拉见识到了各种新奇壮丽的景象：无数不知名的矿石镶嵌成堆，呈现出一个个超现实的几何体；时而可见晶莹闪亮的水晶或钻石四处散落；磅礴奔涌的岩浆犹如枝蔓横生的河流。但她找不到一丝生命的迹象，她深知是地底的超高压、超高温斩断了一切生命存在的可能性。

渐渐地，面对层出不穷的奇景，安东内拉也有些麻木了。她放松了神经，任凭地心勇士向着深不见底的地心疾速下潜。

“现在我们已经穿过了岩石为主的地幔层，进入了距离地表3000千米的地核层。你可以放慢些速度了。”她的耳畔突然传来图尔尼的声音。

安东内拉向自己的四周望去，惊愕地停了下来。她进入了一个与之前截然不同的世界：这是一个色彩层叠的奇幻世界，周遭散布着一团团她从未见过的物质云，如同异彩纷呈的珊瑚一般盘根错节。这里不再看得到棱角分明的晶体，所有的物体都如高温融化掉的软糖，呈现出莹润的流体态；而视野中最让她感到震惊的还属翩然游动在斑斓色彩中的那几大片火红色物体。她没想到，自己原以为死气沉沉的地心深处竟有如此生动的图景。

蓦然间，她发现在她视线的正前方，一大片火红色正摇晃着向她游来！

尽管之前她已领略够了地底各种奇形怪状的非生命体，但这一次直觉告诉她向自己飘来的是一团生命！她惶恐不已地看着这团向她逼近的生命：它的直径至少超过了两千米，虽然地心勇士已足够巨大，但与这团庞然大物相比仍是渺小至极。

这时，她惊奇地看到，身旁的图尔尼如做体操一般 180° 反转过身体，倒悬的他竟开口对火红的庞然大物说起话来："塞尔塔，你好。"

"不，我不是塞尔塔，我的名字是盖坦，塞尔塔是我的一位朋友。"庞然大物回答道，安东内拉竟也能接收到他发出的声音。

"是吗？哈哈，我总是分辨不出你们的样子，你们确实长得太像了。"图尔尼说，他回头望了眼已惊得说不出话的安东内拉，"小姑娘，不用害怕，你可以像我这样转个方向。"

安东内拉试着反转了身体，她的视野一下子变得不一样起来。面前的那团通体燃烧着熊熊火焰的异形具有了她能够辨识的外形：它很像安东内拉在奇幻电影里见到的西方巨龙，有着四只爪子以及长长的脖颈，一双如蓝宝石般透亮的眸子嵌在菱形的头颅上，只是身后没有飞翼。

"地心勇士能够自动翻译我们之间的语言。你也可以开口与他们交流。"图尔尼对她说。

"他们是什么？"安东内拉惊呼道。

"地心的生命，我们称他们为'火龙'。"

“他们怎么可能生活在这里？”

“他们的存在确实让人难以置信，几年前我们进入地心发现了他们，并与他们进行了沟通，学会了他们的语言，也对他们有了一些粗略的了解。这些火龙的身躯由流态金属构成，能够承受6000℃的高温以及200万倍大气压的高压，似乎从地球诞生之初他们就生活在地心，他们的文明发展程度远远超过人类。”

“啊哈，盖坦，能捎我们一程吗？”图尔尼转身望着火龙。

“来吧，图尔尼先生。”火龙伸展了一下庞大的身躯，然后前肢弯曲，蹲伏下了身躯。

图尔尼拉起安东内拉的手一跃而起，跳上了火龙的脊背，接着，他俩一前一后骑在了巨龙凹凸状的脊骨上。

“放松自己，让自己的意识紧随火龙。”图尔尼向安东内拉大声喊道。

待他俩坐稳，火龙仰头长吟了一声，骤然游动开来。

“你知道我的名字？”图尔尼问身下的火龙。

“是的，图尔尼，我们的广播介绍过你，你是来自地表人类的第一位使者。”

“啊哈，看来我也变成你们世界的名人了。让我来介绍一下，我身后的是安东内拉小姐。”

“安东内拉小姐，欢迎你来到我们的王国。”这只名叫盖坦的火龙猛地高扬起长颈，算是向安东内拉打了个招呼。

安东内拉紧紧抱住了盖坦的脊背，她随着盖坦一路向前飞驰，掠过千奇百怪的物质云团，时不时还能见到外形如盖坦一般的火龙，这些火龙都向着跟他们相同的方向游动，在见到他们时纷纷停驻下来好奇地张望。慢慢地，安东内拉心中的惊恐感渐渐退去，取而代之的是一种应接不暇的新奇感。

“我们要去哪儿？”安东内拉问图尔尼。

“我们正在跟随盖坦环绕地心之城。”图尔尼回答道。

“地心之城？”

“你抬头看看天空中央。”

安东内拉仰头望去，这里的天空相比地面上要缤纷绚烂许多，苍穹梦幻般点缀着无数光点，在这些萤火虫般的光点深处飘浮着一枚银光闪闪的螺旋状星体，星体不规则的表面闪耀着瞬息万变的纹路与图形，炫美瑰丽至极。

“你看到的海螺状星体就是他们的地心之城，”图尔尼说，“一座直径达 2000 千米、由超高密度固态金属铸成的超级城市——这也是人类过去所认为的地球固态内核。然而事实上，火龙整个族群大部分时间并不居住在这座超级城市里面，而是远远地围绕其游弋。按我们人类的时间计算，他们用 42 个月完成一圈地心环游，而后进入到地心之城短暂休息 1 ～ 2 个月时间，接着继续踏上环游之路，如此周而复始下去。”

“他们的环游都是向着同一个方向？”安东内拉突然意识到了一件非常重要的事情。

“是的，他们全都向一个方向游动。你的直觉很正确，正是由于这些金属火龙的地心环游，造就了地球的磁场。”

安东内拉一时间说不出话来，心中的震撼已是无以复加。

这时，图尔尼稳稳地站起身来，他望着安东内拉说：“姑娘，现在你或许已经想到了帮助梅西的办法吧？”

安东内拉想了想，点了点头。

“好了，你就留在这里吧！”图尔尼说，“你的意识随时可以返回地面。在这里时你可以使用中微子通信器和控制中心通信，这里与地表的通信虽然有 20m/s 的时延，但足以应付你的思维与动作。你不用担心远在地表的肉身，一旦感觉到饿可以向中心发出指令，系统会自动为你注入营养食物。另外，你想睡觉了可以直接闭眼入睡。现在，我要离开了……”图尔尼拍了拍盖坦的脊背，然后向安东内拉挥手告别。

“图尔尼，”安东内拉急急地喊道，此时她一点也不畏惧图尔尼的离开，只是她突然想起一个没来得及问起的问题，“我还有一个疑问，为什么当年你会向小梅西伸出援手？后来我们才了解到你并没有什么巴萨俱乐部的朋友，你出身于一个高贵的欧洲皇室家庭，事实上是你用一大笔钱资助了梅西去巴萨，支付了他后来的治疗费。”

“这或许……是因为自己过早破灭的足球梦想吧！”

“你是说……”

“我……出生在北半球。”

“你的大脑并不适合北半球磁场？”

“你真是个聪慧的姑娘。”图尔尼笑着说。说完，他的身体从火龙背上一跃而出，飞速地向着地表坠落，很快就消失不见了。

风抵巴西

2014 年 6 月 15 日，巴西贝洛奥里藏特市，大米内罗球场。

这是2014年世界杯阿根廷迎来的第一场比赛，对手是克罗地亚队。

已成为阿根廷队长的梅西快步走出球员通道，步入阳光照耀下的绿茵场。他不禁有些恍惚了，像是又回到了四年前的南非赛场。他怔怔地将目光投向了四面八方人潮汹涌的看台——“安东内拉……”，他在心中轻声唤道。四年了，他无时无刻不在思念她，如今约定的期限已至，他不知道此时此刻她是否也身处于这看台之上。

裁判的一声哨响将梅西从恍惚中猛然惊醒，他压制住内心的惶然，奔跑在了球场上。

比赛没过多久，阿根廷队就领先了。边锋迪马利亚反击踢进一球，但很快克罗地亚队就扳回了比分——摩德里奇禁区外一脚刁钻远射破门。接下来的比赛里，梅西仍是足够努力，满场飞奔，多次为队友创造机会，但无奈都没有形成破门，而他自己的几次打门也是遗憾地偏门而出。

这样，比赛进入到了相持阶段。直到半场完结，比分仍是 1 ∶ 1。

短暂中场休息后，双方进入到了下半场比赛。下半场进行到第六分钟，梅西从边路突破内切入禁区。就在他要起脚打门之时，只见对方中后卫乔尔卢卡腾身飞铲而来，他连忙顺势变向，无奈对方的脚快他一步触到足球，连球带人一并将他铲翻在地。梅西痛苦地仰面躺倒在草坪上，球随即被对方守门员获得。这一次裁判并没有吹点球，梅西失望地摇了摇头，从地上慢慢爬了起来，默默地向禁区外走……就在这一刻，他看见了天空中从未有过的异象。一簇簇绚丽的光辉如肆意飘舞的彩带闪耀在下午三点湛蓝的天空中，玫瑰色、草绿色、琥珀色……缤纷颜色如万花筒般组合出光怪陆离的图形。

这一刻，场上双方的球员都停止了比赛，目瞪口呆地望着天空。

梅西也呆立在原地，惊奇地注视着天空。自己还在现实中吗？他感到自己就像是沉浸在了一个宏大而圣洁的梦境中，天穹中变幻的光辉在他脑海中慢慢凝成了一个人的脸庞。安东内拉，真的是你吗？他情不自禁地呼唤道。斑斓的光影并没有回答他。

大约在两分钟后，梦幻般的光辉又如水迹一般消失了。

看台爆发出一片哗然声，梅西从遐想中醒来，他摇了摇头。刚才见到的是传说中的海市蜃楼吗？安东内拉的脸庞应该只是自己的想象，还是赶紧回到比赛的现实中来吧！

此刻的他并不知道球场外的世界所发生的神奇现象：地球磁场反转了。

就在刚才那短短的两分钟里，地球外围漏斗状的磁场剧烈地弯曲变形，所有的磁力线朝反方向扭转，在这个过程中，过去一直顺着漏斗滑向两极的太阳风全部淤集在了低纬度地区，淤集的太阳风猛烈撞击所在地区的大气层，由此形成了全球各处都可见的超级极光。

但很快地，磁场飞速完成了转换，重新形成了一个与之前形状一模一样的闭合漏斗，只是磁力线方向改变了。

这一刻，巨大的鲸鱼跃腾出了海面，候鸟折转了迁徙之路，南半球终日倒挂在树枝上的考拉猛地睁开了惺忪睡眼——它们不再沉溺于酣睡，而是欢快地穿梭在林间。

但对于普通人类来说，除了看到指南针反转之外，并未能感受到任何变化。

此刻，大米内罗球场比赛已经中断了，看台上的球迷们由于刚才的异象已是一片骚动，裁判正在紧急与组委会沟通，球员们则在场上心急地等待着。

半小时后，组委会成员们终于取得一致意见，比赛重新开始。

梅西沉下心来投入了比赛。他大步流星地奔跑起来，不知何故，隐约感到有一种全新的活力注入了自己的身体，脚步变得灵动起来，带球过人的出脚频率也迅捷了许多。这种畅快淋漓之感，他曾经只有在巴萨比赛才会有啊!

比赛进行到第六十五分钟，后腰马斯切拉诺从后场发起一个长传，梅西机敏地从盯防他的后卫身后窜出，轻巧地卸下足球，疾步杀向禁区。此时克罗地亚队禁区内只剩一名后卫乔尔卢卡，梅西轻盈地一扣，轻松晃倒了乔尔卢卡。面对仓促出击的门将，梅西冷静地轻推远角，球越过门将精准地滚进了球门。

梅西转身庆祝，他举起双手高高指向天空，只有他心里知道自己的进球该献给谁。

比分变为了 2 ： 1。

在接下来的比赛里，梅西表现得越发神勇。第八十分钟，他用魔幻的左脚带球在对方禁区里翩然起舞，一连过掉了三名后卫，最后晃过守门员，打空门得分。

全场观众爆发出雷鸣般的持久欢呼。梅西的表现让他们暂时忘掉了此前天空异象所带来的惶恐。他们的欢呼雀跃不仅是因为亲眼见证了一个世纪进球的诞生，更是因为梅西的表现让他们相信：他们正在见证一位新球王的登基加冕。

梅西紧握双拳，疯狂怒吼着庆祝起来，尽情发泄着心中多年郁积的苦闷。

很快，九十分钟比赛结束了，这一场注定要被写入历史的比赛，比分最终锁定在 3 ： 1，梅西梅开二度。

梅西向看台上的阿根廷球迷挥了挥手，走下了球场。

从球场回酒店的路上，他收到了很多人的祝贺，但他仍是谦逊地报以笑容。

回到酒店，梅西吃过晚餐后早早回到了房间。他打开电视，电视中几乎每个频道都在播放地球磁场发生倒转的新闻，而就在今天之前，世界杯才是电视节目的主题。屏幕上主持人一张张忧心忡忡的面孔让梅西深感事情重大，但他云里雾里地观看了十多分钟后还是放弃了。他对这一切并不是太懂。“或许只是某种反常的自然现象吧！”他猜想。

他关上电视，侧身躺在沙发上，从口袋里摸出一只手机——手机是安东内拉离开后邮寄给他的，然而四年来这只手机未曾响过一声。

他又如往常一样，默默注视着手机发呆，今夜会不会有奇迹……突然，手机屏幕闪耀起来。

梅西激动得从沙发跌到了地上，他双手颤抖着举起手机。

“今晚我们见面吗？”

他只觉得自己呼吸和心跳都停止了，手足无措地操作着按键：“你在哪儿？”

“酒店的花园。”

梅西不顾一切冲出了门，虽然他在球场上“过人如麻”，但这一次他却撞倒了服务生的餐车，用一生中最大的加速度奔向了花园。

夜色中的花园一片静谧，穿过几座花坛后，梅西看到一位身穿米白色风衣的短发女子正倚着一棵紫色的树，背对着他。

“安东内拉。”梅西叫道。

窈窕的身影慢慢地转过身来，如水的星光流泻在她的身上。是她！她看上去没有多少变化，仍是他记忆中那位有着古铜色皮肤、身材曼妙的大美人。但同时她又变了：她剪去了长发，纤瘦的脸颊上褪去了少女时代特有的红润，依旧明亮的双眼中多了几分成熟与笃定。

“这四年你去了哪里？”梅西说。

“说来话长，梅西，”安东内拉莞尔一笑，语气平静地开口道，“我去了一个你无法想象的奇妙世界，经历了一些特别的人与事，也帮你解开了命运加在你身上的魔咒。”

“你怎么能办到？今天，南半球的魔咒似乎突然消失了——”梅西恍然意识到，他是如此困惑，“地球磁场发生了倒转，这……难道与你的出现有关？”

安东内拉定定地望着梅西，而后她慢慢地走到他面前，踮起脚尖，轻轻地吻了一下他的唇。

“梅西，答应我，接下来的一个月不要关心太多场外的纷扰，你只需要专心比赛。”

梅西木然点了点头，他缓缓拥抱了安东内拉，他的头紧贴在她温暖而芬芳的肩头，这一刻，世界变成何种模样对他已不再重要，重要的是她又重回自己的怀抱。如果还有未来的话，他将在爱人的目光下去奋力赢取世界杯的荣光，而后他们将不再分离。

世界之巅

人类一时间揪起的心总算是平复了下来，地表磁场的改变并没有对他们的生活造成什么影响，这就像是地球向人类开了一个有惊无险的小玩笑，人类又心安理得地在地球表面生活了。于是，世界杯在暂停两天后重新开始，人们将经压抑之后更加高涨的热情投入世界杯中。

2014 年 7 月 14 日，马拉卡纳球场。

“南美双雄”——阿根廷队与巴西队会师决赛。

在之前的六场比赛中，阿根廷队一路摧枯拉朽，势如破竹，梅西更是总共取得了 10 粒进球。而东道主巴西队则占据天时地利人和的优势，在球星卡卡的带领下同样表现抢眼。这场看起来旗鼓相当的比赛，再加上阿根廷队与巴西队有百年世仇，如此火星撞地球的相遇，注定又是世界杯历史上一段浓墨重彩的传奇。

比赛还有很久才开始，球迷们却早早将能容纳八万人的马拉卡纳球场挤得满满当当，整个看台被渲染成了三种颜色：阿根廷的蓝色与白色，巴西的黄色。阵营分明的双方球迷已经较上了劲：阿根廷队球迷大多行动整齐地挥舞着手中的蓝白球服，不知疲倦地高喊着“阿根廷啊”，或是向着天空抛撒撕碎的白色纸片；而巴西队球迷的表现则显然奔放烂漫了许多，他们自由地大声唱着歌，扭动身体跳动起了热情的桑巴。

安东内拉置身于无比狂热的球迷当中，然而此刻她的心充满了忐忑，因为只有她一个人知道地球磁场即将会再次反转，恢复到一个月以前的磁场形状——地心火龙答应她的时间是一个月，可是现在比赛延期了两天，磁场随时可能发生反转。

她不由得闭上了眼睛，脑海中回想起六个月前她前往地心圣殿拜访的那一次奇妙经历。

那时她已跟随盖坦在火龙的世界漫游了两年，遇见了形形色色的火龙，这些庞然大物对她十分友好，她结识了不少的朋友，也逐渐了解了火龙的一些生活习性。

终于有一天，盖坦完成了一圈地心环游，安东内拉随他进入了地心之城。

她没有心思观赏那一座座镶嵌在地心之城中的错综复杂的建筑，而是径直前往此次地心之行的目的地——烈焰圣殿。

烈焰圣殿坐落于整个海螺形城市的尽头，听盖坦说，掌管火龙文明的长老会就在此处。

安东内拉随盖坦飞抵城市螺旋形大道的终点，一个巨大的洞口出现在他们面前。

“好了，这就是圣殿的入口，你自己进去吧！”盖坦将她从后背放了下来，“你将见到我们火龙世界一位德高望重的轮值长老。”

她告别盖坦，独自走进了洞穴。洞穴中一片幽暗，仅有洞壁透出的微微光亮能让她看到前方几米的范围。就这样，她沿着崎岖的洞穴向前走去。

没过多久，当她转过一个大弯后，眼前猛地像是被一把火点燃了似的，豁然变成了一片夺目的火红色——这是一座她无法用言语形容的气势磅礴的神圣殿堂，殿堂中矗立的九根高耸巨柱支撑着高不见顶的穹顶，巨柱上灼灼燃烧着充满金属质感的火焰，一道道晶蓝色的闪电涌动在空间中。整个殿堂充满了无与伦比的燃烧之感。

殿堂的中央，一只通体炫红的火龙凛然屹立。相比于她之前见到的所有火龙，这只火龙要高大魁伟许多，而且他的额头上多了一只英武的长角，一双深邃的碧绿眸子正俯视着来访者。他应该就是火龙长老了吧！

“安东内拉，你是第一个来到地球最中心的人类。”火龙长老开口道，似乎一点也不惊讶她的到来。

“真是不胜荣幸。”安东内拉小心翼翼地说。在迟疑了片刻后，她鼓起勇气向他说明了来意。

“你需要多长时间？”火龙长老直截了当地问。

“我只需要半年后的一个月，这是我们一届世界杯举行的时间，按你们的时间就是1/42个地心旋转圈。图尔尼告诉我，在这样长的时间里地球磁场的颠倒并不会对地表生物造成太大的影响，只有一些如信鸽这样的鸟儿会暂时迷失方向……”

“孩子，我无法代表我们种族满足你的愿望。”火龙长老打断了她。

“长老……”安东内拉快哭出来了。

“但我可以帮你向圣殿外的所有火龙进行一次广播，让他们投票决定是否要帮助你。”

“广播？”

“你知道，所有环游途中的火龙们都一直在接受来自烈焰圣殿的中微子广播。”

“接下来我该怎么做？”

长老没有回答她，而是伸出一只爪子在空中挥舞了一下，一面巨大黑色曜石板浮现在了殿堂中央。“来吧，孩子，对着这块石头讲讲你的梅西的故事，所有的火龙都将聆听得到。”

安东内拉走近巨石，深吸了一口气，开始了讲述。她也不知道该从何说起，她语无伦次地说着，讲到了在地球表面生活着一群渺小而脆弱的碳水化合物生命；讲到了这些叫作人类的生命在短暂的几十年光阴中的艰辛与追求；讲到了小小足球带给人类的激情与梦想；讲到了她与梅西的相识与相恋；也讲到了梅西不懈的努力却受限于地球磁场的禁锢。最后，她恳求所有的火龙帮助梅西完成梦想。

当她结束讲述时，安东内拉已经完全平静了下来。她静立在殿堂中，等待着最后的结果。她无法知晓圣殿之外的火龙有着怎样的反应，只见到黑曜石板上滚动着一串串她无法辨识的符文。她凭直觉判断上面显示的应该是火龙的投票。

火龙长老久久地注视着曜石，安东内拉分辨不出他脸颊上不断变换着的表情所代表的含义。

“孩子，恭喜你，你获得了2661票中的2492票。”火龙长老突然转头望着她，眸子熠熠发亮，“其中包括我的一票。也就是说超过90%的生命体投了赞成票。”

“你们肯为梅西反转地球磁场？”安东内拉激动地问道。

“是的。你的讲述很精彩，引发了很多火龙的共鸣，他们投票的同时也给你发来了很多留言。”火龙长老说，黑色曜石上的符文依旧在飞速滚动，“让我为你念上几段。有火龙说：‘一个月时间只是我们漫长生命的一瞬，我们愿意为实现人类的一个梦想而停驻一小会儿。’”

“谢谢你们，我不知该如何表达我此刻的心情……”

“还有更多的留言提到，梅西的坚持让他们回想起了遥远的过去——我们种族在星云时代所经历的那段蒸蒸日上的生活。”

“星云时代？”

“你可能还不太清楚我们的来历。”

“你们似乎和地球一样古老……”

“我们其实来自你们熟悉的太阳。”

“太阳？”

“是的，我们诞生之时太阳还没有形成恒星，还只是一大团由尘埃与气体聚集成的原始星云。在我们诞生之前，星云涡旋中的物质已经开始不断旋转，相互挤压，使得星云具有了高密度与高温度。大约在你们纪元的 50 亿年前，我们种族幸运地诞生于日渐炽热的太阳星云中，后来又经过大约1000万年的进化，差不多形成了现在的模样。”

“太阳中的生命。”安东内拉惊叹道，“可你们当初怎么会离开太阳星云？”

“我们的种族在辽阔的星云中创建出了恢宏的文明，我们文明演进的方向是让星云变得更加炽热，于是我们开始用自己的力量推动星云加速旋转，终极目标是使星云中所有氢原子的温度与压力达到核聚变的点火条件。在这一漫长的过程中，发生了一件改变我们命运的事件。有一次，我们的文明探测到，由于旋转离心力的存在，星云外缘的一大团物质即将被抛离。为了尽可能不让星云损失物质，我们文明的长老会计划派出一支队伍去挽回这些物质。然而这项任务对于我们来说充满了危险，因为这团岌岌可危的疆域随时都有可能被抛向外太空，而我们的身体由高温金属构成，一旦进入寒冷的外太空将很快分解。尽管如此，最后还是有上万只火龙主动请缨到星云边缘排险。”

“后来呢？”安东内拉心中一紧。

“非常不幸，大家担心的悲剧发生了：当这一大队勇士浩浩荡荡地开抵危险区不久，这一部分疆域与母体骤然分离了。”

“这些火龙活下来没有？”

“大部分火龙的生命熄灭在冰冷的虚空中，只有一部分躲藏在星云碎片内核的火龙幸存了下来。最终，这片碎片并没有被甩出多远，而是被太阳星云巨大的引力束缚并开始围绕其旋转，再后来，碎片表面逐渐冷却下来，形成了固态岩石外壳。就这样，劫后余生的我们开始学会苟活在这狭小黑暗的地底。”

"这就是地球的形成过程？"安东内拉若有所思道。

"是的，碎片最后形成了今天的地球，算起来我们已经离开太阳46亿年了。"

"你们那些身处太阳内部的同类呢？他们如今还生存在太阳里？"

"不，就在我们离开去的两亿年后，在那一次太阳由星云变成恒星的大爆炸中，他们的身体也随之爆裂开来，一并化作恒星的核反应物质。"

"他们的生命终结了？"安东内拉不由感到一丝伤感。

"是的，他们在完成了进化赋予的使命后可以安然寿终正寝了。与此同时，浑浑噩噩沉睡在地球内部的我们也感受到了大爆炸所迸发出的排山倒海的电磁波。猛然惊醒的我们隔着厚厚的岩石，朝着太阳的方向激越不已，在感叹这壮丽景象的同时，我们内心是多么渴望自己也能成为他们中的一员啊！"

"很难想象一种生命会甘愿用终结自己生命的方式去换取一颗恒星的形成。"

"孩子，在我们生命的哲学中，我们的诞生与进化只是为了一次终极的燃烧。能用我们种族的躯壳去点燃宇宙一隅的黑暗，我们何其所幸。"

安东内拉呆立在原地，火龙的壮举让她想到了义无反顾扑向大火的飞蛾，或许凡俗的人类很难去理解这些闪亮生命燃烧的意义。

"就是这一次太阳大爆炸，促使我们重拾起心中的渴望。"火龙长老又开口道，"我们不再终日蜷缩不动，我们又开始如星云时代那般围绕着涡旋形轨道飞驰起来，不过这次围绕的是地核。"

"地球磁场就这样形成了。"安东内拉感叹道。

“我们环绕地核旋转还有一些别的目的：我们一路上不断收集铀和钚，每围绕地心一圈我们就回到地心之城，将获得的成果堆存下来。与此同时，我们也在不断提升核方面的知识，所有的火龙在环行路途中都作为一个个云计算单元，飞一般地运算。运算所得的数据源源不断地汇聚到烈焰圣殿的主控计算机中。有时，我们云计算的模式也会更改，我们会统一倒转一次旋转方向。”

“你们的目标是——”安东内拉突然意识到了什么，紧张地问道。

“最终触发一次连锁核反应，点燃地核，使之变成一座核反应堆。”

“这一天还要等多久？”安东内拉颤声问道。

“从现在的进度来看，我们至少还需要 20 亿年。”长老说。

“噢……”安东内拉悬起的心又放了下来——20 亿年，那时的人类或许早已离开了地球，她无须去顾虑。摆在眼前最紧迫的任务，还是帮助梅西完成巴西世界杯之梦。

这一刻，安东内拉收起了回忆，将思绪转回球场。

她看见梅西和他的战友们手拉手走上了绿茵场，她听见台上如潮水般涌起巨大的欢呼声。

比赛很快开始。与球迷所期待的并不一样，南美双雄在最后一役的开场阶段都收敛起了之前激情四射的攻势战术，转而稳固防守，精简反击。这样一来，整个场面显得激烈有余而精彩不足。随着比赛的进行，首先还是梅西的闪光打破了比赛的沉闷，只见孤身游移在前场的他上演了一次“单骑闯连营”的好戏，只可惜最后的打门过于追求角度，球擦着门柱而过。看起来，巴西队的后卫、守门员似乎都不是风头正劲的梅西的对手，他的破门只是时间问题。

安东内拉的心随着梅西的表现犹如过山车般跌宕起伏，她在心中祈盼时间能够流淌得更快一点，梅西的进球能到来得更早一点。

比赛扣人心弦地进行着，梅西不知疲倦地冲锋陷阵，可他的进球却迟迟没有到来，比分依旧是 0 ： 0。当比赛进行到第 81 分钟，安东内拉最不愿意看到的一幕还是发生了：黄昏时分，暗蓝的天空突然变成了一片淡绿色，转瞬间，竟如同舞台幕布般泛起了层层褶皱，紧接着，仿佛有一双无形的巨手从幕布正中撕开了一个大大的口子，口子中瞬间涌出一个个五光十色的光弧、光圈，如精灵一般在天穹中央翩翩起舞。

地球磁场再次发生了反转!

马拉卡纳球场下方 3000 多千米的地心深处，次第而行的火龙们犹如一圈蔚为壮观的火红色涡旋，此刻他们按照约定的时间结束了反向旋转。稍作停驻后，他们不约而同地将祝福的目光投向了身下的远方：梅西，好运。

数秒过后，他们又重新向着最初的方向游动起来。

这一刻，球场上的球员停下了比赛。相比一个月前，大家都从容淡定了许多，他们静静地站立在球场中，等待异象的结束。

果然，两分钟后，天空中的异象消失了。

依照事先组委会的共识，比赛在短暂中止后又恢复进行。

梅西又奋力奔跑在球场上，然而就如天使突然失去了飞翔的翅膀，他带球奔跑的步伐变得跌跌撞撞。当比赛进行到第 89 分钟，阿根廷队终于在巴西队禁区中创造出一次机会：中场加戈一个隐蔽的直塞，成功穿透了巴西 3 名球员，足球被恰到好处地传递到禁区中位置极佳的梅西脚下，梅西接球后将直接面对巴西队守门员塞萨尔。就在人们举起双手准备欢呼进球的时候，梅西却出人意料地将来球停出了身体一米多，这让他失去了第一时间打门的机会，他慌忙踉跄转身，力不从心地背对着球门护住了足球。这一刻，巴西队中后卫路易斯飞身赶到梅西身旁，他急于从梅西脚下抢得足球，也不知道是受到此前天空异象的影响，还是他太多疲劳，神经紧张的他竟在匆忙之中伸腿绊向了梅西！

本来就立足未稳的梅西随之倒地。

裁判员的哨声响起了！点球！

此时离完场仅有3分钟，这意味着：一旦阿根廷队罚进点球，比赛就将结束，金光闪闪的大力神杯今年将归属阿根廷队。

可在这功败垂成的关键时刻，阿根廷阵中谁会挺身而出，承担起主罚点球的重任？

这时，只见跌倒在禁区中的梅西站起身来，他向着场边教练席举起了一只手臂——他要亲自操刀自己创造的点球！

“不！”看台上安东内拉刚刚松弛的心又骤然一紧——她多想飞到梅西面前告诉他所有的真相，央求他放弃主罚！然而，心急如焚的她只能眼睁睁看着梅西缓步走向罚球点，她能做的只有为他祈祷。

梅西目光坚定地站在罚球点。离他12码处的门线上，塞萨尔已摆开了架势；而在他的视线上方，足球场之外，高踞在里约热内卢耶稣山山顶之上的基督像正向他张开宽阔的双臂，充满悲悯地俯瞰着他。

这一刻，整个世界都寂静下来，地球每一个角落，无论白昼还是黑夜，数十亿观众屏住了呼吸。在阿根廷罗萨里奥梅西的家中，梅西父亲在媒体记者的簇拥下万分紧张地守在大屏幕前；在遥远南极大陆的一间空荡荡的建筑物中，一位年过半百的老者身穿一件褪色的10号球服，目不转睛地盯着电视机——这位老者正是图尔尼。

他们都将见证世界杯历史上最具传奇色彩的一幕。

突然间，梅西动了起来：他助跑，停顿，一脚将足球踢向了球门的左下角。

足球划出一道角度刁钻却速度偏慢的弧线……门线上，塞萨尔飞身跃出，高大的身躯在空中完全舒展开来，他用右手手掌硬生生地将来球挡了出来！

这一瞬，全世界此起彼伏地发出了一阵叹息。

然而这次点球进攻还没有结束：挡出的皮球正好又不偏不倚地落向了梅西，梅西下意识地伸脚停下球，急欲再次起脚。就在这电光火石般的瞬间，反应神速的塞萨尔又起身扑向了梅西，还来不及起脚的梅西被他连人带球地扑倒在地。

梅西被重重地撞倒在地，绝望地看着足球弹出自己的控制范围。

一时间，禁区内一片“兵荒马乱”，塞萨尔再次起身猛扑向足球，就在他手指触到足球的一瞬，只见一个轻盈的身影如闪电般窜至球前，脚尖一捅，足球滚入球网。

补射者，正是梅西的前锋搭档——阿圭罗！

梅西不是一个人在战斗！

这时，裁判员吹响了全场结束的哨音。

就这样，东道主在最后一分钟轰然倒地！阿根廷队时隔 28 年再次登上世界之巅。

梅西顾不得浑身疼痛，吃力地爬起身来，向着安东内拉所在的北看台深情地亲吻着右手无名指。这一刻，足球场上空燃放起了五彩的焰火。梅西和安东内拉同时抬起头。夜空中绽放出一朵朵美丽而绚烂的花，像极了一个个转瞬即逝的生命，在黢黑的虚空留下一道道刹那却又永恒的轨迹。

今夜，阿根廷不再哭泣。

活着

王晋康

宇宙打了一个小尿颤

一　楚哈勃答《新发现》女记者白果的访谈

我的童年曾浸泡在快乐中。妈妈温暖柔软的乳房，梦中外婆喃喃的昵语，去河边玩耍时爸爸宽厚的肩膀，幼儿园特别疼我的阿姨，家中调皮可爱的小猫崽……我一天到晚笑声不断，外婆说："这小崽子！整天乐哈哈的，小名就叫乐乐吧。"

但温馨的童年记忆很快被斩断，代之以匆匆的旅途和嘈杂的医院。5岁之后我走路常常跌倒，玩耍时总是追不上同伴。妈妈，有时是爸爸，带我走遍了全国的著名医院。我习惯了藏在妈妈身后，胆怯地仰视那些高大的白色神灵，而神灵们俯看我的眼神总是带着怜悯，带着见怪不怪的漠然。每次医生给出诊断结果前，妈妈总是找借口让我出去，于是我独自蜷缩在走道里那种嵌在墙上的折叠椅中，猜着屋里在说些什么，模糊的恐惧在幼小的心灵中逐渐滋生，越来越坚韧……

后来爸爸从我的生活中突然消失了，我问妈妈："爸爸到哪儿去了？"妈妈不回答，妈妈一听我问就哗哗地流泪。后来我再也不敢问这个问题了。

直到我七八岁时才遇到一个救星医生。他的小诊所又脏又乱，白大褂皱巴巴的，但他很有把握地说："这病我能治，保你除根儿！就是娃儿得受罪，只能以毒攻毒啊。药价也不便宜。"以后的三年里，我们一直用他的祖传药方治病，把一种很毒的药液涂满全身，皮肤和关节都溃烂了，以至于一说涂药我就浑身打战，涂药前妈妈不得不把我的手脚捆到床上。妈妈哭着说："乐乐你忍忍，乐乐你一定要忍住！这是为你治病啊！"我是个很听话、很勇敢的孩子，真的咬牙忍着，一年、两年、三年。到最后一年，我已经不是为自己的性命来忍受，而纯粹是为了安慰妈妈。苦难让我早熟了、懂事了。那时妈妈只有三十六七岁，但已经憔悴得像 50 多岁的老妇人。我不忍心毁了她最后的希望。

但这个药方毫无效用。三年后再去找那位神医，那家诊所已经被卫生局和工商局查封了。那天晚上，我们住在一家阴暗潮湿的地下室旅馆里，半夜我被啜泣声弄醒。妈妈趴在我床边，哭得直噎气，断断续续地低声发誓："乐乐，妈一定得坚持下去，卖肾卖眼也得坚持下去，我绝不让娃儿死在妈的前头！"

这个场景在我的童年记忆中非常清晰，一直保持着令人痛楚的锋利。那时我刚刚 10 岁吧，但已经能敏锐地注意到妈妈的用词：她说"妈一定坚持下去"，而不是说"妈一定救活你"；她说"绝不能让娃儿死在妈的前头"，而不是说"一定让娃儿活下去"。显然她打心底里已经绝望了。最后一句话特别不祥，也许妈妈打算在完全绝望时带上我一块儿自杀。

记不清那一刻我是如何想的，反正我模糊觉得，决不能让妈妈知道我醒了。我翻个身装睡，泪水止不住往外涌。妈妈可能意识到我醒了，立即止住啜泣，悄悄回到她的床上。第二天我们都没有提昨晚的事，妈妈把我一个人留在旅馆里，出去跑了两天。后来我才知道，她真的是去联系卖器官，卖一只肾、一只眼睛或半个肝，那时她实在是弹尽粮绝了。

幸运的是她没有卖成。媒体报道了我们的遭遇，后来，妈妈一生都称马先生、我后来喊干爹的那个人出现了。干爹一出现就明明白白告诉我：乐乐你得了治不好的绝症！其实我早就意识到这一点了，我想妈妈也知道我猜到了，但我们一直互相瞒着。只有干爹一下子捅破了这层窗户纸，下手之果断近乎残忍。

但这个决定彻底改变了我的后半生，还有妈妈的后半生，也许还有干爹的后半生。

妈妈应马先生的邀请，带上我千里迢迢赶到他家。就是这儿，800 里伏牛山的主峰，脚下不远处有一个著名的景点宝天曼，是一片袖珍型原始森林，修有高质量的柏油盘山路。然后是几千米勉强能通车的石子路，再后是几千米崎岖陡峭的山路。我那时走路已经是典型的“鸭步”了，最后几千米难坏了我和妈妈。所以，等我俩精疲力竭地赶到马家，见到安着一双假腿的马先生时，首先想到的就是他该如何上下山。我悄悄地想：也许他是被七八个人抬上来的，自打上了山，就压根儿没打算再下山吧？

吃了午饭，原来的保姆与妈妈做了交接就下山了。马先生让我先到院里玩，他和妈妈有事商量。我立刻喜欢上了这儿。天蓝得透明，空气非常清新。院子之外紧傍着参天古树，鸟鸣啾啾，松鼠在枝间探着脑袋。后院的竹篱临着百丈绝壁，山风从山谷里翻卷上来，送来阵阵松涛。院子东边是石壁，石缝里有一道很细的山泉，在地上汇出一汪浅浅的清水。向上看，接近山尖的地方，一处裸露的石坎上有一幢精致的白色建筑，球形圆顶，上面有一道贯通的黑色缝隙。

有一条台阶路与这边相连。后来我知道，那是干爹自己花钱建造的小型天文台。他年轻时在北大学的是天文物理，后来在北京搞实业，做到一家高科技公司的老总，资产上亿。不幸在一场车祸中失去了妻儿和自己的双腿。康复后他把资产大部分捐给天文台，换来一台淘汰的 60 英寸天文望远镜，到这儿隐居下来。在这样高的山上建天文台自然不容易，但这儿远离城市，没有灯光污染，便于天文观测。

干爹吃了妈妈做的第一顿晚饭，拐着腿领我们到后院，让我们在石桌旁坐下来。我意识到将面临一场重要谈话，因为妈妈显然非常紧张，目光不敢与我接触。后来我知道，经过干爹的反复劝说后她勉强同意把病因坦白地告诉我，又非常担心我承受不住。干爹笑着用目光再次鼓励她，温和地对我说："乐乐，你已经 10 岁了，算得上小大人了，一定有勇气听我说出所有真相。对不对？"

那时我其实很矛盾，又怕知道真相，又盼着知道。我说："对，我有勇气。你说吧。"

但干爹开始时并没涉及我的病，反倒把话题扯得很远："乐乐我告诉你，任何人一生下来，都会陷入一个逃不脱的监牢。啥监牢？寿命的监牢，死亡的监牢。每个人都要死的，不管他是皇帝还是总统，是佛祖还是天神。不论是古人的法术还是现代的科技，都无法让人长生不死。人的寿命有长有短，几年、几十年、100 多年，也许明天的科学能让人活 1000 岁，甚至 1 万岁，但终归要死的。不光人，所有生灵都一样。只要有生就必然有死，这是老天爷定下的铁律。甚至不光是生灵，连咱们的太阳和地球、连银河系，连整个宇宙，最终都会死亡。"

那是我第一次听说宇宙也会死，吃惊地问："宇宙也会死？"

妈妈也问了一句："马先生，你是不是说——天会塌下来？"

"当然。自从美国天文学家哈勃发现宇宙膨胀后，永恒的宇宙就结束了，只不过天究竟如何'塌下来'，科学界还没有定论。"他叹了一口气，"你们不妨想想，既然人生下来注定会死，连人类和宇宙也注定会灭亡，那人们还苦苦巴巴活一辈子，有什么意思？确实没有意思，你多活一天，就是往坟墓多走一步。所以，世上有一个最聪明的民族就彻底看开了，不愿在世上受难。这个民族的孩子只要一生下来，爹妈就亲手把他掐死。这才是聪明的做法，我非常佩服他们。"

这几句话太匪夷所思，我和妈妈吃惊得瞪圆眼睛。不过我马上在干爹唇边发现了隐藏的笑意，就得意地大声嚷起来："你骗人！世上没有这样傻的爹妈！再说，要是这样做，那个民族早就绝种啦！"

"真的？"

"当然是真的！"

"哈哈，这就对了！"干爹放声大笑。以后我和妈妈经常听到他极富感染力的大笑。听着这样的笑声，不管你有什么忧伤都会被赶跑。干爹郑重地说："既然你俩都明白这个理儿，干吗还要我费口舌哩。这个理儿就是：虽然人生逃不了一死，还是得活着，要活得高高兴兴、快快乐乐、有滋有味，不枉来这世上一遭。否则就是天下第一大傻瓜。你们说对不对？"

我用力点头："对。"

"现在该说到你了，楚乐乐。你比别人不幸，患了一种绝症，叫进行性肌营养不良，而且是其中最差的假性肥大型，现代医学暂时还无能为力。这种病是隐性遗传病，只有男孩会得，在人群中患病比率是 1/3000 到 1/20000。病人一般在 5 岁左右发病，到 15 岁就不能行走，25 ~ 30 岁时因心力衰竭等原因死亡。”当他冷静地叙述这些医学知识时，妈妈眼中盈满泪水，扶着我的胳臂微微发颤。干爹瞄了她一眼，仍冷静地说下去：“孩子，现在我把所有真相明明白白告诉你了，你说该咋办？是学那个聪明民族，让妈妈立刻掐死你，还是继续活下去，而且力争活得有滋有味？”

这个残酷的真相其实我早就猜个八八九九了，但妈妈一直没有明说，我也抱着一线希望，在心底逃避着不敢面对。今天干爹无情地粉碎了我的逃避。这就像是揭伤疤上干结的绷带，越是小心，越是疼！干脆一狠心撕下来，片刻的剧疼让你眼前发黑，但之后心中就清凉了。干爹微笑地盯着我，妈妈紧张地盯着我。我没有立刻回答，回头看看院外满溢的绿色，心中忽然漾起一种清新的希望。这些年一直与奔波和恐惧为伍，我已经烦透了。我想从今天起过一种新生活，一种明明白白的、心地平静的生活，哪怕明知道只能再活 10 年。而且支撑我勇气的其实是一种很简单的想法：既然所有人都难逃一死，那么对我来说，只不过把那个日子提前一点，如此而已，又何必整天为它提心吊胆呢？想到这儿，我有一种豁然惊醒的感觉，回过身，朝干爹和妈妈用力点头，一切在不言中。

妈妈这才把久悬的心放下，高兴地看看干爹。干爹笑着说：“这就对了，这就对了嘛！一定要快快乐乐地活下去，不愧你妈给起的这个好名字。”

他为我们母子安排了今后的生活，说既然暂时没有有效的疗法，就不要四处奔波了。他会在网上随时查看，一旦医术有突破就把我送去治疗，即使是去国外，费用都由他筹措。在此之前我们就留在这儿，妈妈为他做家务，我随意玩耍。如果想学习，他可以教我文化课，如果不想学也不勉强。“说句狠心话，其实能预知死期也是一种优势，比如乐乐这种情况，就不用到僵死的教育体制下去受煎熬了。”

他还说，其实他给我准备了一个最诱人的玩法：观察星星。那是一座琳琅满目的大宝库，只要一跳进去就甭想出来，十几年根本不够打发的。他自己打小就喜欢浩瀚星空，但尘世碌碌，一直在商场中打拼，只有失去双腿后才“豁然惊醒”。当然，商场的打拼提供了建私人天文台的资金，也算功不可没。

我和妈妈就这样留了下来，对新生活非常满意。妈妈尽心尽力地操持家务，伺候两个残疾男人（男孩），开荒种菜，到林中采野味，跟山民大嫂交朋友，也学会了到网上查医学资料。妈妈的生活安逸了，我想更重要的是心里不“慌张”了，她的憔悴便以惊人的速度消退，嘴唇上有了血色，人变丰腴了，恢复了三十几岁妇人的光泽。有一次我惊叹：妈耶，原来你这样漂亮！妈妈窘得满脸通红，但心底肯定很高兴。她第一次给干爹洗澡时有点犯难，干爹让她把水调好，再把轮椅推到浴室里，说他可以坐着自己洗的。妈妈稍稍犹豫，摇摇头说：“不，马先生，这是我该当做的。”

就扶着干爹进了浴室，把门关上。

我在前几年的磨难中已经很“沧桑”了，现在恢复了童心。尽管步履蹒跚，我还是兴致盎然地在山林中玩耍，早出晚归，疯得昏天黑地。哪天都少不了摔上几跤，但毫不影响我的玩兴。我并没忘记横亘在十几年后的死期，但有了那次与死神的正面交锋，我确实不再把它放在心上。

干爹说要教我观察天文，不过他没有让我立刻从事枯燥的观测，而是先讲各种有趣的天文知识和故事，培养我的兴趣。此后等我真的迷上天文学，我才知道干爹的做法太聪明了。夜晚我们经常不开灯，脚下那个景区的灯光也常常掩在浓浓雾霭之下，所以方圆百里都浸泡在黑暗中。天上的星星、月亮非常明亮，似乎可以伸手摘到，很有“不敢高声语，恐惊天上人”的意境。我们三人坐在院里，干爹给我指认天空中横卧的银河，指认几颗行星——金星、木星、水星、火星、土星，指认最明亮的几十颗恒星，像大犬座的天狼星、天琴座的织女星、天鹰座的河鼓星（就是牛郎星）、天鹅座的天津星等，就这样似不经意地，把天文学的基础知识灌输到我的头脑里。

干爹说：“上次我说过，人生逃不脱生死的囚笼，其实人类身上还罩有很多囚笼呢，像重力的囚笼、可怕的天文距离加光速限制的囚笼，等等。古时候的人类就像是关在荒岛古堡里的囚犯，一生不能离开囚笼半步，不但不知道外边的世界，甚至连自家古堡的外形也看不到。只能透过铁窗，眼巴眼望地偷窥浩瀚星空。后来人们发明了望远镜，发明了火箭，甚至把脚印留在了月球上。但与极其广袤的宇宙相比，我们仍然是可怜的蝼蚁。不过话说回来，尽管人类很渺小、很可怜，但通过一代代努力，总算窥见了宇宙的一些秘密，比如，知道太阳系位于银河系的猎户旋臂上；知道银河系在旋转，旋转中心是人马座 A；知道了本星系、本超星系、总星系等。1825 年法国哲学家孔德曾断言：人类绝不可能得到有关恒星化学组成的知识。他当时的想法没错啊，人类怎么能登上灼热的恒星去取样呢？就是乘飞船去，半路上也烧化了。但仅仅 30 多年后人类发明了天体分光术，将恒星光通过望远镜和分光镜分解成连续光谱，把光谱拍照下来研究，从各种元素谱线就能得出恒星的化学成分。”

干爹又说：“20 世纪 20 年代发现的宇宙膨胀是天文学上最伟大

的发现。1914 年，天文学家斯莱弗第一个发现了恒星光谱图的红移现象，即很多星云的光谱线都移向光谱图的红色端。按照物理学中的多普勒效应，这意味着星体都在远离我们。这发现把斯莱弗弄得一头雾水——要知道那时人们认为宇宙一直是静止的啊。非常可惜，他敏锐地发现了红移现象，却没有达到理论上的突破。后来，哈勃经过对造父变星的研究，弄清了几十个星系的大致距离。他把星云距离及斯莱弗的光谱红移放到一张坐标图上，然后在云雾般杂乱的几十个圆点中画出一条直线，就得到了那个伟大的定律——星系的红移速度与距离成正比。这意味着，所有星体都在互相飞速逃离，宇宙就像一个膨胀的蛋糕，其上嵌着的葡萄干（星体）都在向远处退行，距离越远，则相对退行速度越大①。

“告诉你吧，别看我过了追星族的年龄，我可是哈勃的追星族！”虽然院子处在绝对的黑暗中，我仍能“看见”干爹眉飞色舞的样子。“哈勃有一种难以置信的能力，或者说对真理的直觉。他拍的光谱底片并非很好，也不是一个出色的观察家，但他总是能穿过种种错误杂乱所构成的迷宫，一步不差地走向最简约的真理。而那些善于‘复杂推理’的、执着于‘客观态度’的科学家却常常与真理擦肩而过。哈勃甚至不光是科学家，还算得上是哲学家，是宗教的先知。你想啊，从这个发现之后，静止的、永生不死的宇宙，还有上帝的宝座，就被他颠覆了，他以一人之力，仅仅用一张粗糙杂乱的坐标图，就颠覆了前人的理论！完全可以说，自打这一天起，人类就迈过童年变为成人了，至少也是青年了。”

①蛋糕的比喻其实不贴切，膨胀的蛋糕肯定有一个静止中心，而超圆体宇宙的膨胀中心是在更高维度中，三维空间之内并没有一个静止中心。不过这与本文关系不大，故作者仍引用了这个不贴切的比喻。

我和妈妈听得很起劲儿（我能透过黑暗看见妈妈和干爹亲昵地握着手）。我高兴地宣布："妈妈，干爹，我要改名！我的大名要改成楚哈勃。知道是啥意思吗？你俩肯定想不到。这个'哈'字是一字双用，就是'哈'哈勃，是哈勃的哈星族！"

干爹朗声大笑，妈妈也笑。妈妈说这个名字太怪，干爹说这个名字很好。以后我就真的改成这个大名，连小名也变成"小勃"了。

干爹开始领我走进天文台。这幢袖珍型的自建天文台相当精致，但那架 40 英寸牛顿式凹面反射天文望远镜可算是傻大笨粗，整个一个 20 世纪的遗物，黑不溜秋，甚至配着老式的铜制双闸刀电气开关。它附设的观察台摇摇晃晃，以我的体能要爬上去相当困难，干爹爬起来也不比我轻松。用望远镜观星同样是一件苦差事，这儿自然没有暖气，寒夜中眼泪会把目镜冻在人的眼睛上，长时间的观测让背部和脖子又酸又疼。当镜筒跟随星星移过天空时，底座常有吱吱嘎嘎的响声和不规则的跳动。我首先要学的技巧，就是在物镜跳动之后迅速重新调好焦点，追上目标，这样才能在底片上曝光出边界清晰的斑点或光谱。

干爹开玩笑说："想当一个好的天文学家，首先得有一个铁打的膀胱，可以省去爬下观察台撒尿的时间——说不定那几分钟就会错过一次千载难逢的观测，让你抱恨终生啊！"我想，对我们两个病残者来说，这一点尤为重要吧。我很快练出了铁膀胱，可以和干爹媲美，只要一走上观察台就整夜不下来，当然前提是晚饭尽量少喝稀的。

干爹有满满一墙书柜，有书，也有光盘，多是天文学和理论物理学著作。我白天读书，夜晚观察。我学得很快，也越来越痴迷。在暗黑的镜筒中，平时星空中的"眨巴眼"变成安静的、明亮的小圆点，以一种只可意会的高贵，冷静地俯视着我。我能听到星星与人类之间的窃窃私语，我似乎与它们有天生的相契。干爹满意地说，看咱小勃，天生是观星人的坯子！

干爹说，拥有一架虽然老旧的40英寸镜，可不是每个私人天文爱好者的福分。当然，与现代化天文台的10米镜，或组合式30米镜是绝对没法相比的，所以干爹采取的战略是扬长避短，把观测重点放到近地天体上，即100光年之内的星星。这些天体已经被研究得比较透彻，所以他的研究充其量是拾遗补阙的性质。好在他是业余玩家，干这些纯粹出于“心灵的呼唤”，没有什么“必须做出突破”的压力。

没人会料到，正是这个冷僻陈旧的研究方向歪打正着，得到了震惊世界的结果。

开始时干爹和我挤在一个观察台上，手把手地教我。等我能独立工作之后，有时他便安排我独自值班，至于他则另有要务——趁机和我妈幽会。我在观察台上曾看见，只要一避开我的视线，两人就会急切地拥在一起，有说不完的话。此前为了照顾我，妈妈一直和我住在一个房间，但我发现妈妈有时会在深夜偷偷溜出去，直到天明前才回来。爱情滋润了两人，他们的脸庞上光彩流动，那是爱之光辉，藏也藏不住的。不过妈妈也老是用负罪的目光看我，我以14岁的心智读懂了她的心理——尽管我现在过得快乐而充实，但病魔一时一刻也未赦免我。我的病情越来越重，行走更困难，肌肉假性肥大和“游离肩”现象更加明显，连说话也开始吐字不清了。资料上说，这种病有30%可能会影响智力，但我没受影响，算是不幸中之大幸吧。妈妈肯定觉得，儿子陷在病痛中，当妈的却去享受爱情（还是偷情），实在太自私。我想这回得由我帮助妈妈了，帮她走出负罪的囚笼，正如干爹带我走出恐惧的囚笼。有一天晚饭时我当着两人的面说："妈，我已经14岁了，想单独住一个房间。"

妈妈很窘迫，试探地问我："可这儿只有两个卧室，你让妈住哪儿？"

我笑嘻嘻地说："当然是和我干爹住一块儿嘛，省得你夜里来回跑，还要瞒我，累不累呀。"

妈妈立时满脸通红，简直无地自容的样子，干爹也有些窘迫。我笑着安抚他们："妈、干爹，你们互相恩爱，快快乐乐，我高兴还来不及呢。以后不必再瞒我啦。"

妈妈眼睛湿润了，干爹高兴地拍拍我的后脑勺。从那天起，妈妈就搬到干爹屋里去住了，只是每晚还会往这边跑几趟。她终究对我放不下心。

因为疾病，10岁前我没怎么正经念书，现在我像久旱干裂的土地一样狂热地汲取着知识。15岁那年夏天，我已经读完了天文学研究生的基础课程。干爹对我的观测水平和基础知识放心了，对我的脑瓜也放心了。我听他背地里对妈妈夸我："别看这孩子走路不利落，脑瓜可是灵得很，比我年轻时还灵光！"他开始正式给我安排观测任务——测量和计算50光年内所有恒星基于"标准太阳"的视向速度。他要求尽量精确，换算到红移值的测量上，要精确到0.001埃。

我那时想不到他是在研究近地空间的宇宙学红移[①]，因为一般说

①星光共有三种红移：a.因空间膨胀而导致的光谱红移称宇宙学红移，此时星体其实并未在空间中运动。b.星体在空间中运动时，因朝向或背向地球运动而使光谱蓝移或红移，称多普勒蓝移或红移。c.因引力的相对论效应而导致的光谱红移，称引力红移。

来，只有 10 亿秒差距（约合 33 亿光年）之外的遥远星体，才能观察到有意义的宇宙学红移。对于近距离天体，由于它们的公转自转都能引起多普勒红移和蓝移，而且常常远大于前者，也就无法单独测出宇宙学红移。比如，南鱼座的亮星北落师门，距离地球 21.9 光年，按哈勃公式计算的红移速度完全可以忽略，但其基于标准太阳的红移速度有 6.4 千米每秒，完全掩盖了前者。还有，引力也能造成红移，其数值虽然很小，也足以影响近地天体的宇宙学红移的测值。

干爹当时没有透露他的真实目标，只是说：依他近年的观测，这个小区域内的星体似有异常，让我加倍注意。这是个相当繁杂的工作。银河系的恒星大都绕着银心顺时针旋转，速度相当快（比如太阳的旋转速度平均为 220 千米每秒，远远超过宇宙飞船的速度），但恒星彼此之间基本静止，就像在高速路上并排行驶的汽车。天文学家在测量银河系各恒星的运动速度时，为了简便和直观，先假定一个标准太阳，即以太阳距银心的标准半径和标准速度并作理想圆运动的一点，来作为静止点，再测出其他恒星的相对速度。由于太阳其实是沿椭圆轨道旋转，并非真正恒速，所以它本身相对“标准太阳”来说也有相对速度（法向速度 U 为 + 9 千米每秒，切向速度 V 为 +12 千米每秒，沿银盘厚度方向的跳动速度 W 为 +7 千米每秒）。再加上地球上的观测者还在绕太阳运动，所以要想得出基于“标准太阳”的红移或蓝移值，观测值必须做出双重修正。

好在这基本是前人做过的事，干爹只要求我把它们复核一遍，换算成朝向“标准太阳”的视向速度，这就大大减少了工作量。我进行了三年枯燥的工作，观测、拍照、显影、与摄谱仪的基准光谱做比照，在电脑中做修正，如此等等。开始时干爹还不时来指导，等我完全熟悉这些工作，干爹就撒手不管了。

我发现干爹说得不错，这个小区域内的星体确实有些古怪。它们的光谱好像每年都有一个微量的蓝移增量，数值不大，仅仅0.001埃，甚至小于星体的引力红移，观测者一般会忽略它。不过，因为干爹事先提示过，而且它非常普遍，我还是紧紧盯上了它。这个蓝移值对应的蓝移速度大约为0.06千米每秒。虽然看起来很小，但若与宇宙学红移相比已经够惊人了。可以比较一下，取哈勃常数为50的话，在33光年的大角星处对应的红移速度仅为0.0005千米每秒，不到上述蓝移值的百分之一。

我18岁那年，测算完了这个区域内所有恒星相对标准太阳的视速度——它们都增加了朝向太阳的速度，数值不等，以牛郎星最大。这个现象似乎颇为不祥——倒不是科学意义上的不祥，而是人文意义上的不祥，因为这个古怪区域（包括星体，也包括空间）像是在向里塌陷，而且塌陷中心恰恰在人类区域！

那时我说话已经相当困难，难以表达这些复杂内容，所以我在电脑上制作了一个表格，打出了扼要的书面结论。生日那天，吃完妈妈自制的蛋糕，在温馨的生日烛光中，我把干爹四年前留的这项作业交上去了。干爹很高兴我有了处女作，搂着妈妈的肩膀，认真读我的结论：

1．以标准太阳为中心，半径三十几光年的圆形区域内，所有星体在扣除原有的 U、V、W 速度之后，都有一个附加的蓝移速度。其谱线蓝移以16光年远的牛郎星最大，约为 −0.016 埃。按公式：

$V=C(\lambda_0-\lambda_1)/\lambda_1$（式中，C为光速，$\lambda_1$ 和 λ_0 分别为电磁波发射时刻和接受时刻的波长）计算，则意味着牛郎星增加了一个14千米／秒的朝向标准太阳的速度。

2．从牛郎星以远，上述蓝移逐渐减小，到34光年之外的星体如大角星，就观察不到这种蓝移了。从牛郎星以近的光谱蓝移也是逐渐减小的，直至为零。

3. 该区域的星体，其蓝移值不仅随距离变化，也随时间变化，后者大约每年增加 0.001 埃。

我忐忑不安地等着干爹的判决。尽管我对自己的观测和计算反复核对过，但——有什么宇宙机理能产生这个塌陷？我没有起码的概念，这一点让我底气不足。干爹看完没说话，拐着腿到书房，取来一张纸递给我。我迅速浏览一遍，上面写着几乎同样的结论，只是用语不同而已，观测值也稍有误差：他说极值点是 12 光年远的南河三，蓝移速度为 11 千米每秒。看纸张的新旧程度，显然是在几年前打印的。我喃喃地问："那么这是真的？"

"看来是的。你再次验证了我的观测，咱俩的测值有误差，但在可以容许的范围内。"

"那么……它意味着什么？"

"你说呢？"

我摇摇头："我已经考虑一年了，但毫无头绪。首先会有的想法，是太阳附近突然出现了一个巨大黑洞，正把 35 光年以内的宇宙，包括星体和空间，拉向中心，造成局部塌陷。但这个假设肯定说不通的。首先，这么大的黑洞应该有强烈的吸积效应，有强烈的 X 暴，甚至有可以感受到重力异常。但什么都没有，太阳系附近一直风平浪静。再者，如果这个假说成立，那么越接近黑洞的天体向中心塌陷的速度应该越大，这也与观测结果不符。还有，咱们的测值是以标准太阳为基点，如果有黑洞，那它也应该正好有太阳的巡行速度，才能得出现在的观测结果。但这个突然出现的黑洞只可能是'外来者'，它闯入太阳系后就正巧获得和太阳一样的速度？这未免太巧了，基本不可能。”

我看看干爹，又小心地补充一句：“不管有没有黑洞，但……可不敢有这个局部塌陷啊！要是牛郎星以 14 千米每秒的速度向中心塌陷，34 万年后就会和地球撞在一起。甚至早在那之前，咱们这儿已经变成引力地狱了。”我又自我安慰，“不过，也许十几万年后的人类科技有能力逃出去。”

虽然我咬字不清，但干爹很轻易地听懂了，我们俩在思路上相当默契，他总是能以理解力来代替听力。妈妈听不懂，干爹向她简略解释一番，妈妈吃惊地说：“啥子？天要塌？塌到一个洞洞里？”

干爹笑着说：“先别担心，我说过，这个假设根本说不通，正因为它说不通，我一直没把我的观测结果公开。咱们得寻找另外的解释。”

稍后干爹又说，他不相信上述假说还有一个次要原因，虽然不能算严格的反证，但也不能忽略——科学启蒙之前，自恋的人类总把地球当成宇宙中心，科学破除了这种迷信。现在我们知道，地球或太阳只是极普通的星体，上帝无论在施福或降祸时，都不会对人类另眼相看。可是现在呢，恰恰人类区域是一个局部塌缩的中心！这多少像是“地球中心论”的变相复活。

虽然我俩坚信地球附近不可能有巨型黑洞，但并不能排除心中的不安。不管怎么说，这个古怪的“蓝移区域”是确实存在的，它给人一种难言的感觉：阴森、虚浮、模糊，就像童年期间我潜意识中对病魔的恐惧。但它究竟是什么机理造成的？随后的三个月里，我和干爹搜肠刮肚，提出了很多假说，讨论后又把它们一个个淘汰。

我俩完全沉迷于此了，想得头脑发木，嘴里发苦。妈妈说我俩都痴了，连吃饭也不知道饥饱！

有天夜里，我在睡梦中，好像有什么想法老在脑海的边际处飘荡，似有似无，时隐时现，我焦急地想抓住它，于是忽然醒了，脑海中灵光一闪，有了一个不错的想法。我深入考虑一遍，觉得它是可行的，便爬起来去找干爹。心中太急，我一下子摔到地上，折腾好久才爬起来。等走进干爹房间，我又摔了一跤。干爹和妈妈都惊醒了，连忙坐起身来问："小勃，你怎么了？"

妈妈披上衣服，赶紧下床把我扶起来。我急急地说："没事，我有一个全新的想法，急着告诉干爹——并没有局部塌陷，而是宇宙的整体收缩。是刚刚开始收缩，所以只有近处的蓝移星光能传到地球，现在咱们看到的远处星体，还是没有收缩前的光，自然保持着的原来的红移。"

妈妈微哂道："给你干爹说去，我又听不懂。看你猴急的，等不及明天啦？"

干爹对我的"猴急"非常理解，笑着说："来，坐床上。不着急，慢慢说。"

妈妈把我拉进被窝，挤在她和干爹之间。又从背后搂着我，暖着我因夜寒而变凉的身体。我开始对干爹讲解。对于这个灵光忽现的想法，我的思路倒是已经捋清了，但因吐字不清，想把它表达清楚也不容易。最后好歹讲清楚了，大致想法是这样的：

1. 附近并没有什么黑洞和局部塌陷，是全宇宙刚刚开始整体的收缩，由宇宙学红移急剧转变为宇宙学蓝移，据我推算，收缩仅仅开始于 34 年前——我们这一代"正巧"赶上了这个宇宙剧变！至于宇宙整体收缩的产生机理，天文界已经有很多假说（临界质量、暗物质等），我这里先不说它。

2. 由于收缩是加速的，所以蓝移值随时间增加。

3. 各星体（基于标准太阳的）蓝移值，其大小变化有两个相反的趋向——a. 仍按哈勃揭示的规律，蓝移随距离成正比增加，即蓝移速度等于距离乘某个常数。但这个常数远大于哈勃常数（所以近地天体的蓝移也能测出）。b. 蓝移值又随距离减小，因为收缩并非恒速而是加速的，所以星体离我们每远一光年，我们看到就是它更早一年的较小蓝移值。这点与哈勃定律不同，哈勃所描述的宇宙膨胀，至少在若干亿年内可以认为是匀速的，不存在这种递减效应。

上述两个因素综合，可列出一个关于距离和时间的二元二次方程，精确计算出某年某星体的蓝移值。今年的计算结果是，蓝移速度在大约 16 光年远的牛郎星达到极值，为 14 千米每秒。这与观测值完全吻合。

4. 收缩是 34 年前刚刚开始，那么 34 光年处的星体，如大角星，我们今天看到的还是它们在 34 年前、正处于变化拐点的光，既无红移也无蓝移。34 光年之外的星体仍保持着哈勃红移（因数值太小而观察不到）。因此，所谓的“宇宙局部塌陷”只是假象，是“有限的收缩时间”加上光传播花费的时间所造成的。

我补充一句：“干爹，咱俩的观测值不大一样，你说是观测误差，其实不是。咱俩测的都完全准确，只不过你的数值是四年前的。我算了一遍，如果按 4 年前的时间参数代入我说的公式，正好符合你的测值。”

干爹耐心听完，笑着摇摇头：“想法很有趣，逻辑框架基本能够自洽，但有一个重要的隐性条件你没有满足，而这一条足以否定整个假说。”

“什么隐性条件？”

“宇宙的尺度至少是150亿光年，不可能同时由膨胀改为收缩。基于科学界一个普遍认可的假定，那就是：能导致宇宙同步变化的因素，不管它是什么，其传播速度都不可能高于光速。天文学家早就把这点共识用于实际工作，比如，假如你观察到一个遥远星系在十年内整体变亮了，那么该星系的尺度就绝不会大于10光年①。”

他说的是人尽皆知的规则，但我以初生牛犊的勇气表示不服：“干爹，我知道这个规则，但咱们说的现象不在其中。假如有一个完全均匀的气球，被完全均匀的高压气流胀大，那么等气球弹力和内压力平衡的瞬间，气球每个区域当然会同时停止膨胀，哪怕它有150亿光年那么大。”我斟酌了用词，补充道，“不妨把你说的规则稍作补充：导致宇宙同步变化的因素，其传播速度不可能高于光速，但因内禀性质而导致的变化除外，内禀同步状态不受最大光速限制。干爹，我可以打个比方：这就像是量子理论中的孪生粒子，它们组成一个相关系统，对一个粒子所做的观测能瞬时导致另一个粒子选择到‘正确’状态。这种作用是超距的，不受最大光速限制。关于孪生粒子的内禀同步，在科学界已经没有异议了。”

我又补充道：“正好，哈勃天文望远镜的观测早就确定宇宙是各向同性的，是内禀均匀的。”

干爹被我这个大胆的提法震住了，沉默了很久。我表面平静内

①这段对话中其实有一个严重的逻辑漏洞：宇宙也可做不同步的整体性收缩，这样并不影响小勃假说的自洽。但为了逻辑推导不至于太繁复，作者有意搁置了它。

心急迫地等着，妈妈奇怪地打量着我们俩，屋里静得能听见心跳声。干爹终于开口了："如果……只要……承认你的公理，那你的假说……还是能自洽的。还捎带解决了那个逻辑困难——塌陷中心（黑洞）必须正巧具有 220 千米每秒的巡行速度的困难。因为若是宇宙整体收缩，那有没有这个速度并不影响观测值。小勃，你的思维很活跃，天马行空。真的很难得。"

但我能看出他仍旧有些勉强。后来他坦言道："说实话，我还是不大喜欢这个假说。它同样有'人类中心论'的味道，现在不是空间上的中心了，而是时间上的——在 150 亿年的宇宙膨胀中，怎么恰巧就让咱们赶上宇宙开始收缩的这一刻呢？未免太巧了。"他摇摇头，"但这个反驳并不严格，世上还是有巧合的，不能一概否认。咱们再想想吧。"

在这之后两天里，家里始终保持着古怪的安静，我和干爹都默默思索，就像是老僧闭关修炼。妈妈后来觉得不对劲儿——这种安静怎么有点阴气森森的味道？她终于忍不住，小心地问干爹："马先生，到底出啥事了？我看你俩的表情都不对头。"

干爹笑笑："没啥事。小勃提出的那个新想法有可能是对的，只是不大吉利——比原来的想法更不吉利。我们原以为宇宙是局部塌陷，那么在 10 万年或几十万年后，人类的科技水平也许还能逃出这片引力地狱；现在小勃说宇宙是整体收缩，那人类能往哪儿逃？科技再发达也无处可逃了。"

"这有啥关系，你早就说过，宇宙最终会灭亡嘛。"

"对，我是说过。但我那时说的是宇宙的'天年'，死亡是几十亿、几百亿年后的事，而现在小勃说宇宙得了绝症，会在几十万年内死去，就像……”

他没把这句话说完，我平静地接上他的话：“就像我。比我还惨。宇宙的新寿命只是原来那个‘天年’的一万分之一。”

妈妈一愣，但立即机敏地转圜：“那也没啥，还有几十万年嘛。人们还能蹦跶几十万年，离死早得很呢。咱小勃虽然得了绝症，这些年也过得很快活、很充实，有滋有味。娃儿你说对不对？”

“对。干爹，谢谢你。多亏你当年一刀斩断我的退路，这些年我活得才有意义。”我半开玩笑地说，“要不，咱们也给世人照样来一刀？世人不知道会感激咱们，还是恨咱们。”

干爹也以玩笑回应：“如果是当报喜的喜鹊，可以尽早。咱们是当报祸的乌鸦，还是谨慎一点。再验证验证吧。”

之后我俩用三年时间做了慎重的验证。其后的验证倒是相当容易，这就像所有的科学发现，在找到核心机理之前，已有的数据和现象如一团乱麻，似乎永远理不清，但在找出核心机理之后，所有的脉络都一清二楚，哪怕想找仅仅一个反证都办不到。这正是科学的魅力所在。现在，只要承认我的假说，那么星体基于标准太阳的蓝移就是关于距离和时间的二元二次方程，初中生都会计算。我们算出了今后三年的变化值，又用观测值做了对比。两者极为符合。3 年之后，可见的蓝移区域也如预言向外扩展了 3 光年，以至于你想再怀疑这个假说都不好意思。干爹慢慢地不提他的“最后一点”怀疑了。

其实，从内心讲，我们但愿自己错了，但愿这个“绝症”并不存在。

这 3 年的观测是干爹做的，我的病情已经不允许我爬上观察平台。干爹那个轮椅现在让我用上了。大部分时间我歪在轮椅上或床上，说话吐字也更困难。妈妈和干爹被逼着学会了读唇术，谈话时，他们得一眼不眨地盯着我的嘴唇。这年我 21 岁，看来大限将至，死神已经轻声敲门。妈妈这些年也想开了，没有表现得太悲伤，至少没有痛不欲生。她一有时间就坐在我的床边，拉着我的手闲聊。因为我口齿不清，交谈起来比较困难，她更多是一个人说话。她总是回忆我儿时的场景、儿时的快乐，甚至以平和的口吻，回忆那个在绝症儿子面前当了逃兵的男人。

我贪婪地听着，贪婪地握着妈妈的手，也贪婪地盼着干爹从天文台回家的脚步声。我是多么珍惜在世上的时间啊。

但我终于觉得，该对两位老人留下遗言了。那天我把二老唤到我的床前，努力在脸上保持着笑容。但我不知道效果怎么样，我的面肌也不听话了。我缓慢地说："干爹、妈，趁我还能说话，预先同你们告别吧。"

两人都说："孩子有什么话你就说吧。"

"第一你们不要哭，我这几年过得很充实、很快乐，有滋有味。我要谢谢妈，谢谢干爹，也谢谢命运，我的病没有影响智力，这是命运对我最大的厚爱。"

妈妈忍泪说："小勃，我们不哭。我们也谢谢你，你是个好孩子，咱们能娘儿俩一场是我的福分。"

干爹说："我同样要谢谢你。你让我的晚年更充实了。"

"妈、干爹，你们结婚吧。"虽然我对名分之类并不重视，而且亲爸失踪后，妈妈一直没去解除婚姻关系，但我还是希望她和干爹有个更圆满的结局。

妈妈和干爹互相看看，干爹握着我的手说："好，我俩也早想办了。

这几天就办。”

“还有那个研究结果，该公布了吧。不必太忧虑世人的反应，没什么大不了的。就像你当年果断地把真相捅给我，长痛不如短痛。”

“好的，我明天就公布。”他想了想，“该有个正式的名字吧。叫什么呢？叫某某定理似乎不合适，那就简单地命名为‘楚／马发现’吧。我想，对人类的命运来说，这个发现的重要性也许不亚于哈勃定理。”一向达观的干爹略显苦涩。我知道苦从何来——缘于这个发现中内含的悲剧意蕴。

“干爹，干吗把你的名字放在后边？是你首先发现的。万事开头难，我一直非常佩服你眼光的敏锐，不是你的指引，十辈子我也想不到盯着这儿看。”

“但你首先揭示了其核心机理，这一步更难。孩子，你不愧‘楚哈勃’这个名字。你和哈勃一样，能透过复杂表象，一步不差地走向最简约的真理。唉——”

我敏锐地猜出他没说的话——可惜，这个天才脑袋要随一具劣质的肉体而毁灭了。干爹怕伤我心，把这段话咽了回去，其实何必呢，这才是对我最深刻的惋惜，最崇高的赞誉。在这个世上，妈妈最亲我，但干爹与我最相知。而且从某种意义上说，我的早夭是个哲理意义上的隐喻：灿烂的人类智慧之花也要随着宇宙的绝症而过早枯萎了。

我和干爹没有再谈署名先后的问题，那类世俗的名声不值得我俩多费心。现在，虽然我对生死早已达观，但仍免不了淡淡的悲凉。这是超越个人生死的悲凉，就像节奏舒缓的低音旋律，从宇宙的原点发出，穿越时空而回荡到永恒，死亡的永恒。我笑着对二老说：“好，我的话交代完了，我的人生可以提前画上句号了。”

从第二天妈妈和干爹开始按我的话去忙：妈妈登报和我亲爸解除婚姻关系（因一直失去联系没法正常离婚）；和干爹办结婚登记；准备简朴的婚礼；向两家亲友撒喜帖；干爹把“楚／马发现”在网上公布。后来我和干爹知道，此前已经有天文学家发现了这个小区域的异常，并在圈内讨论过。但他们是循惯例测算各恒星的 U、V、W 速度，没有换算到朝向标准太阳的视向速度，所以没能发现我们发现的问题。我想更重要的原因是要命的思维惰性：所有人已经习惯了宇宙的永恒（几百亿年的宇宙寿命可以算是永恒了），即使在知道宇宙膨胀之后，这个动态过程也近乎是永恒的，没人想到我们“恰恰”赶上了宇宙刚刚开始收缩的时刻。所以，虽然他们觉察到异常，却想当然地把它限定在“局部空间”内，于是钻进这个胡同里出不来了。

理所当然，“宇宙得绝症”的消息震惊了世界，天文界圈外的反应比圈内还强烈。且不说那些常常怀着“末世忧思”的智者哲人了，就是普通百姓，也如被摘了蜂巢的群蜂，乱作一团：天要塌了？天真的要塌了？人类无处可逃了？很多国家中宣扬世界末日的邪教团体像被打了强心针，大肆招兵买马，组织了七八次集体自杀，人数最多的一次竟达 3000 人。当然也有令人欣慰的消息：五大国集体声明永远放弃核武力；中东地区开始和解；印、巴双方握手言和。

我想这种失去蜂巢的纷乱是暂时的，10 年 8 年后蜂群就会平静下来，找到新的家园，找到新的生活方式，就像我 11 年前那样。

楚／马发现公布后，各家媒体发疯般寻找两名“神秘”的发现者，因为我们对外只留了邮箱，没有公布具体住址。这样做倒不是刻意神秘，只是不想山居的平静被打破。当然我们也没成心抹去行踪，如果记者们铁下心要找，还是能找到的，通过 IP 地址就能查到。只是我没想到，第一个成功者是位女福尔摩斯，《新发现》杂志的科技记者。很年轻，自报 25 岁，比我大四岁，依我看不大像。蛮漂亮，穿衣很节约布料。性格非常开朗，短发，小腿肌腱像男孩子一样坚实。当这位一身驴友打扮的白果小姐大汗淋漓地爬过最后一段山路，终于发现阿里巴巴的山洞时，人没进来，先送来一串兴奋的尖叫："终于找到啦！哈哈！"

干爹后来揶揄地说："《新发现》派这么一位角色来采访沉重的世界末日话题，真是反差强烈的绝配。"

白果在这儿盘桓了整整七天，还赶巧参加了二老的婚礼。至于对那个话题的采访，我因为说话困难，让干爹——我对继父总改不了称呼——全面代劳，但她显然对我更感兴趣，七天中大部分时间都黏着我。我想我能猜到她的心思：对于我这样患绝症的特殊人物，应该能多挖到一些"新闻眼"吧。比如，她可以使用这样耸人听闻的文章标题：

一位绝症患者发现了宇宙的绝症！

等等。

但不管她是什么动机，反正她是一个讨人喜欢的姑娘，让你无法狠心拒绝。我尽心尽力地配合她的采访，妈妈当翻译，用了近七天时间，讲述了楚／马发现的前前后后，实际上（我后来才意识到）还捎带着梳理了我短短的一生——"一生"，这个词我想已经有资格使用了，至少误差不大了。我以旁观者的心态平静地想着，戏谑中略带悲凉。

采访最后，白果问我："楚先生，让咱们来个最后结语吧。你作为一个余日无多的绝症患者，却悲剧性地发现了宇宙的绝症。以这种特殊身份，你最想对世人说一句什么话？”

“只一句话？让我想想。干脆我只说两个字吧，这俩字，一位作家，余华，几十年前已经说过了，那是他一篇小说的题目……”

“等等。余华老先生的作品我大多拜读过，让我猜一下。你是说——《活着》？”

“对，这就是我想留给世人说的话：活着。”

活着。

活着！

白果说读过余华的这本书，不知道能否记得书中一个细节，一个小人物的台词——当时他站在死人堆里向老天叫阵，说，老子一定要活着，老子就是死了也要活着！

二　白果的回忆

22 年前的这篇采访是我的呕心之作。小勃曾揶揄我，说我那些天一直黏着他，是想在绝症患者身上挖新闻。他没冤枉我，开始时我的确有这个想法，那是出于记者的本能吧。但随着访谈深入，我已经把新闻、炒作之类世俗玩意儿统统扔到爪哇国了，以这篇文字的分量，以楚哈勃短短人生的分量，根本不需要那类花里胡哨的东西。他那时的身体情形已经相当悲惨，心力衰竭，呼吸系统顽固性感染，肌肉萎缩。病魔几乎榨干了他身体里的能量，只余一个天才大脑还在熊熊燃烧。我几乎能感受到他思维的热度、他生命的热度。他那年不足 21 岁，但外貌显然要沧桑得多。而他的心理更沧桑，有超乎年龄的沉稳睿智，还有达观。

不光是他，我发现他的家人有一个共同的独特习惯：从不忌讳谈论死亡。楚哈勃、马先生自不必说，就连小勃的妈妈也是如此。她是天下最好的母亲，为病残的儿子燃尽了一生的爱。但她也能平静地当面和儿子谈他的后事。

我把文章一口气写完，又用半个晚上做了最后的润色，从网上发过去。一向吹毛求疵的总编大人很快回了话，不是用 MSN，而是用手机，这在他是很罕见的。他对文章大声叫好，说它简直是一团“冷火”，外表的冷包着内里的炽热。他决定马上全文刊发。总编只提了一点修改意见，说我在结语中当面直言楚哈勃是“余日无多的绝症患者”，是不是太冷酷？至少读者会这么认为的。我稍稍一愣，这才意识到短短七天我已经被那个家庭同化了，已经能平静地谈论死亡了。我对总编说：不必改的，他们从不忌讳这个。

总编主动说，你可以在他家多留几天，看能不能再挖出一篇好文章。我想该挖的我已经挖过了，但既然总编这样慷慨，我乐得再留几天陪陪小勃，也欣赏一下山中美景。小勃妈对我很疼爱，虽然她一人要照顾两个病人很累，但还是抽时间陪我在山中转了半天。这半天里，有两个见闻对我触动颇大。

见闻之一：这座山上有细细的清泉流淌，碰到凹处积成一个水池，然后又变成细细的清流，再积出一个水池。如此重复，就像一根长藤上穿了一串倭瓜。我们循着这串倭瓜自下而上观赏。水池都是石头为底，池水异常清冽，寒气砭骨，水中几乎没有水草或藻类，却总有二三十条小鱼。这种冷水鱼身体呈半透明，形似小号的柳叶，悬在水中如在虚空，影布石上，倏忽往来，令人想起柳宗元《小石潭记》所描写的胜景。我向水面撒几粒面包屑，它们立即闪电般冲过来吞食，看来是长期处于饥饿状态。我好奇地问伯母："古人说水至清则无鱼，这样清澈的水，温度又这样低，它们怎么活下去？"小勃妈说："不知道，老天爷自然给它们安排有活路吧。"

再往上爬，几乎到山顶时，仍有清泉，有水池，池中仍有活泼的小鱼。但俯看各个水池之间连着的那根藤，很多地方是细长而湍急的瀑布，无论如何，山下的鱼是无法用"鲤鱼跃龙门"的办法一阶一阶跃上来的。那么，山顶水池中的冷水鱼是哪儿来的？自己飞上来？鸟衔上来？还是上帝开天辟地时就撒在山顶了？我实在想不通，小勃妈也不知道。那么，等我回北京再去请教鱼类专家吧。

大自然中生命的坚韧让我生出宗教般的敬畏。

见闻之二：快到家时，就在小勃家和天文台之间，一处面临绝壁的平台上，我看见一个柴堆，小腿粗的松树圆木，堆成整整齐齐的井字垛，大约有肩膀高。我问伯母：这是你们储备的干柴吗，怎么放这么远？小勃妈摇摇头，眼睛里现出一片阴云，但很快飘走。她平静地说："不，是为小勃准备的。他交代死后就地火化，骨灰也就近撒在悬崖之下，免得遗体往山下运了。山路陡，太难。"这位当妈的看着我的表情，反过来安慰我，"姑娘你别难过，俺们跟'死'揉了一二十年，已经习惯了。"

"阿姨我不难过。小勃的一生很短暂，但活得辉煌，死得潇洒，值！"我笑着说，"其实我很羡慕他的，不，是崇拜他。我是他的哈星族！我也要学小勃改名字，叫白哈楚哈勃。"

阿姨被我逗笑了。

这是我在此地逗留的最后一个晚上，明天就要和三人告别，和山林告别，回到繁华世界，重做尘世之人。夜里，我睡在客厅的活动床上，难以入睡。听听马先生卧室里没有动静，而小勃屋里一直有轻微的窸窣声。我干脆推开他的屋门，蹑脚走近床边，压低声音问："小勃，你睡着没？你要没睡着，咱俩再聊一晚上，行不？"

小勃没睡着，黑色的瞳仁在夜色中闪亮，嘴唇动了动。他是说"行"，这些天我已经能大致读懂他的口型了。

我没让他坐起身，仍那么侧躺着，我拉过椅子坐在他面前，与他脸对脸。怕影响那边两位老人，我压低声音说："小勃，你说话比较难，这会儿又没灯光，看不清你的口型。那就听我说吧。我采访了你的前半生，也谈谈我的前半生，这样才公平，对不？"

小勃无声地笑（大概认为我竟自称前半生是倚小卖老），无声地说："好。你说，我听。"

我天马行空地聊着，思路跳到哪儿就说到哪儿。我说我和你一样，从小乐哈哈的，特别爱笑。上初中时，有一次在课间操中，忘了是什么原因发笑，正巧被校长撞见。按说在课间操中迸一声笑算不上大错，问题是我笑得太猖狂，太有感染力，引得全班女生笑倒一片。校长被惹恼了，厉声叫我跟他到校长室中。我爸爸也在本校任教，有人赶忙跑去告诉他：不得了啦，你家小果不知道犯了啥大错，被校长叫到校长室了，你快去救火吧！我爸神色自若，安坐如常，说：没关系，能有啥大错？最多是上课时又笑了——真是知女莫若父啊。

又说：我不光性格开朗，还晕大胆，游乐场中连一些男孩子都不敢玩的东西，像过山车、攀岩、激流勇进等，我玩了个遍。大学时谈了个男朋友，就因为这件事吹了。他陪我坐了一次过山车，苦胆都吓破了，小脸蜡黄，还吭吭地干呕。按说胆子大小是天性，怪不得他，而且他能舍命陪我，已经很难得了。但我嫌他太娘儿们，感情上总腻腻歪歪的，到底和他拜拜了，说来颇有点对不起他。连我妈也为这个男生抱不平，说：你这样的野马，什么时候能拴到圈里！我说干吗要拴，一辈子自由自在不好吗？

时间在闲聊中不知不觉地溜走，已经是深夜了。我忽然停下来，握着他的手，盯着他的眼睛说："小勃，明天我不走了，永远不走——不，在你去世前不走了。我要留下来，陪你走完人生的路，就像简·怀尔德陪伴霍金那样。你愿意不？考虑五分钟，给我个答复。可不要展示'不能耽误你呀'之类高尚情操，我最腻歪不过。相信你也不会。喂，五分钟过去了，回答吧。噢，等等，我拉亮灯好看你的口型。"

我拉亮灯。楚哈勃眼睛里笑意灵动，嘴一张一张地回答我："非常愿意。我喜欢你。只有一个条件。"

我不满地说："向来都是女生提条件，你怎么倒过来啦？行，我答应你。说吧，什么条件？"

"你留下来，必须内心快乐，而不是忍受苦难，不是牺牲和施舍。考虑五天再回答我。"

我笑嘻嘻地说："哪儿用考虑五天？我现在就能回答。没错，我想留下来，就是因为跟你们仨在一块儿快乐。因为我喜欢这里的生活，它和世俗生活完全不一样，返璞归真，自由无羁，通体透明，带着松脂的清香。我真的舍不得离开。告诉你，如果哪天我新鲜劲儿过了，觉得是苦难、是负担，我立马就走。行不？简·怀尔德后来就和霍金离异了嘛。"

小勃的手指慢慢用力握我，脸上光彩流动。我们俩欣喜地对望着，我探起身吻吻他。外边有脚步声，小勃妈来了，她每晚都要帮儿子翻几次身以预防褥疮。我说："伯母让我来吧，我已经决定留下来，陪他走完人生。你儿子还行，没驳我的面子。”

小勃妈有点不相信，看看我，再看看儿子，然后把我紧紧搂在怀里，说：“我太高兴了，太高兴了！马先生！马先生！你快过来吧，白果要留下来不走了！”

马先生匆匆装上假腿赶过来，也给我一个热烈的拥抱。

第二天 8 点，我向总编通报了我的决定。那边半天不说话，我喂了两声，心想总编大人这会儿一定把下巴都惊脱了。他难得慷慨一次，放我三天假，结果把一位主力记者赔进去了。

但他不愧为总编，等回答时已经考虑成熟，安排得入情入理：“好，白果我祝福你。记着，我这儿保留着你的职位，你只要愿意，随时都能回来。你今后的生活可能很忙碌，但尽量抽时间给我发来几篇小文章，我好给你保留基本工资——你留在山里也得要生活费啊，我怕你在爱情狂热中把这件‘小事’给忘啦！还有，什么时候办喜事？我和同事们一定赶去。”

最后他感慨地说：“白果，年轻真好。我真想再年轻一回，干一件什么事，只需听从内心呼唤，而不必瞻前顾后，那该多恣意！”

“谢谢你，老总。拍拍你的马屁吧：你是世上最好的老总。”

我不光碰上了好老总，还有好父母。父母对我的决定虽然不乐意，怕我吃苦，也尽心劝了两次，但总的说还是顺畅地接受了，也赶来山里，高高兴兴地参加了我们的婚礼。

我的生活之河就这样来了个突然的折转，然后在山里汇出一池静水。婚后我照顾着丈夫的起居，推他到院子里晒太阳，和他聊天（大半是我说，他听），学会了输液（小勃因卧床太久，常因肺积水而引发肺炎），也没忘记挤时间写几篇小文章寄给编辑部。那边每月把基本工资寄来，虽然比较菲薄，但足够应付山中简朴的生活。婆婆和我一块儿照顾小勃，公公仍然每晚去天文台观测，以继续验证楚／马发现——想来世界上所有天文台恐怕顾不上其他课题了，都在干这件关乎人类生死的大事吧。据公公说，验证结果没什么意外，那个“可见的”蓝移区域，正按照小勃给出的公式逐年向远处扩张，蓝移峰值也向外移动。这是小勃在学术上的胜利，是一个不幸者的人生的胜利。当然，我们宁可不要这样的胜利。

一年半过去了，我们确实过得很快乐。爱情无比绚烂，可惜它并不能战胜病魔。小勃的身体越来越差，顽固的间歇性高烧，呼吸困难，瘦骨支离，唯有思维一直很清晰。到了来年深秋的一天，有一天晚饭后他突然把我们三个人都唤到他床前。我们知道他有重要的话要说，屏住气息盯着他的嘴唇。近来，由于说话越来越难，他已经习惯了以电报式的简短语句同我们对话，而我们也学会了由点而线地猜出他的话意。他说：“我……快乐……谢谢。”

他是说：我的一生虽然短暂，但它是充实快乐的，谢谢三位亲人。

“累了……想走……快乐地。”

亲人们哪，我热爱生活，但我确实累了。如果生存不再是快乐，那就让我快乐地走吧。

我们都不忍心，但也都知道，以小勃的秉性，他决定结束生命肯定是深思熟虑的结果，别人劝不转的，我们都没劝。他用目光盯着我，说：“一束勿忘我……新家庭……一定……不许当傻瓜……”

我的妻子，我的爱。永别前我想送你一束勿忘我花，让我永远活在你心中。但我死后你必须下山，要建立新家庭，寻找新生活，新快乐。决不能在山中苦守，不许做天下第一大傻瓜！

我俯下身，让他看清我的笑容："放心吧，我一定永远记住你，也会很快建立新家庭。不守寡，不当大傻瓜。让你在天堂里也能听到我的笑声。"

他显然很满意我的回答。婆婆柔声说："孩子，俺们听你的。我事先就准备了安眠药，你要是决定了时间，就告诉我。"

小勃在眼睛里笑了："明早……吧。"

亲人们，我要走了，让我陪你们最后一个晚上，然后再看最后一次日出吧。

公婆恋恋不舍地离开，把最后一点时间留给我们小两口儿。想来两位老人今晚一定是不眠之夜吧？我和小勃当然也是如此。我们握着手，默默地对望，什么话都不用说了。隔一段时间我就探身吻吻他。后来，不知不觉地，小勃的目光越过了我，盯着遥远的地方，他的目光越来越专注、越来越炽热。我想他的思维已经飘离了我，飘离了世俗世界，飞到宇宙原点，飞到了时间和空间的开端。我悄悄坐着，不再吻他，不打扰他的静思。我们就这样待到凌晨，忽然我觉察到小勃的手指在用力，便俯身盯着他的眼睛和嘴唇："小勃，你要说话吗？"

"嗯——让爸——来。"

我赶紧去唤公公。近两年来，我与小勃早已心思相通，我猜他喊爸来，肯定是萌生了什么科学上的灵感。因为，在理解科学术语或进行理性探讨时，公公更容易听懂他的话。爸来了，妈也来了，一左一右坐在他床边。此刻小勃的目光中没有我们，他仍盯着无限远处，电报式的短语像井喷一样快速地涌出来。

公公不停地记录着：

“一个新想法。暴涨……转为正常膨胀，孤立波……几个滴答……超圆宇宙……边界反射……扫过内宇宙……多次振荡……离散化，仍是全宇宙同步……内禀决定……仍符合观测值。可验证……盯着……塌陷中心……蓝移会消失……”

他艰难地说了这一大堆话，才停下来休息。又想了想，一波微笑从脸上掠过，有如微风掠过湖面，随后加了一句：

“地球中心论……没有了……”

这些话对妈妈来说不啻天书，我相对好一点，能约略听出他是对楚／马发现做出如下修正：“宇宙确实在整体收缩，但这种收缩可能只是一个孤立波，从宇宙一闪而过。它是从宇宙的暴涨阶段产生的，在宇宙边界多次反射，一直回荡到今天。”大致是这么个意思吧。爸皱着眉头，盯着记录纸，沉思着。沉思很久后，朝小勃点点头：“你的思路我基本捋清了。容我再好好想一想。”

公公回到书房，关上门。我内心深处喜不自禁——有这件事岔开，小勃至少今天不会实施自杀决定了。一小时后爸回到小勃屋里，手里拿着一张纸，那就是小勃说的东西，爸已经把它条理化、书面化了。内容是：

1. 宇宙诞生时有一个暴涨过程，时间极短，只是几个滴答（从10~35秒到10~33秒），然后转为正常速度的膨胀。上述过程基本已经被科学界确认，但没人注意到这个速度上的突然变化是要产生反弹收缩的。那是个纵波性质的孤立波，它肯定会在超圆体宇宙的边界发生反射，扫向内宇宙并多次振荡。这个孤立波的周期在刚产生时极短，在几十亿年后可能离散化、拉长。但肯定也不会太长，比如，不超过100年。

2. 这个孤立波并非始于宇宙某一区域，而是同一时刻开始于全宇宙，它的同步性也是由内禀性质所决定。基于此，它同样会表现为此前已经观察到的、蓝移可见区域逐渐扩大的现象，也符合此前推导的公式。唯一不同的是：它很快会结束。是全宇宙同步结束，但相应蓝移将在最先显示的地方最先消失。为了验证它是否真是孤立波，我们可以盯着可见蓝移区域的中心处，即地球最近处的天体，看蓝移会不会在某天结束。

3. 小勃最后追加的那句话则是说：从理论上说该孤立波应该已经多次扫过宇宙，所以我们这一代赶上一次属于正常，并非太赶巧。也许1万年前就有过一次，只是那时的人类没有能力观察到它。这就扫清了前一个假说中的最后一片疑云：不必担心"人类中心论"的变相复活了。

我能感受到公公的轻松，是常年攀登终于登顶之后的轻松。显然他对这个假说非常满意了，不过他在给出评价时用语谨慎："小勃，依我看，只是依直觉，这个假说恐怕是最后结论了。"

小勃眼中笑意盈盈，看来公公的阐述和评价都深合他意。妈也在认真听爸解说。我想，这段话的奥义对妈来说太艰涩了，她肯定听不明白吧？但是不，她用最直接的方法理解了，马上高兴地问："马先生，是不是这个意思？原先你俩说天会塌，是说错了，那个什么宇宙塌陷只是老天爷打了一个尿颤，打过就完了。我说得对不对？"

爸放声大笑，笑得声震屋瓦。这笑声让我非常欣慰。小勃说他干爹的笑声极富感染力，但近年来我不常听到，毕竟小勃的濒死还是影响了二老的心情，他们的悲伤只是深藏不露罢了。

"对，对，就是这个意思，你的比喻非常贴切！你真是儿子的第一知音啊！”

那么，伟大的楚／马发现又被发现者自我否定了，准确地说，那个关于蓝移区域的发现倒没被推翻，但原来的理论解释完全被颠覆了。现在，宇宙只是打了个尿颤，很快就会过去，健康丝毫不受影响，还会活到往日预言的天年。具有讽刺意味的是，楚／马发现的意义也因小勃最后的成功而大大缩水，至少是无法和哈勃发现并肩了。一个无关痛痒的小尿颤又有什么重要意义呢？但是，我们都非常高兴有这个学术上的失败。

满屋里都是喜洋洋的气氛。小勃握握我的手。我忙低下头，他清晰地说：“不死了……坚持……”

我用脸贴着他的脸，欣慰地说：“这就对啦，我的好人儿。我陪着你坚持到底吧。”

下午，爸把这个结果又推导一遍，证明从逻辑上没有漏洞，就把它从网上发出去。我想世界上各家天文台：威尔逊、帕罗玛、英澳、基特峰、卡拉阿托、北京紫金山等，还有所有天文学家和物理学家，又该狠狠地忙一阵子了。但那已经与我们关系不大。我们抱着死而复生的喜悦，重新开始了四人家庭的生活。晚上我们很晚才睡，小勃一直很亢奋，目光像超新星一样明亮。我想，这次宇宙有惊无险地“死而复生”，已经激起了他活下去的力量，相信他至少能再活十年吧。晚上我与他偎依在一起，切切地絮叨着，对额外得到的“后半生”做了种种打算，包括想要一个孩子（得用人工授精方法）。小勃一直以轻轻的点头做回应。

后来小勃睡着了，我也渐入梦乡。梦中，忽然听见小勃咯的一声笑了，声音十分童稚，就像四五岁男童的声音。我在浅睡中好笑地想：这会儿他梦见什么了？返回幼儿园了？上帝给他发小红花了？过了一会儿，觉得小勃的身子好凉。我忽然有不好的感觉，从蒙眬中豁然醒来，轻声唤他、推他。小勃安详地睡着，一动不动，但脸上已经不再有生命之光。

他再也不会醒来了。原来，他今天的思维燃烧也是一道孤立波，燃尽了他体内最后的能量。

我喊来公婆，我们抑住悲伤，同遗体告别，给他换上寿衣。我们都没哭，包括妈。小勃说过不要我们哭，我们答应过的，不会让他失望。

第二天，妈赶到山下去开了死亡证明。下午，我和妈把小勃的遗体抬到那个“天葬台”边，放到井字形的柴堆上。三个亲人再次同他告别后，我亲手点火。干透的松木猛烈地燃烧，明亮的火焰欢快地跳跃着，散发着浓郁的松脂清香。我的爱人，连同他的灵魂、他的爱、他的快乐、他的智慧和理性，变成一道白烟扶摇上升，直到与宇宙交融的天际。一只老鹰从我们头顶划过，直飞九天，但不是西部天葬台上空那种兀鹰，而是此处山中常见的苍鹰。

也许此刻它正背负着小勃沉甸甸的灵魂。

几天后我同二老告别下山，回到杂志社。结婚两年，我和小勃一直没有性生活，自然没有一男半女。但我从不为得不到的东西无谓惋惜。不久我又结了婚，生了一个女儿。我，还有丈夫和女儿，都常和山中的公婆通话。假期里我还领着他们去过两次。我和公公也一直保持着对小勃预言的关注，老人仍然很开朗，常在电话里朗声大笑：

“别着急，老天的那个尿颤还没打完哩，哈哈！”

公公没看到验证结果，8年后他去世了。我赶到那儿，与婆婆一块儿把公公火化，就在火化小勃的同一个地方。我劝婆婆跟我回去，她笑着拒绝了："媳妇你放心，有那爷儿俩在这儿陪着，我不会寂寞的。"她叹息一声，"我舍不得丢下那爷儿俩。"

她要在这儿苦守一生了，要做大傻瓜了。不过我没有硬劝她，每个人有每个人的信仰，只要能够满足内心需求，那种生活就是幸福，哪怕物质上苦一些。她不要我安排保姆，但我还是为她请了一个家住附近的兼职保姆，安排她每星期来两三次，以备有什么老人干不了的活儿。然后我依依不舍地离开了。

小勃去世13年后，他的预言被验证了。近地天体的光谱蓝移突然减弱并消失，那个古怪区域的中心又恢复了正常，就像台风中晴朗的台风眼，并逐渐向外扩大。宇宙打了一个小尿颤，为期仅仅50年，这在几百亿年的宇宙寿命中，连"一眨眼"都算不上。楚、马两位让世人遭遇了一场虚惊，又笑着宣布：哈哈，只是一个玩笑而已。不过我总有一个没什么道理的想法：也许经过这场虚惊，明天即使天真的塌下来，人类也能从容应对，至少不会集体性心理崩溃了。

对那个无可逃避的人类末日，这次全当是一次全员演习吧，虽然时间太早了点。

又3年后，婆婆病重，我和丈夫接到保姆电话迅速赶去，伴她走过最后几天，然后在老地方把她火化。我把公公的天文台，连同没有了主人的住家，都无偿赠给附近的景区。他们很高兴，说这么难得的资源，正好为游客们，特别是学生们，开辟一个"天文游"的新项目，肯定会很红火。还许诺将来收入多了要为我分成。我笑着，没有拂他们的意。我想，只要他们能保持天文台的运转和楚、马故居的完好，有点铜臭就有点铜臭吧。游人中总会有几个真正了解楚／马发现的人，可以瞻仰故居追思逝者。

婆婆去世一年后，我领着家人又去了一次，也是最后一次。我领女儿参观了那幢故居、天文台，还有三个人灵魂升天的地方。女儿 15 岁，颇得乃母家风，爱疯爱笑。她不知道被挑动了哪根筋，对天葬台这儿特别喜爱，又是蹦又是笑，连声惊呼：这儿太美了！仙境！杨过和小龙女修炼的地方！你看天上那只鹰，一定是独孤大侠的神雕！丈夫一向心思周密，怕对死者不敬，也怕我心中不快，悄悄交代她不要笑得太疯。我听见了，笑着说："别管她，想怎么疯就怎么疯。那三位都是很豁达的人，九泉下有知，只会更高兴。"

我原想在这儿立一块碑，或在石壁上刻上三人的名字，聊作亲人或后人们追思的标志。后来觉得这样做有点儿俗，逝者不一定喜欢的——我能想象小勃在另一个世界里含笑望着我，不以为然地轻轻摇头——便自动中止了这个打算。后来我辗转找到 90 岁的余华老先生，求得一份墨宝。这次来吊唁，我顺便请石工把它刻在天葬台附近的石壁上。在錾子清亮的敲击声中，在家人四双眼睛的盯视中，两个字逐渐现形。字体是魏碑，端庄大度中不乏潇洒飞扬。当然就是小勃说过的那两个字，一句极普通的乡言村语。不过，如果人们、人类，都能真正品出字中之意，也就不枉来世上走一遭了。

凌晨　潜入贵阳

时空裂缝中的两难困境

贵阳，简称“筑”，中型城市，位于东经106° 7′、北纬26° 5′，海拔高度2100米，四季如春，气候宜人。贵州“天无三日晴，地无三分平，人无三分银”的说法，早已经是过去时。近年来，贵阳作为西南旅游中枢深受中外游客的欢迎。

放下《贵阳简介》，青年男子将目光投向窗外。那里是阳光灿烂，云海茫茫的世界，与他来的地方有几分相似。但到底相似在哪里，男子说不上来——只是记忆中一些模糊的影像轮廓，让男子觉得亲切而已。其实亲切这种感觉对他完全没有必要，男子很清楚。

“还给您，您的身份证。这是办好的健康登记卡。希望您在贵阳旅行愉快。”空姐的声音打断他的思绪。他接过对方递来的信封拆开。信封里米色身份证和橙色健康卡上他的大头照片呆滞无神，模样却是一丝一毫没有差错。他望着那两张白痴样的脸，以及照片下姓名栏铅印的“雷宇”二字，一时出神。

“有问题吗？”空姐殷勤地问。

“不，喔，没有。”那叫雷宇的人抬起头，表情温和，“还有多长时间到贵阳？”

“还有 25 分钟。”空姐微笑道，“贵阳正在下雨。不过别担心，机场会为您提供雨具。”

“谢谢。我第一次来贵阳。”雷宇礼貌得无懈可击，“听说这是座迷人的城市。”

空姐脸颊微微一红，“我为这座城市骄傲。希望您也和我有同感。”

“到贵阳您是旅游还是商务啊？”雷宇同座的人问。

窗外的阳光忽然隐没，云团完全遮住了视野。“找人。”雷宇回答，声音中的寒意无法抑制。

问话的人不自禁地向外坐了坐。

上　48 小时的任务

一

飞机果然 25 分钟后准点到达贵阳龙洞堡机场。从空中俯瞰机场，云贵高原那令人心醉的绿色像被打上了褐黄的补丁。为了修建机场而炸平的十余座山头附近，劈开的山体乱石嶙峋植被稀少，仿佛破衣褴褛的乞丐裸露在天空下任凭日晒雨淋。机场本身却鲜亮精致，候机大厅洁净的大理石地面可做镜子。

雷宇往这镜子里瞅了瞅自己：高个子、身材结实、俊朗的面孔阳刚气息显著，这形象应该是令人赏心悦目的。人？雷宇在心中默念了几遍这个字的发音，“人”真是个奇怪的字眼。他向大厅的时钟墙望去——7:30。雷宇迅速换算了一下时间单位，他还有 46 个本地小时。

对于身手一向敏捷的他，48 小时执行这个简单的任务，应该绰绰有余。

雷宇理理稍乱的头发，朝总服务台走去。值班的年轻女子立刻起身。随着他的走近，女子喉部抽动，脸部肌肉明显紧张起来。

“您需要什么？”女子上唇的一颗小小黑痣，给她青春的面容增添了几分俏丽。

从雷宇 1 米 92 的高度俯瞰，那女子堆在脸上的殷勤不过是一堆过剩荷尔蒙制造的脂肪。“我想要一本《贵阳自助游手册》，有这样的东西吗？”他问。

女子立刻拿出一本牛皮纸封面的精美印刷品，放到他触手可及的柜台上，“当然有，先生。”她努力将每一个字的音节都咬准，普通话说得越发艰涩。

雷宇拿起手册，道了声谢，附赠上微笑一个。

女子的呼吸顿时乱了，急忙低下头去。

候机大厅外果然淅淅沥沥下起了雨。

雷宇将手册塞进风衣宽大的口袋，提起公文箱。他刚要推开大门，斜刺里突然伸出一只白手套挡住了他。雷宇心里一紧，顺手的方向看——其他旅客都是通过一个门框状安检口走进雨中的。

门框伫立在大理石地面上，影子与正身组成 L 形。在四周无物的空间中，这 L 形生硬而且僵直。雷宇盯着它，内心深处涌起极其厌恶的情绪。他走过去。门框中的温度感应器立时响声大作。门边两个白衣装束的检查员凑过来。

“没事没事，上飞机的时候还好好的呢，可能太紧张了。”雷宇笑，

“我再走一遍。”他退回去，深呼吸，放松情绪，然后走进门。

感应器这次没有任何响动。

两个检查员如释重负，既像是对自己又像是对雷宇说：“没事就好。你知道现在是非常时期，我们不能不谨慎。”

“我明白。”雷宇点头。整个国家都在遭受着瘟疫的折磨，非瘟疫地区自然要如临大敌。幸而他的出发地点不在疫区。

门后办公桌上的灰色机器吐出一张肉色卡片。检查员熟练地撕掉卡片上的护膜，抓住雷宇的左手腕，“啪”地用力一拍就将卡片贴到那里。雷宇只觉手腕上被无数细小的针扎了一般，一阵酥麻。但肌肤很快就麻木了，对凭空多出来的那片东西没了知觉。

“抱歉，我们必须对每一个到贵阳来的人实施健康跟踪。请理解我们在非常情况下的这种非常手段。”检查员的措词虽然礼貌，却透着无法抗拒的威严。雷宇默默接过另一个调查员递上的资料袋。他背后有人歇斯底里地啰唆：“这东西安全吗？你们能保证它是无菌的吗？万一我的健康因为这个监视器受到损害，你们如何赔偿……”

雨比刚才大了很多。不时有汹涌的雨点冲进门厅，撞到旅客的身上，被衣物吸收。雨点消失了，水分子渗入衣物的纤维，加速纤维的老化。然后，衣物会被粉碎为浆，制造成纸。纸被使用，被回收，被粉碎，直到无法再次利用被埋入垃圾场。土壤和微生物对纸屑进行处理，将其中的水分子蒸发到空气中。水分子被云层吸收，演变成雨，完成这个复杂漫长的循环。雷宇掸掸身上的雨珠，万事万物之间都存在千丝万缕的联系。一个平衡打乱了，就一定有另一个平衡代替它。

自己就是冲进贵阳的一滴雨珠，将在某种程度上扰乱它的和谐。

雷宇挺直背，走向等待在门厅外的出租汽车。那司机站在半开的车门前，满脸职业化的亲切笑容："您要去哪里？"

二

出租汽车驶入隧道，投在窗户上的阴影让雷宇想到了机场的那扇门，多少有些不舒服。他打开资料袋。里面有一张贵阳市地图，一份健康跟踪说明书，一套包括洗浴、理发、餐饮、住宿、电影的贵阳生活优惠券，以及一把折叠雨伞。

"每个到贵阳的人都能得到这些？"雷宇拍拍袋子，"你们太好客了。"

"啊，不，瘟疫开始以后才这样。来的人少了嘛，都是贵宾。你对健康跟踪有什么看法？别的城市没这样的吧？"出租汽车司机的普通话非常流利标准，礼貌得也恰到好处。

雷宇抬起手腕，跟踪卡已经完全嵌进了肉里，与皮肤浑然一体，看不出痕迹了。

"你现在的一举一动都在他们的监视仪上呢！"司机说着做了个鬼脸，"你可得小心。"

"他们是谁？"

司机耸耸肩膀，那意思是这你还不知道吗？就是他们呗！隧道尽头竖立着"市区十千米"的标志牌。"你到底决定了去哪里吗？"司机有些不耐烦。

"化龙桥。"雷宇不加思索，地名脱口而出。

司机的表情从诧异变为迷惑，随即恍然大悟：“嗨，你以前来过贵阳？”

“没有，这是第一次。”

“那你怎么知道化龙桥呢？本地人都不见得会晓得那地方。而且那里现在修路，附近都过不去。”

“你去不去？不去我就换车了。”

“去得去得。”那司机一迭声本地口音冒出来，眼角余光落在袋子里的优惠券上，“这么多你一个人也用不完，不如分一点给我吧！”

“都给你。”雷宇将优惠券扔在驾驶台上。

“你要是用车以后还找我吧，我给你优惠。”司机加大车速，雨水被甩向车后，形成一道银色的帘子。

雷宇拣起健康跟踪说明书。书上一再强调健康跟踪是于己于城市都有好处的事情，希望得到使用者最大限度的配合。“跟踪装置具有最强的灵敏度，在任何情况下都能保持良好的工作状态。当您离开本市的时候，交通部门将使用专用设备为您解除该装置。个人试图解除该装置不但对身体健康有影响，还将因违背城市管理条例而被处罚。”说明书的最后用黑体印刷着这样的字句。

他们正在监视仪上注意着你的一举一动。

雷宇心里咯噔一下子，像有什么东西丢掉了——那应该是对这座城市最初的善意吧？从此不可不防。城市如同陷阱，早就为每个外来者布下了天罗地网。虽然他只是来执行一个与城市本身毫无瓜葛的任务。速战速决吧！在“人”的世界里还是少停留为好。抚摸那被注册了的手臂，雷宇嘴角现出几丝不易察觉的冷笑。

三

雷宇到化龙桥时雨已经停了。乌云之中透出几缕惨白的阳光。有风从阳光里倾泻而出，将桥下污泥中的潮腐气息带到桥上。雷宇调整呼吸，靠近桥栏。石制的栏杆光滑细腻，栏杆下部和这城市里许多建筑一样生了碧绿的苔藓。雷宇抹开一片苔藓，果然看到那行刻入石头三分的字迹："民国二十六年七月立桥，跨贯城河，黔灵东路始通。"

那个他要找的人，应该就在这附近的某处居住。

雷宇向桥下看。河水几乎干涸了，这是因为上游修路而围堰的缘故。条石垒起的河堤上，也是苔藓丛生——绿得仿佛是特意加在那石条上的装饰品。时空就从这绿上泛滥开去，渐成无限。雷宇肃然，上面派他到贵阳来找那个人，也许还有让他体会时空玄妙的另一层含义。

这之前他对时空的存在总是漫不经心，就如对自己的存在那样的无所谓感觉。

事物只有拉远一点距离，有疏离感的时候，才能比较真切地感觉到它的重要。所以，到贵阳来与其说是找那个人，不如说是找回他自己吧！上面就是这样刻意安排的吧？

当然现在不可能理解上面的意图，以后也不会有谁向他解释上面的意图。一切只有依靠他自己判断。其实做出什么样的判断并不重要，重要的是完成这个任务的结果。

雷宇擦干净手上的苔藓，走向桥东的十字路口。那里像从地下冒出来似的，突然之间就挤满了各种水果蔬菜摊贩：李子、葡萄、地瓜、荔枝、桃子、西瓜、小葱、土豆、折耳根、空心菜……将雷宇的去路截断了。雷宇只好买了5角钱的细葱，塞进资料袋，和健康跟踪说明书、自助旅游手册混在一起，勉强从人群中挤出一条路。

路口朝北是陕西路，两旁原有的半西洋式建筑被蓝白编织袋的围幔遮盖；路面挖开的沟渠里，两个人正在调试一台抽水机。没有围幔的房屋上，到处是被白粉笔圈起来的黑体的“拆”字。

雷宇小心绕过水洼和泥坑，顺着陕西路往北走。几分钟后他就看到路东侧的虎门巷。巷子口的朝向和法式三层老楼与他记忆中的相同，但巷口南边的一片木制房屋荡然无存，取而代之的是3栋7层板楼。

雷宇在巷子口停下脚步，有些犹豫不定。法式建筑底层的杂货铺依旧，卖杂货的男人也还在，只是头发几乎都掉光了，这让他有一种人到中年的落魄颓废。高高的玻璃柜台和那盛放糖果的玻璃罐子一如往昔。雷宇脑海中闪过“一如往昔”这几个字，立刻意识到这感怀不应该存在，毕竟自己是第一次到这座城市——虽然他的记忆库中那些糖果的滋味一清二楚。

上面给的资料有什么地方出问题了。

四

遇到问题时冷静分析和做出正确决定并为之积极努力，这是上面给雷宇的评价。但雷宇认为，此评价与其说是夸赞他的能力，不如说是为了掩饰上面派发任务的草率和仓促。当每一个任务都关乎个体生死，他能不尽最大努力去完成吗？

比如现在，48 小时之内他若找不到那个人，他就无法回到自己的世界中去。对于不能按照合同规定完成任务的雇员，上面是没有同情心施与的，一律抛弃在时空的海洋之中任其自生自灭，还美其名曰“奖惩分明，且节约任务成本”。据说被抛弃的那些雇员因为任务对象的模拟体对任务环境的认知有限，又无法获得本体的认知经验，下场都很悲惨。具体如何悲惨雷宇不得而知，除非他任务失败留在了贵阳。

留在这里？雷宇环顾四周：茂密的常青藤盘旋在法式爱奥尼亚的廊柱上，从理发店、小吃铺、手机专卖、蛋糕房、打字复印等的店铺招牌上延伸过去；艳丽的招贴画与这些店铺中间，“云岩区普陀街道办事处”的白底黑字招牌朴素得最为醒目。

雷宇摇头，贵阳是一个陌生而复杂的所在，与他的审美情趣相差甚远。上面肯定知道这一点，所以才放心让他前来。

“有百香果吗？”雷宇走进杂货店询问。这应该是一种草绿色清凉的圈状软糖，5 分钱一块。

中年人正专注地看电视。20 寸彩色电视机放在货架顶上，图像还算清晰——几个梳二把头的年轻女孩子和几个留辫子的年轻男孩子在里面哭哭啼啼，间或还慷慨激昂地辩论。雷宇提高声音，又问了一遍。

“那是哪个时候的事情嘛？百香果？”中年男人掉过头，看古董样的表情，“老早就不生产啰！厂房都拆了盖什么 TOWNHOUSE。”他耸耸肩，“味道可再也尝不到了。”继续看电视里那群男女拿腔拿调地表演。

雷宇哑然，他只是需要点什么东西来填补因发现问题而出现在胃部的不快。精神上的失落会引起生理上的空虚，“人”真是种奇怪的东西。对“人”的思维方式，他心里颇为鄙视，却不能不用这种方式思考。雷宇想了想，便转身走向那挂着街道办事处牌子的地方。

办事处里的两个人正在一堆档案表格与计算机间忙碌，对雷宇的到来无动于衷。计算机终端是一台17英寸华丽的液晶显示器。显示器上数据飞速流动，如瀑布流淌，雷宇顿觉心驰神往。

“请问，”雷宇提高声音，“我想打听一个人。”他说了四遍，那计算机前的人才答应道：“找谁？”

“原来住虎门巷一号的，叫方乔。帮我查一下他还住这里吗？”雷宇的声音与姿态都有一种压迫感，令人无法直视。

计算机前的人嘀咕了句什么，继而开始敲击键盘。几秒钟后，他抬起头：“现在没有姓方的在这里住。”

“他以前是住这里的。”

“多久以前？”

“拆迁修楼以前。”

键盘又生硬地响起来。雷宇似乎看得到程序调动下数据库的蠕动。那人摇头：“20年来，就没有姓方的住在这里过。抱歉，你记错了。”

五

杂货铺隔壁的小吃店还没有什么食客。店铺收拾得很干净，满墙都贴了雪白耀眼的瓷砖。灶台、桌椅没有一丝油腻，似乎就不曾开张过。一个25岁左右的年轻人，若古代弱冠书生般清瘦白净，坐在角落里一言不发，只顾翻来覆去瞅自己的手掌，似乎掌心里有什么天机隐藏着。

雷宇踩到铺前的擦脚垫上，向店里面探了探头。“你们有什么吃的？”他喊。年轻人仿佛被从梦中惊醒，鹿般温润清亮的大眼睛看向雷宇。

“你们有什么吃的？”雷宇提高声音重复问题。年轻人一指墙上的告示牌，示意雷宇自己瞧。雷宇望过去，肠旺面、脆哨面、素面、肠旺粉、鸡蛋炒饭、酸辣粉、米豆腐等本地特色都一一在列，并附分量与价格比照。

“肠旺面，大碗。”雷宇说。他找僻静地方坐下，取了筷筒中的竹筷，拿在手上。

上面给的资料出了很大的问题。

一般来说，这种情况是不会出现的。但千分之五的错误率，依他执行任务密度之高，碰上了也不足为奇。

只是这种把名字和住址搞错的事情有点太离谱了。两只筷子在雷宇手上互相刮动着，发出“呲呲”的刺耳声音。在这座超过 200 万人口的城市里，如何寻找根本不知道姓名和住所的人？

雷宇对面的墙上，方形时钟的指针正指在 8 点 30 分的位置上。他还有 45 个小时。

那年轻人此时才懒懒站起，冰箱里取面，灶台前掀锅下面，浇水备底料，忙得有条不紊且毫无生气，呈现出机械式运动的惯性。

“红轻红重？宽汤吗？”年轻人走形式般地问。

“什么意思？”

“红辣椒要多要少？汤要多要少？”那年轻人面无表情地解释。

雷宇见青瓷中海碗底放了酱油、醋、盐、味精、猪油、黄豆芽、油辣椒，胃肠中便有几分馋意。“都多些。”他回答。不知道这样的食物会不会让体温升高。他看看左手腕，似乎看到了芯片上无数的热敏电阻和电流线路，它们压迫在他动脉血管上，警惕着，随时准备送他进医院的隔离检查区。甚至不仅仅如此，它们还刺探他的血液，他的思想，最终会发现他只是“人”的模拟品而将他消灭。

想到这儿雷宇脑子里就是一激灵，觉得那个训练有素的出租汽车司机就在路边的出租车里看着他。雷宇相信，如果他真的被证明不是“人”，那个外表和气的出租汽车司机是会毫不犹豫将他撕成碎片的。据说就是由于“人”对待不同智慧生命有与生俱来的不友善，所以在“人”的世界中只投放 48 小时内的任务。

好在并没有谁真的站在人行道上看他。雷宇面前是黄澄澄的刚从滚水中捞出来的面条——盛放在底料上，浇肠段、血旺子、脆哨、油辣椒，兑鸡汤，再撒葱末，红黄翠绿油光闪亮。雷宇顾不得想健康跟踪的事情，夹起筷子来就是一大口，险然被面烫伤了嘴唇。

那年轻人退回角落中，仍然看他的手掌。雷宇喘口气，但面条的香气不可抵挡，他恨不得立刻将它占为已有，哪怕再烫伤了牙齿和舌头也在所不惜。仿佛为了证明他的这种决心，他从餐桌上的青花瓷罐中舀了满满一汤勺辣椒油，加到面条中去。面条几乎漂浮在辣椒油之上，那种味觉刺激，竟然有些令他勃起的冲动。

“人”的快感，无非如此。雷宇在狼吞虎咽中，顿有所悟。

六

“单弦，你买菜了没得？”一个丰腴过头的女人在店外喊，本地话铿锵有力而语调婉转。那年轻人抬起头来：“哪点要去这样早买菜嘛，门口有的是。”“你作死啊，那些菜你吃得起呀？贵得很嘛！去后街市场上买，”女人嚷，“多买两斤排骨。”

“排骨没得人吃嘛，要那么多搞哪样么？”年轻人有些不耐烦。

“搞怪，叫你买就去买，好生烦人啊！”女人挥手。

那叫单弦的年轻人便低了头，双手拢在背后，踱出他的角落，与雷宇擦肩而过。

雷宇望着他微驼的背影，将记忆中所有关于方乔的资料又从头梳理了一遍。也许是方言发音的问题，才将那个人的名字和住所搞错。

“你就吃一碗面啊？不来点别的吗？我们的酱烧排骨味道很好。”女人突然换了标准的普通话对雷宇说。雷宇一惊，差点咬着自己的舌头。他忙摇头，片刻又点头道：“您给我杯水吧！”

女人便从饮水机里倒了一杯凉水给他。雷宇仰首而尽。女人又给了他一杯。雷宇这才缓过辣劲。女人笑，竟然有几分妩媚：“你是北方人吧？以后少加点辣椒，你们受不了的。”

“还成还成，无辣不香嘛！和您打听个人。这面条多少钱？”

“3块5。你尽管问。我住这里也有20年了，兴许能给您点线索。”

雷宇掏出三个银币和一个铜币给她。潮湿的气候使金属币在这城市里颇为流行。女人将金属币握在手里玩弄，殷勤地问：“那你要找谁？”

七

“以前这胡同口有个大院子，里外院。外面还有公厕。外院有一栋两层的木头房子，老式的那种，一层养猪，二层住人，楼梯在外面。旁边是砖房子，一个过道通里院。里面有两层楼的砖房子，房子南面就对着这条街，陕西路。房子北面隔个院坝是一座平房。我说清楚没有？”雷宇停住描述问。

女人满脸迷惑。

“是这样的，”雷宇从公文包中取了纸笔，画出两个院子中的建筑的大概位置。那女人顿时明白了，“啊，有这样的院子，就是虎门巷 1 号噻！七八年前就开始拆，3 年前拆光了。”

“我看见了，全都变成了 7 层楼房。我想找一个小孩，不不，他现在应该已经长大。就在这两个院子里住的那些孩子中的一个。”

“两个院十几家都有小孩，你能不能说具体点。那孩子长什么样？”

雷宇的表情比女人还要茫然，“不知道，”他说，“我不知道他的样子。”

“耶——，你要找人又不晓得他长相。”女人一急，方言脱口而出，“你搞哪样嘛？”

雷宇摇头。

“啥找法嘛，”女人也摇头，“哪样线索都没有。”

“是个男孩，喜欢动手拆东西。叫方乔，或者是类似发音的名字。”雷宇说明，“您回忆一下，有没有这样的男孩子。”

“那帮孩子都喜欢拆东西搞破坏。没有姓方的。”女人撇嘴。

“我必须尽快找到他。我会重金酬劳帮助我的人。”

女人眼睛一亮，指指一号那林立的楼房，“拆迁的人基本上都回迁了。你要找的人应该也在这其中居住吧？”

“有道理。不晓得我能不能在这些楼里找个住处。”

“当然能。”女人又笑了，这次笑得暧昧，“我们家就有空房子，可以租给你住，房钱你看着给好了。”

八

女人的家在2号楼6层，复式结构，单弦带雷宇上了楼。斜屋顶的顶楼有两个房间。单弦打开其中一间，偏头瞅了雷宇一眼，“你的”，然后径直走到另一间去了。

房间不大，一张沙发床，一个简易衣柜，一台电风扇。雷宇推开窗户，陕西路两侧隐蔽的建筑工地从这里看去纤毫俱现。钢筋水泥吞噬着草木结构，那些低矮的不符合所谓现代审美观的房屋，都以城市现代化的名义消失了。城市边缘渐次耸立的高楼大厦给城市镶嵌了一道锯齿形的花边。曾经的浓绿被这些花边稀释，难以搜寻。

就像那个人的名字方乔。雷宇黯然。最有可信度的空间位置资料也只能做出那个人肯定在虎门巷一号的判断，其他的看来只能臆测了。

喜欢搞破坏的孩子。他为自己有此种灵感折服。这可真是个不同一般的灵感。怎么就能认为弦论大师少年时候是个喜欢搞破坏的人呢？当然，他成年的时候是很有破坏性的。他在时空之间将引起一些不必要的震荡，因而上面不得不采取极端的措施消除隐患。要保持一个广袤时空范围的稳定性，上面必须留心各个地区的发展，小心掌握着时空平衡的杠杆，就像消防员，一些时候要灭火，一些时候却要生火。这样复杂的情况下给他的资料有差错，也是可以理解的。好在资料里还有些个体资料可以做甄别。

“但由此就推断他少年时候的作为，还是太主观了。”雷宇心里残存的本我说。“我知道我的主观。”雷宇的模拟思维回答，“但这是有一定逻辑关系的，没有偶然，凡事有果必然有因，我清楚自己在做什么。不管怎么说，还有44个小时，时间很充足。”

有轻微的响动，雷宇回过头。单弦拿了一床毛巾被搁在沙发上。

“以前你们家住在哪里？”雷宇问。

“就在这里啊。”

“这里？你们住虎门巷1号？”

“是啊，一直在这里的。”

“那你记得当时一起玩的小伙伴吗？”

“不记得了。”

九

拿了单家的门钥匙，雷宇便带了自助游手册和地图去找这城市的各种科学机构。他等不到出租汽车，就沿着虎门巷一直朝东北走，直到看见出口处友谊路那边的印刷厂。巷子的地形缓慢地升高，他竟然爬得气喘吁吁，心说不服老不行啊，的确是只能再工作这一次。自己和那些墙壁上写了大大拆字的老屋子一样破败了。但是新的建筑就样样好吗？城市里所有新建筑都因为油漆质量上的缺陷，在每天必来的雨水浸泡下褪了颜色，显得十分颓废。不知道城市本身是不是也颓废了。但颓废其实与他无关，他只是来找一个人而已。

自己是这城市的一个过客。雷宇想。城市中的人生生死死悲欢离合每时每刻都在上演着，他们无法摆脱。而他可以，因为他与城市毫无瓜葛。他为自己 43 个小时后可以抽身而去兴奋，吹起口哨。细细的哨音在空无一人的巷子里回响，配合着他的脚步，竟然有几分情调出现。

此刻云散尽了，灰白色的太阳并不耀眼，但城市的温度一下子就提高了 2 ~ 3℃。他的额头开始渗出汗水，不得不顺着墙壁荫凉的地方走，并且经常停下来让自己的体温恢复正常，以便健康跟踪卡显示正常。巷子突然之间变得十分漫长，似乎总也不能走到尽头。他停下来不仅要降温，还要消除内心的怀疑——来处已经隐藏进拐弯的空间中，去处却还未得见。窄小的巷子仿佛一段弦，要将他卷曲起来抛掷。

他从来没有想过弦的实质。对已经有公论的事实从来熟视无睹，这是“人”的共性。真相是什么并不重要，重要的是如何利用真相，让自己感觉舒适。对于一个流浪在时空之间的杀手，最大的舒适就是彻底结束这种流浪。但这不过是属于“人”的思维结论而已。他其实也是一段弦，被时空之手随意抛掷，遇到合适的场所就舒展开创造自己的世界。

印刷厂的大门洞开在马路对面，空气中弥漫着淡淡的油墨香气。不断有人出入的门以及门两侧盛开的红白色夹竹桃，都证明了这段时空的稳定性。雷宇舒缓神经，擦拭脸上的汗。油墨的味道消解他思维节点上的障碍，他清晰听到大脑中那任务时钟呆板的“嘀嗒”声。

旁边有人叫喊：“冰粉，冰粉，消暑解渴，味道好嘞——”雷宇没听过这么稀奇古怪的食品名字，问那人：“冰粉是什么？”“冰粉嘛，1块一碗。”那人答非所问，继续他的吆喝。雷宇看他插了“冰粉。消夏一绝”旗子的小车，车上玻璃罩子里摆放了数个花花绿绿的瓶子。所谓冰粉，是褐色的半透明胶状物质，被盛放在洁白的搪瓷脸盆里，给人极有弹性凉爽的感觉。

“来一碗？”小贩的黑色T恤上印着大大的“筑”字，脸膛被晒得赤红。

雷宇点头。这奇怪的食品吸引的与其说是他的味觉，不如说是他的好奇心。

小贩顿时来了精神，变戏法似的取出一只塑料碗，舀了一勺冰粉，加葡萄干、果料碎、芝麻、冰红糖水，插了一把塑料勺，宝贝似捧给雷宇：“好吃呢，包管你还想第二碗。”

胶状物质入口即化，雷宇捉不到它的踪迹，齿间留存的都是红糖水的味道。这大张旗鼓的冰粉竟然是个空洞的东西。

十

冰粉给雷宇的空洞感一天都不能消散。他就带着这种不快拜访城市里与科学有关的单位。城市最高级的科学机构对弦研究没有掌握任何资料，他们中听说过“弦”这个字的人一致认为，弦是首都的国家重点实验室才会有的研究课题。在贵阳这样一个内地城市中，既没有物质条件又没有学术土壤，不会有人莫名其妙对弦感兴趣。

民间科学家协会以为雷宇有赞助意向，极其热情地出示了他们所有的申请项目和在研项目，但不存在任何与“弦”相关的字眼。

“这个碟形飞行器研究呢？你知道我们的凤凰山事件吗？神秘的天外来物显示了非同一般的场效应和空气动力学特征，这启发了研究者。如果这项研究搞成了，会是整个航空业的革命。”协会秘书卖力地推荐。

雷宇一笑了之。

大学，创新与发明协会，专利局……雷宇坐着环城巴士，在法国梧桐婆娑的荫凉中绕行全城。车窗外的车水马龙、林立商铺、锦衣男女，都如冰粉样外表华丽。不知道会否如冰粉样空洞不堪，只存皮相。如果他们不能找到弦，这皮相世界有滋有味自得其乐的好日子，恐怕也不会长久吧？

“所有城市都逃脱不了腐朽的命运！”上车的少年挥动手中的杂志慷慨激昂，“时过境迁，声名显赫的帝王将相化为灰烬，宏伟的建筑与文化科技埋于尘土……没有千年不坏的城墙，什么样的文明能持久恒新，永远占据历史的舞台？”

“我死之后哪管洪水滔天。”少年的伴侣，花儿般美丽的女孩儿说，“这可是法国皇帝说的话。皇帝都这样，你做哪门子杞人忧天？”

“皇帝不该打倒吗？他根本不符合时代精神嘛！”

“皇帝多神气，三妻四妾、杀人放火，要怎样都可以。姨婆叫下午去花溪打牌呢，你陪我去。”

“打一、二、三的卫生麻将啊，没得搞头。”少年嘟囔。

雷宇眼前仿佛见到八只肤色深浅不一的手，和动着 144 张牙白色的小长方块。在那些长方块垒成两排的时间中，有数万个星球从星际尘埃深处喷射，又有数十万个星球被那尘埃吞噬，世界的诞生与毁灭同时发生，惊心动魄。麻将牌阵势千变万化，宇宙的规律却简单明了。其实不是牌变，而是人变，人心是这天地间最复杂最难以揣摩的……

豆大的雨滴打在窗户上。天气立刻黯淡下来。果然是天无三日晴的城市。巴士遇到红灯猛然刹住。雷宇看到前面一座玻璃钢的环形过街天桥，完美的弧度仿佛弦中卷曲隐藏起来的那一段。

看来，上面派他到这座城市为他的职业生涯画上句号，是经过精心挑选的。

十一

雷宇黄昏时分回到虎门巷。

小吃店里此刻挤满了人，大部分是附近的住家。女人和单弦都在忙，还有两个极年轻的女孩子跑堂。雷宇混在食客之中点了一份肥肠面。

“啊呀，你要什么说就好了嘛。”女人看见雷宇笑，“别客气。弦子，肥肠面一碗！”

稍过片刻，单弦神情冷漠地端过一个大海碗。浇头的肥肠足有半碗之多。旁边就有同样点了肥肠面的人抗议。那女人理直气壮：“是我亲戚，我愿意多给，你管呢？”“单大嫂，这是你家哪门子亲戚？

怎么没听你说过？”“我家亲戚多得是，哪里你都听说过啦！”

雷宇只管吃，对耳边的议论置若罔闻。跑了大半天，他真的饿了。当半碗面条滑入胃中，奇怪的是他那种空洞感忽然消失了。万丈红尘重新摇曳生辉。他甚至注意到女人真丝连衣裙袖摆与领口处的蕾丝，以及蕾丝下若隐若现的白皙肌肤。他还有 36 个小时。于是他问那个追究女人家族谱系的老人：“老人家，虎门巷一号当年谁家养猪啊？”

那老人一愣：“猪？是孙师傅家，不，吴师傅，不，不是，我记不太清楚了。你打听这个干什么？”

“我打过那个猪，还拿鞭炮吓唬过它。现在想起来真的很过意不去，想向他们道歉。”

“那只猪早就杀了吃了。你道个什么歉嘛！”老人诧异，“你脑子坏掉了？”

“我是说向猪的主人道歉。少不更事啊！”雷宇说得愈加煞有其事。那头大黑猪从漆黑的栏圈中冲出歇斯底里狂叫的情形，随着他的叙述而重现。

“应该是孙师傅家吧！”食客中有人回忆，“他们家孩子多，还有老人，养个猪，一年到头吃肉就靠它了。”

“不会，孙师傅家住里院，哪儿有地方养猪。是吴师傅，我还记得他家三丫头剁猪菜呢，每天都剁。”

“嗨，那三丫头和张家二小子好，张家养猪，她当然要贡献一把气力。别的不成，剁猪菜真是利落，刀声听着都那么像音乐。”

“听说三丫头后来成了特级厨师，去了美国，开了好大的饭馆，有这事吗？”

“瞎扯，人家是移民去了澳大利亚……”

雷宇追问那老人：“张师傅是哪一位？”

“你看我这记性。是张师傅养猪来着，就是他。住在虎门巷一号外院。那两层楼是他家的私房，唐山大地震那年起了火，烧没了。”

“那人呢？”

“听说都搬到花溪区去了。”

“他家男孩子小时候淘气吗？”

“淘气？他就一个儿子，是小儿麻痹症，从小就拄拐杖，安静得跟闺女似的。”

十二

雷宇躺在沙发上消食。腹中的面汤似乎无法消化。夜已经深了，这座城市的灯红酒绿却才刚刚上演。单大婶换了宽松的休闲装准备去打麻将，临行前端了盘切好的西瓜到阁楼上来。“别急，我会帮你慢慢找的。”单大婶安慰雷宇，“不过你的线索真太少了。弦子，你也帮回忆一下子。”她冲对面嚷。

“我咋个晓得，那时好多人。”单弦隔着门答。

“是啊，那时他还小，特别爱看书，撵他出门玩都不肯。”女人挠头，“看那么多书，结果怎么样？都读傻了。没得考上大学，又做不得生意，就只好给我打下手煮面。”

单弦房间中有什么东西被扔在地上。女人笑：“他不高兴我数落他。我咋个不希望他有出息，可是得承认事实啊！”她摆手出去了。

雷宇望望对面的屋子，可以想象那年轻人郁闷的面孔。他拿起一块西瓜咬，沙瓤酥甜，便叫：“单弦，你也出来吃瓜，好甜。”

见那屋子里没动静，雷宇过去敲门。门上却没有锁，一推就开了。节能灯昏暗的光线中，样式陈旧的单人床、写字台和书架有一股子潮湿的霉味；书架上胡乱堆着高考辅导、自考指南、英语速成等的书籍，以及许多花里胡哨封面的杂志；墙上贴了许多电影海报和杂志插画。在这些廉价的印刷品之间，是一台水晶蓝璀璨耀眼的苹果电脑。电脑与周遭环境的巨大反差，就仿佛钻石放在了豆腐渣里。

单弦脑袋趴在书桌上，睁大了眼睛，目光凝滞于空间中某个虚渺的点上。

“吃西瓜。”雷宇将果盘送到他面前。他看也不看。

“不管别人怎么说，首先你得自己把日子过舒服了。不开心只能自己难过。”雷宇劝他。

过了几分钟，单弦才将他的目光收回，望向雷宇，质问：“你是干吗的？”

“我要找人。”

“找人干吗？”

“这个人很重要，他将改变这整个世界。”

“没有人能改变这个世界。你撒谎。”

“我没有。再说我干吗要撒谎呢，我意图何在？”

“有一种谋杀叫作无动机谋杀。所以肯定也有一种撒谎损人不利己。”单弦冷笑，腿翘到桌子上。

“你比外表上聪明。为什么还要给你婶娘煮面？”

单弦白雷宇一眼，“我乐意。”

“好吧，我尊重你的选择。我只是想要找到一个像你这么大的男孩子，他以前在这个院里住过，爱拆东西，爱问个为什么。你能帮我想想吗？找到了我就立刻离开。”

“你找他干什么？”

问题又回到了刚开始的起点上。雷宇搓搓手，“你认为我找他干什么？”

“谁知道。也许他欠你很多钱，也许他拐跑过你的情人。也许，他知道什么秘密，而你为了掩盖秘密必须杀了他。”

十三

无心之语却最接近于真实，雷宇一瞬间对单弦起了杀心。不错，雷宇就是来找拥有弦秘密的那个可能叫方乔或者别的什么名字的人，然后杀了他。或者，文雅一点的说，杀死他的思维。上面交代得很清楚，人不能在这个时间获得弦的知识，因为他们后来的表现显示出虽然有打开弦的能力却没有运用弦的智慧。所以上面要雷宇溯时空而上，到这个年代的贵阳来阻止弦论大师的成长。

这个年代弦论大师应该已经对弦的认知很深刻了，但他的理论成果还需要实验验证。没有数据就说服不了人们接受他，因而他四处奔波筹措实验经费。他的名字在理论物理界被一些人嘲笑，一些人蔑视，一些人争论。他所在的单位把他列入异想天开的疯子行列。

如果不是因为他的一项授权专利每年都会给单位带来可观收入，单位早就不假辞色地将他解聘了。

找这样一个人，能有什么难度？雷宇想不出。所以他就轻易地和上面签了一份48小时的合同书。如果48小时之内他不能完成任务，上面不负责他的返回路径。要不他自己在时空的森严壁垒之间开凿一条路回到自己的世界中去；要不就留在此时此地的贵阳，留在混沌的人类中间。雷宇想到后一种可能，刚硬的身躯也不禁颤抖。

在这个黑夜最浓的时候，雷宇悄悄打开了办事处的门。办事处的电脑并没有关机，他轻易就进入了民事部门的户籍登记档案系统。

整个城市，20年来都没有一个叫方乔的人登记过户籍。出生与死亡记录中都不曾有过这个名字。

顶楼上单弦已经熟睡。恬静的面孔如同婴儿。雷宇的手轻轻放在他的额头上。只要他略使一点劲，这个年轻脆弱的生命就会结束。

虎门巷一号的孩子中间，究竟是谁洞悉了弦的真谛，从而会在某一日跨出人类认知上质的飞跃？

如果不是上面的资料错误得离谱，就是时空路径存在严重的误差。这个时空到底存不存在方乔这样一个人？出现这么大的问题，他那份生死合同若真执行起来岂不是太冤？

雷宇躺到自己的床上，摸出感应器——他从自己世界中带来的唯一的物品。感应器滑过他的左手，冰凉侵骨。窗外夜空深邃，星光在倾斜的天花板下荡漾。正是与自己世界联络的好时候。雷宇将感应器放在胸口。在任务对象“人”的模拟体与他的本体意识之间，存在着原子水平上的振荡和谐，通过感应器将这个和谐调整为可控状态，从而达到超时空通信的目的。

想到存储于上面库房里的自己的原有意识，雷宇就有些惆怅。这次任务之后，但愿真能退休，与本我从此紧密相依再不分离。

清理一下思路，雷宇两只手贴住感应器的两个面，开始一条一条阐述任务的问题。思维的神经电流在他体内涌动，汇集在感应器中——那里将有异光反应，透射进感应器的内核。

但感应器却什么反应也没有。

雷宇等了等，感应器平静如常。他将整个过程又重头来一遍，感应器依然老样子。

冷汗从他额头冒出。他腾地跳起，打开灯。灯光聚集下，感应器没有任何伤损，完好如新。他抹抹汗，伸出小拇指，顺着感应器的一条棱往下滑。在棱的某个点上他身体的微弱脉冲可以将感应器的存储空间打开。

果然，他失败了！

雷宇真的吃了一惊，他从来没有遇到过这种情况。以前任务对象模拟体与他本体意识之间的联络一直良好，感应器也工作正常！问题出在了哪里？踏上贵阳之旅的每个细节瞬间在他大脑中重现。

健康跟踪器。

雷宇举起左手腕，完全嵌进了肉里的跟踪器与皮肤浑然一体，根本看不出痕迹。但那芯片发出的电波却扰乱了他自身的电磁场，从而使他的超时空通讯遭受严重阻碍。

雷宇忍不住骂了一句粗话。健康跟踪器真的只是感受他体温的变化并反映到城市某个机构的监视屏上去吗？

现在只有指望他在剩余的时间里找到那个弦论大师，哪怕大师还未有成果。因为感应器中还储存了大师的思维波片段，会与大师产生感应，从而打开另一条超时空通讯路径。那么他仍然有返回的机会。

但如果失败……雷宇深呼吸。星光已黯，黎明将至，时间正一分一秒过去，这个世界中，谁曾见过弦？

雷宇的眼眶忽然湿润了。

下　子在川上曰：逝者如斯夫

十四

单弦在电脑上打拖拉机，见雷宇进来也不搭理，鼠标飞快点击着各种花色的牌，手指则在键盘上舞动，与打牌的人忙不迭地唇枪舌剑。

雷宇只好找书架上的杂志看。那些杂志紧紧压在一起，抽出来就散了，也不知道翻过了多少遍。杂志噼里啪啦掉在地上，雷宇蹲下身子捡。单弦终于从牌局里分神。“你到底要干什么？”他嚷。

“我想请你帮忙。”

“我不会帮你的。”

“你知道原来住这里的那些孩子的下落。你必须帮我。”雷宇按住鼠标。

“不关我的事。”

“那么给你一个挣钱的机会你挣不挣？”雷宇问。失去双亲寄居表婶家的单弦，最缺的恐怕就是钱了。

单弦瞪着雷宇："给钱也不干，你别拦着我打牌！"

"你不是想知道我为什么要找那个人吗？找到了，我告诉你。"

"切，我为什么要知道你找人的目的。"单弦不屑，"关我什么事。"

最后是单大嫂的命令起了效果。单弦心不甘情不愿地跟在雷宇身后，一个上午都不肯好好和雷宇说话。而雷宇计算着时间，满心焦虑，也没有心思来讨好小朋友。两个人沉默着，在城市中寻找虎门巷一号的孩子们——这些曾经调皮捣蛋、拖鼻涕生脚疮的少年都已经长大，或者做了城市的栋梁，或者变成了城市的垃圾。但无论是谁，都会出没于城市的美食广场、饭铺酒肆。只不过一些人是品尝者，一些人是经营者，还有一些人是乞讨者。单弦带着雷宇从大十字街找到紫林庵，从观风台找到黔灵山……在这种寻访中，雷宇遍尝了各种他闻所未闻的食物，比如丝娃娃、独山盐酸、荷叶糍粑、羊肉粉……他做出结论，如果单以吃为标准，贵阳实在是一个美好的城市，只是那些食品都太过于零碎，适宜女孩子，却不适合男性的粗犷。不过，这套理论毫不妨碍雷宇冒着肠胃坏掉的危险大吃特吃，且渐渐地无辣不欢。

单弦却很不开心，每碰到一个过去的玩伴，免不了的寒暄就逼着他去回忆过去一次，而每次的回忆都不尽相同。他经常会得到完全矛盾的说法。比如张师傅家的儿子据说小儿麻痹，但同院两个做了汽车销售商的伙伴就认定他好动异常，曾经给猪扎针并把猪粪撒在公厕门口的路上。还有那谣传出国的孙师傅家三丫头，却在丁字口开了一家麻辣烫，且死活不承认曾经和张家二小子好过；她倒是对单弦印象好得不行，说当年单弦虽然年龄小可是特别喜欢看书，看完了就讲给大家听，什么黑洞啊白矮星啊都是些特高深的名词。

那时的单弦看上去志向远大，大家都对他心生敬畏。但是单弦自从高考落榜以后就不和什么人交往了，总爱深居简出，处于半与世隔绝状态。

“不可能，我不可能是他们说的那个样子。”单弦愤懑，忘记出门前对雷宇态度的恶劣，拉着雷宇说：“我根本不懂黑洞白矮星。为什么大家的回忆不能重合，过去无法还原吗？”

“不能。时空有无数观察角度，缺少一个角度的描述它都是不精确的。但你无法找到这所有的角度，你明白吗？”

“不明白。可是，如果你的说法正确，你是无法找那个男孩子的。你给的参数太少，根本不能确定他的状态。”

雷宇一惊，单弦的话似乎隐藏着更深的含义，他一时分辨不出。时间的紧迫压榨了他的判断力。他等着口袋里感应器的反应，但毫无所获。食物的填补压住了胃里的空虚，却压不住时间的声音——那声音清清楚楚在雷宇头脑中回响，声声催人欲老。

他们在城市里匆匆忙忙，只在路过国际交流中心的时候停下来。有文化公司牵头搞了一个凡·高画展，大大的凡·高头像挂在空中。单弦不顾雷宇径直去买了票，雷宇只好也跟进去。一厅的浓郁色彩，与小家碧玉般的贵阳气质不合。单弦却看得目瞪口呆，末了还买了60厘米 ×60厘米大的凡·高油画《星夜》的复制品——在月光黄和星辰蓝旋涡翻卷的天空下，一丛树木努力向上伸展着枝条。月亮和星星颤动中，地面上的植物低声吟唱，一切都在不可确定的状态中……单弦将画端端正正挂在他自己的房间正中。

贵阳的气氛顿时有一丝诡异。

十五

时间倒计时结束的时候，雷宇正在刷牙。清晨的阳光和卖豆腐脑的吆喝声一起透进窗户。他脑子里咯噔像断了发条，那一直“嘀嗒嘀嗒”的声音消失了。雷宇握住牙刷的手一下子悬在半空，看着镜子里的自己发愣。

这就完结了？他所来的世界，就这样将他一笔抹杀掉了吗？他的荣誉和生活，他的经历与情感，都将随着他的名字从上面的档案中消失而无影无踪，他的本体意识将被清洗干净，好腾出地方来给下一个队员，是这样的吗？

他回不去了。

雷宇冲干净嘴里的牙膏沫子，洗了脸。他转头看见单弦房门大开着，单弦半躺在床上面对那幅《星夜》。星月的天地之间，是一束生命旺盛的绿色火焰。

“你为什么喜欢这幅画？”雷宇没好气地问。

“那么你为什么要找那个男孩？”单弦偶尔言语锋芒十足，让雷宇无从反驳。

“等到我能告诉你的时候，我自然会告诉你。”

“呸，你们每个人都当我是傻瓜。其实我比你们想的要聪明。”单弦愤恨。

“证明给我看。”雷宇的声音单调干涩。

单弦咧开嘴笑笑：“我要搞清楚空间的方向性。”

雷宇一惊，难道这年轻人正是他要找的人吗？这两天的明察暗访全是白白耗费气力？“为什么有这种想法？”他控制住声音中的颤抖情绪。

“时间是有方向的，昨天、今天还有明天，不能逆转。可是空间呢？空间的方向性在哪里？上下左右根本说明不了任何问题。所以我想搞清楚。”

“你应该去考大学的物理系。这样冥思苦想什么答案都得不到。”

“可能不会有结论吧。”单弦不太在意，“我就是想想。”

“想解决不了任何问题，你必须证明演算推理实证，才能得到一个确凿无疑的答案。”雷宇坐到单弦对面，挡住他凝视油画的视线。“实际上你的问题已经涉及当前物理学的前沿领域。你听说过弦吗？”

“那是什么？”

“有猴皮筋儿吗？”

单弦就去单大婶的梳妆台那里找了一根皮筋儿。雷宇拿在手里拉伸，皮筋儿绷紧了又蜷缩，带动周围空间的舒张和卷曲。单弦看着雷宇的手，似乎从没发现皮筋儿有特别之处。

“弦是最基本的形态，构成我们周围所有事物的基元，包括我们的思想，我们的声音，我们的目光。弦理论是一个完美的统一理论，将万有引力、电磁、弱和强相互作用都概括其中。”雷宇想不到自己的声音中有如宗教布道般的蛊惑力量。

“基本粒子是电子。”单弦却说，“谁见过弦？”

“教科书从来只会采用成熟的理论。至于弦的存在，得靠物理直觉，不能满足于理解那些有明确数学定义的东西。”雷宇引用不知从哪里看到的一句话，颇为自得，“发现弦并被大众认同是迟早的事情。”

单弦的目光积聚到雷宇脸上，似乎是要考核他话的真假。雷宇觉得单弦的目光如同山泉，清澈而简单，比他本人更容易理解。“相信我说的话。”雷宇强调。

“关我什么事？”单弦转过头去，拍拍手里新买的《凡·高传》，“反正发明弦的人也不会是我。我高中数学很差，物理更坏。”

十六

单弦去小吃店上班后，雷宇睡到了他的床上。看着墙上凡·高的画，雷宇不知不觉睡着了。他梦到自己的记忆是一张金黄色的喷香的蛋饼，被盛放在一只靛蓝色的瓷碟里。瓷碟上绘制了苗族特有的花纹。那记忆热气腾腾，看去非常迷人。于是就有刀叉左右开弓，向那记忆正中戳进去，将它生硬地切成两片。被剖开的记忆里面是灰白的碎末，散发出干燥的陈腐的味道。刀叉在那些碎末里搅拌，碎末飞溅，蛋饼顷刻间变为空洞的面皮。

有一只手将这面皮捡起来捏在手里，捏成一个球。雷宇的目光顺着这只手慢慢上移，他看到面前的人。恍惚中以为那是另一个自己。直到那人开口给他杀人的任务，并将一袋战国时期的刀币扔在他枕头上。织锦的口袋袋口一松，刀币散落在枕头上。枕头雪白，铜币斑驳青锈，交相映称，美不胜收。雷宇到此便醒了，始终看不清楚那只手的主人的脸。

雷宇坐起来，面对那幅画发呆。梦境只是幻象，但这幻象所掩盖的是什么呢？也许他根本就不是杀手，所谓任务是一种借口，其目的只是要将他从他的那个世界中驱逐？这个想法太不可思议了，他连忙放弃它。上面收不到他的讯号，应该知道他的任务已经失败，不会再向这个时空派遣任务了。他现在必须面临的要紧事儿是做“人”，他的记忆是为了这个任务存在的，任务的失败也将导致记忆的失败，从而逐渐将他变成行为混乱没有记忆的疯子。在没有找到弦论大师以前，他自己的存在都将变成问题。

不能坐等了，挽救他失忆的方法可能只有一个：他自己培养出一个弦论大师来。

雷宇被自己的想法吓了一大跳。弦的微小扰动决定不同自由度的粒子，在二维膜上缔造的世界只要一个参数不同就会决然迥异。这个他来的世界也许根本没有什么弦论大师，有的只是一帮曾经嬉戏年少而今正为生计各使手段的青年。

这些人中谁会对空间感兴趣？这是座比较重视实际生活的城市，能够感同身受的才是最好的。只有喜欢《星夜》的单弦例外。但一个对物理学毫无概念的 25 岁青年，要在尽可能短的时间内变成大师级人物，这不是奇迹两个字可以解决的，得在奇迹前加上“大大的”3 个字才行。

但还能有什么办法吗？雷宇皱眉头。他只有培养一个弦论大师出来，才能打开时空路径，然后杀回他的世界，质问上面为什么要派他来执行如此语焉不详指向模糊的任务。

雷宇走到书架前，手指一一扫过那些图书的书脊。弦论公式简单明了，但其推演出的所有理论与求证实验雷宇却都一无所知。雷宇更不知如何用人的语言来表达。何况，就如人所熟知的 $E=MC^2$，简单的公式后面是复杂的计算、大量的实证以及历史研究的沉淀，那是仅仅会背诵公式的学生无法复述的过程。

走过许多时空的雷宇，盘腿坐到地板上，拿出他的感应器。感应器仍然对他没有任何反应。但这个小东西在他手掌之间的翻动，却给了他一些启发。

雷宇的目光，最终落在凡·高的《星夜》上。

十七

中午大雨，从外面回来的雷宇连连打了好几个喷嚏，体温骤升了2℃。立刻有城市健康委员会的工作人员上门来检查他的情况，禁止他再到户外活动，并责令单弦与单大婶都暂时在家休息。单大婶凶巴巴地抗议了几声，就乖乖地待在家里宽带上网打麻将。小吃店被全面消毒后暂时关闭。

雷宇得以和单弦朝夕面对。

“你对空间感兴趣，那我就和你说说空间对称性的问题。”雷宇说，“这样你会理解什么是超对称性，从而更好地理解弦。你知道什么叫作对称吗？对，我们的脸是对称的。对称性有分立的对称性和连续的对称性。分立的对称性，就像你这本书，它是正四边形的，将它转动90度，它还是原来的正四边形。连续对称性如一个球面，以球心为原点，无论怎么转，还是原来的球面。这是一个物理系统固有的对称性，或一个物理态的对称性。在一个物理理论中，还有一种动力学的对称性。假如一个态本身不是转动不变的，但我们将之转动后，同时还转动用以描述它的坐标，连续的对称性，这样这个态的一切动力学性质和转动之前完全一样，这就表明空间本身的各向同性和物理系统本身与空间的方向无关联性。喂，单弦，你怎么睡着了……”

物理学对单弦真是一首好催眠曲。奇迹，如果轻而易举就获得，那便不是奇迹，需要耐心和等待。雷宇看凡 · 高的 DVD 专题片，对单弦的哈欠毫不在意。

看完了凡 · 高的专题片，雷宇拿出他的感应器给单弦看。

“你一直想知道我为什么找那个男孩儿，为了这个。”雷宇转动感应器——这是一个 1 立方分米的立方体，透明晶莹，但却不反光，深邃得令人晕眩。

“水晶镇纸？”单弦猜，“批发市场 5 块钱一个。”

“这不是水晶镇纸，这是一个感应器。”

“感应器？”

“是。”雷宇抚摸着那光滑润泽的物体，这是唯一可以证明他任务的东西，唯一可以让他在这个世界记住自己本体的东西。“每个事物都有左手征和右手征。每个弦都有其镜像。所以产生了这个感应器。”

单弦满脸困惑。

“我要找的那个男孩儿，他在成年的时候终于将高深的弦理论简化为一个通俗的公式，从而改变了整个世界。”

“没有人能改变这个世界。”

“可以的。那是在人类智慧整体积累上的突变，蒸汽机车、飞机、原子弹，都划定了一个时代。”

“那个男孩儿已经成年，他发明那个公式了？”

“还没有。”

“那么你怎知道未来的事情？天，别告诉我你是从未来来的。”单弦蒙住脸。

“不，我不是从未来来的。我从哪儿来并不重要。实际上我自己也搞不清楚。我的记忆是从到贵阳开始的，我的感觉似乎从没有离开过这座城市。但我们不讨论我的问题。只说这个感应器。”雷宇举起那个物体，“它用那个人本身的思维分子的镜像为基础结构建造，是一个超稳定的弦结构，不会被任何外力破坏。但是一旦那个人与之接触，弦之间的频率共振产生作用力，那这个结构就不会再得以保存。”

单弦竭力想理解雷宇的话，但显然他做不到。他痛苦地皱起了眉头。

“就是这样。”雷宇将感应器放在单弦手上。

感应器毫无反应。

“说明什么？”单弦问。

“说明你不是那个人。”雷宇舒口气，“我早知道你不是了。”

“那么有反应的就是你要找的人了。你找到他会怎么样呢？”

会杀了他。但雷宇却说：“我会告诉他这世界的终极理论——关于弦的一切。”

“那你为什么不告诉我？”

“一个物理和数学都极差的人？不，你没有这个天赋。”雷宇微笑。

单弦哼了一声，将那感应器扔回雷宇手中，不再问什么。

十八

几天之后，瘟疫警报解除了。邻居们蜂拥而至请单大婶的小吃店立刻开业。单大婶正在联众棋牌室里厮杀得酣畅淋漓，坚决要众食客等她扳回老本再说。

一直不怎么和雷宇说话的单弦忽然问他：“你会开车吗？”

“会。”

“那我们租辆车出去走走。我在家里好憋闷。”

雷宇和单弦便租了一辆越野吉普车。车子按照单弦的要求穿城南行。沿途都是绿灯，新铺的沥青黝黑清爽，南明河与梧桐树左右相伴。单弦打开车窗，随 CD 节奏在风中呼啸。车子驶出贵阳市区，经小河过花溪，两旁青山不绝，田野不断。

“我不知道你从哪儿来，干嘛老是说关于弦的事情。你让我心神不定，好像生活有其他的真相，另外的可能存在。比如我是因为目睹了什么事件而被黑衣人抹去了记忆，或者是计算机甄选出来作为程序的改良程序。无论哪种可能，命运都是自己不能把握的。”单弦关掉 CD，对雷宇说。

雷宇目视前方，对这年轻人的困惑无动于衷：“你不是救世主。别相信好莱坞电影。”

“我知道电影必定与现实生活相差遥远，但谁知道好莱坞编制那些可能性的真实动机。就像我不知道你的，为什么你要告诉我弦的事情。”

“等你真正理解了弦，你自然就会知道。”

单弦猛地踩刹车，不待车子停稳就跳下去。“别和我说时机未到！”他愤懑地嚷，“你他妈的又不是先知！”

“我不是。”雷宇面无表情，“如果你懂得弦，你会是。”

单弦伸开双臂，拍打车子，发狂道：“是不是到那个时候，我就可以看到万物其实全都是数据流，所有东西都是虚假的，制造的，没有实体的？！”

雷宇打开车门，很平静：“生活不是科幻电影。弦也不是电子空间。你会将它们区分开的。”

单弦上了车，一路都气鼓鼓地不说话。他们开到了青岩附近，就在当地吃农家饭。木梁泥墙稻草铺顶的老房子，建在一块稻田上面。主人将被柴火熏得乌黑的房梁上挂着的腊肉取下，给他们蒸腊肉饭，还有从田里新摘的西瓜做饭后水果。饭桌就对着稻田，几头仔猪在饭桌不远处的圈里哼哼。有一只鹭鸶在田里捕食，时不时飞跳起来，白羽黑爪与翠绿的水稻配出天然卓越的山水国画。

望着那只生气勃勃的鸟，单弦突然间心平气和。他问雷宇：“我该怎样开始了解弦？”

十九

他们回城途中碰到庆祝瘟疫结束的花车游行，吉普开不动了，只好停在路边等游行结束。但是游行渐渐变成一场狂欢，周围的观众纷纷加入队伍中凑热闹。雷宇被银饰环佩叮当的布依少女拉下车子，在热烈欢快的乐曲声中翩翩起舞。伴奏之人坐在花车上，都是须发皆白的老者。他们手持月琴、牛角胡、牛骨胡、葫芦琴、勒朗、笛、牛皮鼓和小马锣，敲敲打打怡然自得。

“听听，听听，这是北宋时期传入黔地的古乐‘八音座唱’，现在已经没有什么人会演奏了。”“据说金阳那边修路发现古猿人化石了，这可不得了。说不定贵阳以前是古人类的发源地呢！”“不是说贵州人夜郎自大吗？总要有自大的理由吧？源远流长，天下皆出自我，你说我该不该自大？”人们喧哗着，嬉笑着，话语如同棉絮，渐渐布满雷宇周围。如果没有弦的困扰，贵阳真是好耍。雷宇心想，这时才发现单弦不见了。

单弦凌晨 3 点才回家。他浑身酒气，几乎瘫倒成一团泥。一个娇小玲珑的女孩子送他到门口。女孩子嘴角俏皮地生了一颗小小的黑痣，看见雷宇就连声惊叫：“呀！是你！我们机场见过的。你忘记了吗？”

雷宇摇头。

女孩子不高兴，提高声音：“那你现在要记得我啊，叫我璇好了。”她顿了顿又说：“你的健康跟踪器可以去清除了。他们还给你免费做体检呢！可别忘记了。”

雷宇正想着那个跟踪器的事情，也许去掉了，他的电磁场就可以恢复正常。璇自告奋勇陪他去交通部门报道。巧得很，遇到了那个飞机场的出租汽车司机——他还记得雷宇，一见面就招呼：“你还在贵阳啊？怎么样，贵阳不错吧？”看到璇，司机脸上顿现恍然大悟的表情，冲雷宇晃大拇指：“你真真要得。”

雷宇没说话，操控健康跟踪器的那些人，是什么样子的？虽然他与人类没有任何的不同，但他仍然对那个部门有一丝丝的恐惧。毕竟他只是对人的模拟体。

璇和司机聊天。司机熟悉交通部门负责跟踪器的机构，据他说，这几天去解除跟踪器的人有好几十，他已经拉过去好几个了。“我们贵阳好啊，”他一路都在唠叨，“来的人都不愿意走！”

雷宇懒得理司机，好在目的地很快到了。机构不大，一些普通的神色拘谨的公务员们有条不紊地按章办事，没有对雷宇啰唆一句话就将跟踪器从他体内吸出。手腕空空的好久，雷宇才彻底相信那健康跟踪真的只是健康跟踪。

“你怎么了？”璇挽住雷宇的手臂，“你表情怪怪的。”

“有吗？”雷宇摸摸脸，“没什么，我只是觉得——贵阳挺不可思议的。”

回到单家雷宇立刻取出感应器，它依然没有反应。也许电磁场的恢复需要一段时间吧，雷宇想。那边单弦房间里传来璇清脆的笑声，少有的，单弦低沉的笑声也夹杂其中。

于是，璇成了单家的常客。璇，24 岁，眉眼秀丽，声音温柔，除了打麻将时与单大婶对吼很不像话，其余时间都十分乖巧。

“她是我的初恋。”单弦告诉雷宇，“我们好了很久了。”

“没有那么久。”璇纠正他，“只有两年而已。而且我去旅游学校以后你根本不理我。”

“我以为你不理我了呢！”单弦辩解。

璇嫣然一笑。

璇每天都到单家的小吃店来，然后上单家看雷宇。她劝雷宇不要整天待在房间里折腾单家的旧电器。但雷宇却似乎喜欢修理，不仅仅弄好了单家的旧电视和 VCD，还把左邻右舍的坏电器都修了个遍。

璇呸雷宇："你还喜欢做修理工啊？今天甲秀楼放花灯，你和单弦陪我去看啊！"

雷宇想推辞，单弦却也说一起吧，他好久没逛街了。雷宇只好答应。

去大南门的道路堵车，三个人弃车步行。马路两旁的法国梧桐已成抱拢之势，树荫宽大，几乎遮日。璇穿条宝蓝色印花珠片吊带裙，走在两个男人之间，如一只蝴蝶精灵。

灯会还没有开始。单弦建议去逛路旁的书店，璇嚷着要吃恋爱豆腐果。雷宇不能两个人全陪，只好女士优先。璇却不等他，自顾自找了食摊坐下。主人送过来蘸水碟，碟里一层精炼过的油辣椒，亮晶晶的红油里混了芝麻、葱花、碎花生米、蒜末、姜茸、细盐、味精、酱油、老醋、香油、香菜末。主人给烤架上的十来块半焦黄的豆腐再刷一层油，豆腐发出轻微的噼啪声。"这是恋爱豆腐果。你也来两串？"璇回头叫雷宇。雷宇摇头，神情里有些不屑。

"你别瞧不起这种坊间小吃，以前还救过人的命呢！"璇扁嘴乐，也不管雷宇肯不肯听，自顾自说下去，"那是抗战时，日本人对西南大后方进行空袭。炸到贵阳了，有个小伙子的住处给炸了，他被埋在废墟底下，人们看得见他，就是救不出来。有个姑娘可怜他没吃的，就把家里的豆腐烤好了带给他吃。"

烤架上的豆腐变成油亮的金黄色。主人将豆腐取下，放在璇面前的空盘里。璇迫不及待地夹开一块豆腐上面的皮，将蘸水汁浇进去，然后咬上一大口。

"后来呢？"雷宇不喜欢没有结尾的故事。

"后来大家就管这种油炸豆腐叫作恋爱豆腐果了。"璇说，一块豆腐已经消失在她的樱桃小口中。红润嘴唇上一层油光泛动，偶然唇里露出雪白的牙齿来——雷宇看璇有滋有味地吃豆腐果，心里却极想尝尝那红唇的滋味，

璇过足了瘾，发现雷宇呆望着自己，忙找纸巾擦拭嘴唇，问他："你怎么不吃？"

"啊，我不想吃。我去看看单弦，怎么逛个书店要这么久。"雷宇就要站起来。

"不许走，我还没吃完呢。"璇撒娇般地命令。雷宇又坐下，转过头，就看见了南明河中巨石之上的甲秀楼。楼檐与尖顶、窗棂镶嵌的小灯，正一盏盏亮着。灯光里，单弦抱了一摞书兴冲冲过来。雷宇翻了翻，全部是高等数学和量子力学方面的书籍。

"你要干什么？"雷宇和璇同时问。

"我没有天赋，但是我会勤奋。"单弦瞧雷宇，目光里充满挑战，"我总有一天会理解弦。"

雷宇不知道该如何回答他，手里还捧着他买的书，沉甸甸的。过了一会儿他才说："好，等你理解了，我一定知无不言。"

"那我们击掌为定。"单弦伸过手。雷宇只好也伸过去。两只手掌在空中发出清脆的碰击声。

"你们到底在说什么呀？"璇看看雷宇，又看看单弦，满脸疑惑。

"一个学术问题，你不懂。嗨，快看啊，月亮！"单弦指着天上，叫。

银亮的月正渐渐被黑色侵蚀，只剩下细细的牙了。浩瀚的天幕上也只有这细细的一弯月牙。月牙越来越细微，弓成一线，如弓之紧弦。随即弦断弓收，月亮被黑暗完全吞没。原来是月食，雷宇记

起来。这是他原来世界没有的景象，在贵阳看见了。

“扯，你哪儿有什么学术问题啊！”璇拍单弦的背，“上次你把积蓄都花了买苹果电脑，要学平面设计，结果怎么样？你还是现实点，听婶娘的话秋天去上个厨师班。”

“如果那是我选择的，我会坚持。”单弦的脸上忽然显出从未有过的倔强表情。

二十

时间自从月食以后呈现出迅疾的姿态。雷宇感觉到时间的迅速流逝，白天黑夜交替轮换，似乎在一瞬间就完成了。他的人类的面孔上，居然有了细细的眼角纹和抬头纹，而感应器还是一如既往沉默着。只有单弦对弦的坚持，让他觉得等待不是那么漫长和无聊。

在等待中，雷宇渐渐搞清楚了单大婶的羊肉汤配方，杂货店里也出现了消失许久的百香果。璇看见雷宇在小吃店灶台那里忙活，诧异得都说不出话。“单弦呢？”平息了心头的惊奇，璇急问。“他在忙。我替他干一会儿。你能到隔壁给我买一块钱的百香果吗？”雷宇回答。

璇片刻跑回来，晃晃手中的食品袋，“真的有百香果，我好久没吃到这种东西了。小时候我最爱吃这种糖了，后来就没看见卖的了。”

“有需求就会刺激生产。因果互相影响。没有孤立的系统存在。”雷宇一边说，一边给顾客端上牛肉面。那边有人叫肠旺面。雷宇应声问：“红轻红重？宽汤？”

“你还会做什么？”璇跟在雷宇身后，抽空将一颗百香果送到雷宇嘴里。

“厨房的事情难不倒我。”

“你真行。”璇闪动的眸子令雷宇害怕，他岔开话题：“是找弦子吗？他去贵州大学旁听物理了。”

“又为了那个弦？他真是疯掉了。单大婶说他天天琢磨这个，还泡在网上找同道中人。”

“他的确有点疯狂，不过这种兴趣挺宝贵。”

璇忽然不说话，抬起头，盯住雷宇的眼睛：“你和我说实话，他在这个什么弦上有发展前途吗？”

雷宇摇头。

“那可怎么好，总得让他明白这一点啊！”璇着急。

“每个人都可以对科学拥有热情。他现在的状态非常难得。哪怕没有什么成果，也是值得称道的。”

璇轻轻叹气：“也许你的想法是对的。可我……”她停顿一下，到底那半句话也没说出口，只是将那袋百香果塞在雷宇手中，走开了。

璇走出去几步，忽然又跑回来，问雷宇：“那你呢？你又在这里做什么？”

雷宇抻抻身上溅满油花的围裙，说：“等待。”

“等待？”璇不解。

雷宇点头：“对，等待，等待奇迹。”

二十一

等待需要耐心，雷宇很清楚。贵阳并不像是能够创造奇迹的城市。但他最有职业素质，只要存一线希望接近成功，他就不会放弃。何况，他已经将自己的未来与单弦能否领悟弦联在了一起，他必须将单弦培养出来。

趁着单弦不在，雷宇将《星夜》后面的神经诱导器又调高了一个数量级。用人类的器材原料制作出的神经诱导器非常粗糙，但对单弦还是颇有成果。

单弦常常站在《星夜》前发呆。他揉着通红的眼睛对雷宇说："我觉得我像个刚刚大梦初醒的人，这世界太玄妙了，而我以前一无所知。你看那些从网上下载的文章。"

"有收获吗？"

"网上？论坛上的东西对我这种新人真的是不知所云。"单弦苦笑。只有一位不愿意将业余时间打发去写SCI论文的研究员，很通俗地用中文演讲弦，文章他能勉强看得进去。研究员写到某位学者用一个硕大无比的夹纸板演算公式，从左上角开始用蝇头小草一直写到右下角，写满后翻过页接着写，算上几个小时不知疲倦，其间唯一的休息是将铅笔放进电动削笔刀中削尖。看到这里单弦就心存羡慕，到处去找那种夹纸板，幻想着有朝一日也这样将数学公式一气呵成推算到底。

"我知道初学者要想研究弦，就如同家庭妇女要登喜马拉雅山峰一样，是件异想天开的事情。不过如果抛开所有复杂的演算，另辟蹊径，它也许就不困难了。比如，我能不能在计算机上建模用多维结构模拟弦运动。我说不好，但是也许我能。弦论的基本对象不仅仅是各种振动着的弦，还含有其他自由度，比如纯粹的点状粒子，两维的膜等。数学部分求证很困难和复杂，但物理学家要有直观，不能满足于理解那些有明确数学定义的东西。就当我现在开始大一的物理课，我不过才 25 岁而已。学上 10 年，应该也能向坛子上那些人一样发言了。”

雷宇叉起双臂，冷水泼到什么地方算合适的催化剂呢？他只能走一步试一步了：“这很难，理论必须有实际的例证支持。引力红移，光线弯曲和水星近日点进动等验证了广义相对论，它能够解释所有已知的宏观引力系统。到目前为止，科学家们在物体 108 微米的距离上，都没有观测到引力定律的异常现象。引力与距离的平方依然成反比。要建立一个理论不难，要找到检验这种理论正确性的论据却很难，你明白我的意思吗？”

“那么关于弦你究竟知道什么？”单弦的语气咄咄逼人。

雷宇躲开他的锐利目光：“我知道你无法理解的那部分。”

“我很快就会理解的。你等着。”

雷宇不再说什么，转身要回自己的房间。单弦突然冲着他的背影喊：“你找的那个男孩子就是我！我想起来了，就是我。我小时候不但喜欢给大家讲书上的事情，还带着大家恶作剧，在孙师傅家楼梯底下放鞭炮，差点把他们家那口大黑猪吓疯！”

雷宇径直走回房间。

那边单弦还在大声叫：“你听见没有，我就是你要找的人！”

雷宇“啪”地将房门关上。

二十二

如果单弦是那个人，你要杀了他。如果他不是，他在你的引导下正将自己变成那个人，你还是要杀了他。你并不问动机，你只是要杀人。

雷宇心里那消失许久的本我声音，又一次出现了。恍惚间，他似乎听到了头脑中嘀嗒的时钟声音，但仔细听来，却又什么也没有。

上面派他来的真实动机，究竟是什么？他真的是一个杀手吗？在飞到贵阳以前，他的世界在哪里？

感应器掉在地板上，丝毫没有任何损坏。雷宇捡起这东西，在衣襟上擦了擦，东西依然晶莹剔透如故。我要疯了。雷宇骂自己，而我是始终可以把握命运的人，哪怕对真相永远不了解。他将感应器放进箱子。他需要一杯酒来镇定，好在漫长的等待中保持耐心。

城市的酒吧街在北部邻近黔灵公园的地方。雷宇走进一家迪吧。璇正在灯光中摇摆，如一条摇曳的鱼。雷宇靠近她。年轻女孩子羊脂玉般的脸上泪痕点点。“我不在乎他是厨师还是物理学家，我只在乎他心里有没有我。你知道一个女人最需要男人什么吗？”她仰头问。

雷宇迷惘。

“最需要男人在乎她——她的感受，还有她的愿望。女人是为了爱情生活的。没有了爱情就没有了空气，会窒息而死。”璇大声回答。正在蹦跳的男男女女用嘘声和掌声表示对她的赞同。

“可是男人需要全世界认同他，不仅仅是女人。”雷宇耸耸肩膀，“希望你理解他。”

“我理解可不赞同。还有你，你站在舞池外边干什么？下来跳舞啊！”璇叫。

雷宇来不及谢绝，便被璇拖下舞池。女孩子小小的手放在他的掌心里，乌黑的头发在他眼前飘。雷宇就觉得心脏跟着音乐节拍一跳一跳，拦都拦不住，马上会蹦出胸腔去。

音乐慢下去，璇的头抵住雷宇的胸膛，她轻轻地叹息，像是一支花儿的低语。雷宇握着她柔软的腰肢，整个人都要溶化了。

吧台送他们法国葡萄酒，冰块与柠檬皮掺和在一起。璇说受不了，要去街头吃大排档，喝纯正的贵州赤水酿的刺梨酒。两个人吃成都麻辣烫，旋脸红红的，雷宇脸更红了。小工走过来收账，油腻的手在油腻的围腰上擦了又擦。1 元的硬币一个个落在桌子上，璇数着一二三四却总是数不清楚。那小工失去了耐心，将硬币一股脑儿全攥在手掌里，手掌简直都要撑破了——“二位麻辣烫，鸳鸯锅。”他眼睛盯住门口进来的男女，嚷。

雷宇和璇一起随小工嚷，把进门的人吓了个魂飞魄散。他们在一屋子人的惊诧中跑掉了，一路上纵声大笑。雷宇拉紧险然撞车的璇，将女孩子搂进怀里。女孩子体态丰腴，气息炙热。他叫她，璇用微笑的目光答应。眼眸清亮透彻，流转顾盼之间，光华闪烁。

他们回到单家，单弦却不在，单大婶照例打牌去了。“小时候，我做过一个梦，就是这幅画。”璇指着墙上凡·高的星星，“我总在想，这些旋涡是什么？”

“是大大小小的银河。”

“瞎说。银河怎么会是这个样子？”

“就是这个样子，所有的银河都是旋涡状的，卷曲着运动，无数维的时空夹杂在一起，有各种不同的表象。”

“那些银河里，是不是也有太阳系？有地球和地球人？”璇的手指在画布上滑动。

“当然有。我们只是这万千世界中的一粒沙。”

“如果这些沙子中有一粒属于我，我就算死都会觉得很开心。”璇将头依靠在雷宇肩部，“彻彻底底只属于我。”

“单弦？”

“不，不是他，是你。我只想和你在一起。”

雷宇觉得他今天酒喝得太多了。“我要去图书馆找单弦回来，太晚了。”他咬着舌头说。

二十三

“到哪里了？”雷宇迷迷瞪瞪问。酒力已经散了，他为自己坐在一辆空调大巴上诧异。

售票员好不高兴：“你要去哪里？”

“这儿是哪？”雷宇继续他毫无建设性的询问。身边的璇却已经起身，伸手拉他的衣襟，示意他下车。

车外一条水泥马路斜入密林，林子那边是山峦叠翠。一些人力三轮车立时蜂拥而至，问他们要不要花两块钱到镇上去。璇挑了一辆干净的有红色遮阳篷的，靠背光的一侧坐下。雷宇只好坐到晒太阳的那一边，将璇的旅行包放在自己腿上。

三轮车晃晃悠悠发动起来，一动起来就有风，雷宇额头的汗片刻被吹散了。他定下神来，车子已经接近一座古代的城楼，楼墙青苔与雨水交错的痕迹斑驳可见。

“嗨，这儿是乡下吗？”雷宇在这时空的遗迹面前有些恍惚。

“青岩离贵阳市区30千米，算不算乡下？”璇吐出嘴里的口香糖，用面巾纸包了扔进路边的垃圾桶，“我在这儿有间房。”

“古屋应该很值钱。”

“那就打八折卖给你。”璇笑，“然后我租你的房子。”

雷宇眯起眼睛，璇已经抢先冲到台阶上去了——石板路一级级通向古代的城楼，楼门黑洞洞的，不知道隐藏着什么样的未来。去处还未得见，窄小的门洞仿佛一段弦，要将他卷曲起来抛掷。是的，他就是一段弦，被时空之手随意抛掷，需要合适的场所舒展开以便创造自己的世界。

“来呀。”璇在石板路尽头招手，“你会喜欢青岩的。”

会吗？雷宇不能确定。等待和杀手的任务就这样不了了之吗？

“你来不来呀！”璇催促。

“来了！”雷宇回答，一抬腿，脚步竟然是无比的轻松。

二十四

雷宇在次日的报纸上看到虎门巷着火的消息，损失不算太大。但那栋有40年历史的法式建筑完全报废了。这也怪对老建筑不加修缮，一味使用。报纸上的图片显示雷宇熟悉的小吃店与杂货铺都是一片不堪的狼藉。

“我放的火。”璇将报纸从雷宇手上拽走，一本正经地说。

“瞎扯。”雷宇摇头。

“你不相信？”

“发生了什么事情？”雷宇站起身，居高临下俯瞰着璇。

“我们在胡同口碰见弦子，就去店里煮羊肉粉吃。他不喜欢我和你在一起，我们就吵了起来。我把他打昏了。然后，不知道怎么火就起来了。”璇噘嘴，“不怪我。他老是在说那个弦啊弦，他疯了呀！”

雷宇靠住门，阳光从门外直射进来，居然刺眼地炙热。

“火灾情况怎么样？”他听到自己的声音空洞地问。

“弦子他被怀疑纵火，已经被送去健康委员会鉴定了。”璇低头踢脚边的石头，“他果然是疯了的。”

那个若古代弱冠书生般清瘦白皙的年轻人是疯子吗？雷宇闭上眼睛，所谓奇迹，真的就那么脆弱不能坚持要受天谴吗？

或者，自己陷入贵阳的世界是无论如何也不能否认的事实了。这就是被上面抛弃的悲惨下场吧？

就此老去，葬身时空的缝隙之中，不需要他雷宇再为自己惋惜什么了。

二十五

璇的房在背街上，不大，但是门面房，稍微收拾一下便可以开店。璇不久就申请做了镇上的导游。雷宇用璇的房开了一家小吃店，卖米豆腐和肠旺面。

有600多年历史的青岩处处是明清古建筑，依山傍水，清幽无限。镇上寺庙道观教堂共存，令雷宇常常感叹居民对宗教的宽容。感慨之余，他会走到百岁坊那里看下山狮，石刻的野兽似乎随时会在夕阳的余晖中夺路逃走。

弦渐渐变得遥远了。单弦因为被鉴定为精神失常而免于起诉，送进了精神病院。单大婶离开了虎门巷，据说去了新城区。有时，雷宇会想象单弦发现他失踪后的心情，也许会当他是骗子吧，骗说这世界有万能的弦，还骗走了璇。不管怎么说，这结局总比他真的去杀死单弦好。雷宇唯一遗憾的是离开得太过匆忙，将那个感应器留在单家了。

这种遗憾随着时间的推移也渐渐遥远。雷宇和璇在那年冬天，青岩被挂牌确定为中国历史名镇的喜庆日子里结了婚。

新婚那夜雷宇却睡不着觉，结婚这种事情是他以前的世界里没有的。他真的从头到尾都彻底地变做“人”了。他不能不借一点茅台来催眠自己。酒精的作用下，他进入了梦乡，却看见单弦站在那里，浑身都是血。

“你撒谎！你根本没打算告诉我弦的事情。你不讲信用。我们击过掌的！”那年轻人说着说着，愤恨的表情变得委屈了，他蹲下身去，嘤嘤啜泣，“我想知道，我想知道啊……”

火从四面八方烧起来。

雷宇骤然惊醒，他坐起来。璇急忙打开灯，给他擦额头的汗。

“那天晚上是我点的火，是不是？”雷宇抓住妻子的胳膊。

璇脸上无惊无惧，她挣脱雷宇的手，心平气和：“真相是不存在的。你比我更清楚。”

雷宇肃然。

这以后雷宇的日子安静而闲适，喝米酒、香麦茶，吃玫瑰芝麻糖、脆皮猪蹄，听佛钟寺鼓童子班唱圣诗，看杜鹃、珙桐、桂花和红枫。雷宇和璇之间再也没有出现过“弦”或者“弦子”这样的话题。雷宇想实际上他已经忘记曾经的自己，只有偶尔在为食客端茶递水的时候，他会感慨几秒自己“可耻地堕落”了。

璇接待游客，整天说历史数典故谈古人。书院街、油榨巷、西院巷、状元街，慈云寺、万寿官、北城门……一条光滑石板路，不知道来来回回走了多少遍。她带游客逛完历史就到雷宇的小吃店来吃米豆腐。雷宇赤膊裸胸，在小小的厨房里磨米蒸豆腐做配汤。店太小，客人们只好站到街上去吃——薄薄青花瓷碗中半透明的米粉块，红油一层环绕着，黑红的醋汁在中间流淌，让人怎么也吃不够。总有人惊奇这醋的颜色，于是雷宇就会指着醋坛子说青岩双花醋的好处，末了一定会卖出去几打 1 斤包装实际只有 8 两的醋去。

隔年过去，璇怀孕了。十月辛苦，诞下 7 斤重麟儿。雷宇无法描述喜悦之情，许久以来心里因为失去弦的空洞，被儿子填补得满满当当。小雷活泼好动，不惧生人。满月后璇将他的摇篮放在小吃店门口，托店里做杂役的七娘照料。小雷喜欢笑，成了食客的一爱。人们给他玩具，他都拆得稀里哗啦。雷宇还很鼓励他，美其名曰培养智力。

夏天来的时候，小吃店租下隔壁的房子，有 5 张桌子了。小雷已经可以走路。七娘专门负责照看他，整天带着他在镇子里转。

忽然七娘跑回来，焦急地说孩子不见了。她把孩子捆在牌坊那儿去上茅房，出来发现绳子断了。雷宇听了浑身冷汗直冒，赶紧叫人找。璇也扔下游客们过来与雷宇会齐。他们爬上城墙，穿过百岁的牌坊，打开状元府每一间房。他们呼喊，四只眼睛360度搜寻，直到筋疲力尽。

雷宇心里就有些隐隐不安。“还记得弦吗？”他问璇。

“弦吗？”璇瞪他，“我不记得了。你赶快把儿子找回来！”

镇子守门的人认识小雷，都说没看见。镇子并不大，他们找了很久，却怎么也看不到宝贝儿子的身影，他们不免垂头丧气。雷宇去挽璇的手，被她甩开了。璇眼圈红红的径直往前走。雷宇只好跟在后面，不敢再说什么了。

小巷曲曲折折，细窄得只能容他们两个一前一后地走。雷宇有些疑惑，在青岩生活了好几年，却从来没有见过这条小巷。巷子突然之间变得十分漫长，似乎总也不能走到尽头——来处已经隐藏进拐弯的空间中，去处却还未得见，窄小的巷子仿佛一段弦，要将他卷曲起来抛掷。

雷宇停住脚步，他清晰听见脑子里时间嘀嗒的声音。那么清楚和明确，一声声都敲打在他的神经中枢上。他抱住头。但是声音就在他的脑子里，怎么也消除不掉。

新的48小时开始了。

原来上面始终是不曾忘记他的。

他们不过是在耐心等待。

璇也站住。她看着身后的雷宇，示意他快一点。但在巷子的深处，有熟悉的声音响起：“你看这张纸，我可以撕成无限小，小得根本看不见。纸是由纤维构成的，纤维由分子构成，然后是原子，原子核，质子、中子、电子、介子、光子、轻子和快子……世界就建筑在无限小的一根弦上。”

璇顾不上雷宇了，她向那声音跑去。雷宇要快跑才能跟上。他们拐过一座房屋的尖角，就看见小雷在地上爬，那个感应器就在他面前闪动。单弦靠墙坐着，剃了个板寸，清瘦如从前。

璇要冲上去，却被雷宇一把拉住。

单弦继续说：“他们把十一维时空折叠起来了，只给我们三维的。三维啊！真让人痛心。”

小雷仰起脸来，面对单弦笑得天真无邪。他伸手一把抓住感应器。单弦放开手。感应器在小雷的手上异光流彩，瞬间化为无数璀璨的微粒。

王晋康

夏娲回归

错乱时空

一　夏娲

在那场被后人称为“科技大爆炸”——科技的发展变成“暴胀”，轰然一声炸毁了22世纪的人类社会——的大劫变中，我和丈夫算是幸运的人。丈夫虽然没能逃脱纳米病瘟疫，但我家别墅的院内恰好有一艘整装待发的时间渡船，是从时空俱乐部租借的，原打算用于暑期度假。时空俱乐部是一个精英组织，只对少数超一流科学家开放，全球的会员不超过50名，这是因为时空旅行者必须有极强的道德自律。那天我扶着虚弱的丈夫匆匆进了渡船，让他平卧在后排的座位上。我坐上驾驶位，开始设定时空坐标——但我无法做出决定。良久我回过身，俯身对丈夫轻声说：

“大卫，我不知道该去往何时。肯定不能回大爆炸前的社会，那时没办法治疗你的病。但如果去未来，我不知道文明多久才能复苏。要不。我们先去500年后试试？”

丈夫艰难地抬起头。纳米病是科技时代的黑死病，病魔把他折磨得瘦骨支离，只有一双眼睛像灼热的火炭。他没有犹豫，断然说：

“我们不去未来，回到 150 万年前吧。你只用输入‘直立人第一次用火的时刻’，电脑会自动搜索到精确的时空节点。”他喘息片刻，补充道，“夏娲你帮帮我，在我堕入地狱前干一件事。”

我久久地看他，心绪复杂。我知道他要干什么。大卫是“科技暴胀”的有力推手，名列凌烟阁二十四功臣的前列。现在，不惑之年的他要在生命的最后时刻来一个彻底的反叛。我简单地说：

“干涉过去——这违犯时空穿梭的最基本道德。”

大卫不耐烦地一挥手——在这样的非常时刻，让那些劳什子道德见鬼去。

我没有多说，回头开始设定时空坐标。大卫是我的丈夫兼导师（求学时的导师和生活的导师），我已经习惯了服从他。渡船启动前我仔细检查了生活背包中的装备。我必须谨慎啊，毕竟这是一次跨越 150 万年的时空穿梭，在那时的非洲荒野上甭想找到一块备用电池或一枚缝衣针。好在生活背包状态完好。一把掌中宝激光枪，虽然小巧但足以摆平一群狮子；一个高容量手电筒；一支压电式长效打火机；一副作用范围 100 千米的对讲机，一条多功能睡袋……这些用具都是时下最先进的型号，其能量储备均不低于 50 年。背包里还有够一周食用的压缩食品，这只是作为应急，因为食物应该在目标时空中解决。我从背包内兜中翻出一个半透明的乳白色小球，大小正好一握。我问：

“大卫，家用的全息相机怎么也在背包里？”

在我检查背包时，大卫艰难地坐起来了。他斜倚在座椅后背上，一直目光冷漠地看着窗外。这会儿他收回目光，看看我手中的小玩意儿，忽然没来由地脸红了。他勉强说：

“我昨天试驾时用过它。”他补充道，“我拍了咱们的孩子。”

孩子。他提前拍了“出生后”的孩子，而现在他（她）只是我腹中三个月的胎儿。我知道大卫为什么脸红，知道他为什么把这么重要的事瞒着我。在时空穿梭中旅行者不得同自身有互动——这也是最严格的时空戒律之一。他拍摄自己的孩子虽然不算实质的互动，也差不多等同于犯戒了。而且这与我们即将开始的干涉不同。事急从权，为了挽救人类社会，他有足够勇气去违犯戒律。但上次不同，那纯粹出于一个大男孩的好玩儿心态。但我不想让丈夫难堪。丈夫已经病入膏肓，即将开始的150万年的时空穿梭也很难甩掉死神。如果我救不了他，至少也要让他保持心灵的平静。我只是淡淡说一句：

“这会儿真想打开相机，看看那个小模样啊。儿子还是女儿？”

“儿子。”

“是吗？不过还是留到以后再细细欣赏吧。这会儿不能耽误了。大卫你坐好，我要启动了。”

我启动了渡船，周围时空在摇曳中隐去。

我的名字叫夏娲。不是圣经中的“夏娃”，只是恰好同音而已。在古闪族的神话中，亚当与夏娃是人类的始祖，不过夏娃只是亚当的附属物，是男人的肋骨变的。我的名字来自另一个古老民族关于女娲的神话。女娲用五彩石补好被撞裂的天穹，又用泥土造出男人女人。她是人类唯一的始祖。

我的名字是父亲起的。这个22世纪的启蒙师（小学教师）很聪明，巧用我家的古老姓氏，再加上一个简单的方块字，就让女儿的名字兼具东西方两个人类始祖的含意。我想，当他为名字中内禀的神秘深奥而沾沾自喜时，绝不是想让怀中囡囡跑到150万年前扮演人类始祖吧。

但这个名字一定有内在的法力，最终让我来到洪荒时代。

荒野之神，我向你致敬。此时的东非稀树草原还没刻上人类的痕迹，它的面貌完全由荒野之神来装扮。广袤的草原上长着高大的金合欢树，成水平状的树冠直插云天，犹如一抹抹绿色的轻云。地平线上立着一排大腹便便的波巴布树和扇椰子树，巨大的树冠郁郁葱葱。眼下应该是雨季，硬毛须芒草和菅草汇成连天的浓绿。数百万只红嘴奎利亚雀和燕鸥在蓝天下盘旋俯升，大笔书写着跳荡的生命旋律。角马和瞪羚撒满了草原，它们吃着草，悠闲地甩着尾巴，不在意时刻相随的死神。天边闪烁着青色的闪电，乌云从地平线上漫卷而来。

根据渡船主电脑的搜索，那个时空节点就在附近，误差域为 24 小时 ×3 千米。也就是说，至迟到明晚此时，一道闪电将点燃附近一株大树，而坠落凡尘的天火也将同时照亮某个野人的蒙昧心智。

时间渡船停泊已毕，船身半隐在高大的禾草丛中。附近有五棵扇椰子树，成五边形排列，这是一个明显的地标。我关闭了动力，回头说：

“大卫，说吧。我该怎么做。”

我绝不会放弃救活他的希望。我想尽快完成他的这桩心愿后赶紧返回，找到一个合适的时空为他治病。大卫示意我把生活背包给他。他喘息着，找出那柄掌中宝激光枪，托在手中，目光苍凉地看着它。

“夏娲，难为你了。我知道你的天性不适合干这种事。但我太衰弱……”

我打断他：“没关系，我有勇气干这件事。问题在你这边。你真觉得它是正当的吗？你真能狠下心这样干？”

他久久沉默，脸上笼罩着死亡的黑气。“我个人已经做出了决定，但这个决定应该由我们两人共同做出。”他说。

我干脆地说：“我没问题。我听你的。那我就去了。”

我把他在后座上尽量安置妥当，把食物和饮水放到他手边，又开启了渡船外壳的低压电防护系统。我自己带上一天的食物和饮水，但想了想又留下了，尽量给大卫多留一些吧。在外边总能找到食物和饮水的。虽然我这次外出不会有危险，但凡事还是稳妥为好。我带上睡袋、手电、打火机、袖珍望远镜、猎刀，把掌中宝掖在怀里。临走想了想，把那个球状全息相机也带上了，在等待时空节点的闲暇中，我满可以欣赏欣赏儿子的小模样。准备妥当，我俯下身吻吻丈夫，轻声说：

“我走了。你安心休息，千万不要出去。”

大卫没有说话，一只手轻轻拉我，拉我到他身边……我明白了他的意思，轻声问：

“你想要我？大卫，你的身体……”

但我知道他的想法。他对自己的痊愈已经不抱希望；或者说他早已心死，根本不在乎肉体的存活。他想在告别人生前同我多来几番温存。也许他有不祥的预感，在分手前想留下妻子的体温。我理解他。我随即除下外出的行头，脱掉衣服，帮他宽衣解带，然后两个赤裸的身体紧紧贴在一起。他瘦骨嶙峋的身体让我心疼如绞……不过大卫只是安静地抱我一会儿，然后吻吻我，喘息着说：

“去吧。先把正事干完。我们以后的时间多着呢。”

我从他的话中触摸到入骨的悲怆——他的余生可不多了，但他已经无事可做，所以才说“时间多着呢”。我笑着打岔：

“不，你马上就该忙了——儿子七个月后就出生啦。”

我找到十几枚秃鹳和奎利亚雀的鸟蛋对付了晚饭，然后爬到一株金合欢的树杈上观察。乌云已经差不多布满天空，夕阳的光剑努力穿过云缝。暮色苍茫。草原中充盈着舒缓强劲的生命律动。一头猎豹扬着尾巴飞奔，不过我觉得它的身形比150万年后的后代要粗壮一些，奔跑的姿势也不如后代们飘逸。猎豹捕到一只瞪羚，但立即引来了草原的强盗鬣狗。猎豹胆怯地退却了，强盗们快意地大吃大嚼。十几只秃鹫扑打着翅膀缓缓落下来，等着享用鬣狗们的残肴。更远处一只雄狮也闻到了血腥，它鬃毛怒张，急速向这边跑来……就在这时，我看到了他们。

这是一个直立人家族，在暮色中分开草丛向这边走来，有30人左右。我调好望远镜焦距，镜头首先罩住了家族的头领。这是个45岁左右的男人（或者直立人的面容比现代人要老一些），全身赤裸，身体强健，须发蓬乱，披一身肮脏的黑色体毛。他走路的姿势已经同现代人没什么差别，面容的差别则要大一些，两颊多毛，额部明显低平，眉骨突出。他手里拎着一根木棍，一端是削尖的。对这点我没有惊奇，我知道此时的直立人已经能制造精美的石斧和其他工具。后边有几个中年男人或年轻男人。其他都是女人和半大孩子，女人身上背着不多的杂物。队伍中好像没有老人。

我把望远镜倍数放大，又打开夜视功能，对准男首领的眼睛。我知道人或动物的目光最能反映他（它）的智力层次，但这次我没能得出肯定的判断。他的目光中没有死板、愚鲁、残忍这类属性，但也看不到灵智的闪耀，就这么平平淡淡的目光，在夜视功能下幽幽闪亮，随着他的行走，在暮色中拉出一道跳荡的水平绿线。他们走近了，食草动物们警觉地盯着他们，连狮群和鬣狗群也怀着相当的戒心。看来这群直立人已经是此地常见的风景，动物们也承认他们属于草原的强者。

而且，这一小群直立人很快就要接过上帝恩赐的天火，开启智慧的大门，最后成为各色人种的共同先祖，成为地球的主人。

他们经过我所在的金合欢树，又走过一片刺槐丛，消失了。但我知道他们还会回来的——在闪电点燃某一株树木之后。我的任务就是在此守候那位率先盗取天火的人。

我打开对讲机。在静电的丝丝声中听到大卫的微弱声音："你好夏娲。"

"大卫，我看到那个直立人族群了，一共 31 人。我有个直觉，盗火者应该是那个男头领。我在这里等他。"

"好的。"

"你吃过了吗？"

"吃了一点儿。我这边你不用操心。"

"好的。吻你。"停停我说，"大卫，如果你改变了决定，请在第一时间通知我。"

"一定。"我能感觉到他在那边缓缓摇头，"但我不会变的。"

几只高大的长颈鹿悠闲地甩着尾巴，走近我身下的这株金合欢，伸着长舌在尖刺中卷吃树叶。其中一只发现了我，小脑袋从枝叶中伸过来，用温顺的目光好奇地盯着我。我拍拍它的脑袋，它受了惊，长颈一甩避开了我，但过一会儿又把脑袋伸过来。我不敢在这儿多停留，闪电肯定要击中附近某棵树，没准就是我身下这棵呢，这一带就属它最高。我爬下树，找到一块儿台地把自己安顿好。为防止蚊虫骚扰，我钻进睡袋，把拉链仔细拉好，只留脑袋在外边。

乌云遮蔽了星月，夜色已重，远方的青色闪电不时把夜景定格。长颈鹿群仍停在原地，它们的身体已经隐入夜幕，但青光映出几支晃动的长颈，与不动的树干混杂在一起。在闪电击中那棵树之前我无事可干，但我心绪烦乱，此刻也无法入睡。我想到那台全息相机，便掏出来，按下开关。立时小球周围形成了明亮的激光网。因为我自身也在光团之内，图像不好分辨。我把小球放远点。现在看清了，那是一位正在分娩的产妇——当然是我。她屈腿躺在产床上，肌肉紧绷，低声呻吟着。可能有点儿难产，因为一双拿着产钳的手伸进图面里。又过了几分钟，产钳夹着一个浑身血污的肉团团出来。他被交给另一双手倒拎着，哭出了嘹亮的第一声。

这就是我的儿子，我和大卫的儿子。我的喉咙发哽，胸膛被堵上一块柔韧之物。相机的激光照亮了一个小区域，儿子的身体轻盈地浮在绿草之波上，像是驭空飞翔的小天使。我想起了刚才那个直立人族群，他们是人类的先祖。百万年来无数的小生命通过无数的产门来到世上，组成了绵亘不绝的血脉之河、生命之链。而我七个月后也将参与其中，尽到女性的责任。

此刻心绪烦乱，不是欣赏小可爱的时候。我长叹一声关上相机，开始思索大卫要我干的事。他想让我杀死直立人中第一个用火者，从而斩断（至少是推迟）人类智慧的进化之路。这个决定疯狂而荒诞，但我理解丈夫的心理脉络。他曾是科学教的虔诚信徒并为此燃尽才智。这一代科学精英们成就了科学的“暴胀”，在那段欢乐的日子里，似乎自由王国伸手可及。可是——忽然一切都失控了。不是个别的失控，而是全面的失控。纳米技术引发了高科技时代的黑死病，基因技术引发了普遍的基因错乱，亚洲新一代粒子对撞机造成了一个微型黑洞，如今正在疯狂吞食着地球的肌体，逼得我们不得不逃亡……于是像丈夫这样的科技精英们产生了强烈的幻灭感和负罪感。他要在临终前赎罪，甚至不惜让人类回到发明用火前的蒙昧时代——而且他有这个能力的，因为他正好握有一艘高科技的时间机器。

作为他的爱妻，我愿意帮他实现这个心愿。当然我肯定不会杀人，我也不相信这样干就能斩断那条命定之路。但——我相信，在这个关键的时空节点施加一点儿干扰不是坏事，我祈盼它能多少弱化 150 万年后的社会爆炸。

我会完成丈夫的托付，但在这件事上我俩其实只是同路人。

我努力抚平了烦乱的思绪，沉沉睡去。

狂暴的雷声把我惊醒，眩目的蛇形闪电连接着天和地。透过青光我能看见金合欢的树干，看见几只慌乱摆动着的长颈。暴雨随即扑来，把世界淹没在狂乱的雨声中。我知道那个时刻快来了，就坐起身，从睡袋中掏出雨帽带上，注意观察。凌晨，随着卡查查一声炸响，一道闪电击中一棵巨树，正是我曾爬过的那株。巨树从中腰处被劈断，缓缓落到地上，激起一声闷响。青光中看见几只长颈鹿疯狂地逃窜。倒在地上的树冠熊熊燃烧，即使暴雨也不能浇灭它。

暴雨过去了，天光渐渐放亮。那株巨树的残骸上仍有余火，浓重的白烟直直上升，到一定高度后被水平风吹散。我钻出睡袋向那边走去，很快闻到了烤肉的香味掺杂着焦煳味。火堆中露出长颈鹿的一只后肢，它肯定是被倒下的树干压住又被大火烧死了。我忽然发现在远处，在熹微的晨光中，那个直立人族群正急急向这边跑来。也许他们的嗅觉更灵敏，在几里之外就闻到了烤肉的味道？我迅速藏到一丛刺槐后，观察着他们。

那个族群看到了长颈鹿的尸体，高兴得尖叫着。显然他们不是第一次经历这样的幸运，他们没有耽误，立即围着尸体忙碌起来。女人们先用石刀割下小块的熟肉给孩子们，小家伙们兴奋地狼吞虎咽。男人们用石刀熟练地分割尸体，割开厚厚的鹿皮，割断坚韧的肌腱，把尸体分割成一人能够扛动的小块儿。虽然工具只是石器，但他们的工作相当快速。太阳升起时尸体分割已毕，族人们扛上猎物，结队离开了。这当儿周围聚集了一群鬣狗，但它们没敢靠前。可能是怕火，也可能对直立人有惧意，只是在圈外狺狺吠着。

这个族群离开了，鬣狗们向火堆围拢，准备享受残肴。这么说，并没有发生那件改变历史的大事，我不免感到困惑……但我忽然发现有两人匆匆返回，一人放下背负的鹿肉，用带尖的木棍赶走鬣狗。另一人是那位男头领，他也放下背负的鹿肉，盯着那堆余火，慢慢靠近。我的位置正在他的对面，中间隔着火堆。我悄悄端平望远镜，镜野中看到火苗在那双眼睛中跳荡，使原本平淡的目光平添几分灵气。他犹豫着，欲进又停，欲停又进。他的基因中镌刻着对火的顽固恐惧，灵智中却萌生了对火的强烈渴望，两者正在激烈交锋。最终，新启的灵智战胜了古老的基因。他慢慢伸出多毛的手臂，试探着，小心地抓起一根前端燃烧的树枝，把它从火中抽出来。他把树枝擎得远远的，盯着前端的火舌，目光中仍有驱不净的恐惧。但无论如何他没有扔掉它，而是牢牢擎着。

另一个男人此时也忘了驱赶鬣狗，呆呆地立着，紧盯着他手中的火，目光中有更浓的惧意。

于是，在此时此刻，人类的新时代之门悄然地开启了。

我叹口气，悄悄掏出激光枪，瞄准他擎火把的右手，一个小红点在他右腕上跳动。大卫说只有杀了他，才能“有效地”斩断这条路（连他也没说能“彻底斩断”）。但我不会杀他的。大卫想让人类抛弃科学完全回归自然，甚至回归到发明用火之前的自然状态，但他却是使用断然的科学手段来实现它，这样的干涉合乎自然吗？我摇摇头，放弃了脑中这场驳难。这是一个悖论陷阱，甭想摸到底儿的，还不如跳出来干点直观的事。我把激光枪调到弱档，按下扳机，一束激光脉冲破空而去。这束脉冲足以在他腕部烧出一个焦斑，但不会造成更大的伤害。他痛楚地狂嗥一声，往我这边瞥了一眼，扔下火把转身就逃。另一人跟着他撒腿逃跑，连地上的两大坨鹿肉也忘了捡起。

那根脱离了火堆的树枝又烧一会儿，火舌逐渐变小，最后变为白烟。

于是，那扇刚刚打开的新时代之门又極極地关闭了。这次灼伤会给盗火者留下痛苦的记忆，甚至被他认为是上天的惩罚。也许他今生不敢再“玩火”，也许在一段时间后他会恢复勇气再度尝试……不管怎样，反正我已经对这个时空节点施加了干扰，可以对丈夫交待了。也但愿它能弱化 150 万年后那场劫难。

鬣狗们又猜猜着靠近。我的任务已顺利完成，便带上随身用品返回。我一边信步走着，一边想着如何把这件事（我没杀死盗火者）对丈夫说圆。沉思中我回到了出发地，但是——眼前为什么没有我们的时空渡船？我仔细看看周围的方位，没有错，正是这儿，那五株扇椰树就在近边。我打开对讲机呼唤丈夫，但对讲机中悄无声息。须知它的作用范围是 100 千米啊，莫非丈夫驾渡船离开了这片时空，独独把我抛下？不，大卫决不会这样做的，以他衰弱的体力，他也没有理由这么做。

我在附近寻找，很快找到了我离开时留下的脚印。是穿鞋的脚印，所以只可能是我留下的，绝不会是那些光脚的直立人。但在脚印的尽头，在那本应停着一辆时空渡船的地方却空无一物，甚至没有留下任何迹象，比如压断的树枝，地上留下的压痕等。我反复呼唤，对讲机里仍然是人的沉默。这沉默一点点放大我内心深处的恐惧。我焦急地呼唤着：

“大卫，大卫，你在哪里？”

——忽然之间我全明白了。我的世界瞬时坍塌了。

二　大卫

妻子走后，大卫勉强吃点东西就睡了。这一觉睡了很久，但一直睡不安稳。思潮在睡眠之河中暗暗涌动。他要妻子做的事是对他40年信仰的决绝反叛，那么他这样做对吗？……浅睡中他感觉到电闪雷鸣，感受到狂暴的雨柱拍打着船身，也感觉到一道闪电击中了附近的树木。这么说，那个时空节点应该快到了。

他想走出梦境，用对讲机向妻子问问情况。但他的体力实在太弱，意识指挥不动肢体。一直到朝阳初升时他才真正醒来。他打开对讲机呼唤妻子，但没有回应。那么，也许那位盗火者已经到了火堆现场，夏娲此刻不便回话。她看到对讲机的信号，过一会儿就会主动回话的。

但他等了很久也没回音。他忍不住，又呼唤了几次，仍然没有回音。虽然从理智上判断不会出事，但下意识中一个小警灯开始悄悄闪亮。他强撑病体坐起来，从环形观察窗向外看。天气已经大晴，天蓝得通透，几朵羽状白云悠然飘荡着。渡船旁边是那五株扇椰子树，在斜射的阳光下似乎显得更加高大。夏娲说这是一个非常明显的地标，所以她不大可能迷路。但大卫巡视一周后有点儿困惑——周围好像没有被闪电击中的树，因为视野中没有余火的烟柱。那么，昨晚他在恍惚中感觉到的纯粹是梦景？

外出的妻子带着一整套高科技的行头，肯定不会出危险的——但正是这一点让他困惑。因为那件高性能的对讲机肯定不会出故障，在关机状态也有提醒功能。那么，妻子为什么迟迟不通话？

他的忧思被暂时打断，因为在左前方草丛中忽然出现两个直立人，手中各握着一根带尖木棍。他们显然是直冲着这儿来的，走得很快，边走边向这边指指戳戳。大卫机敏地悟到是怎么回事：是阳光，阳光在渡船的金属外壳上反射，方位正指向那个方向。他们一定是远远发现了草丛中的奇怪闪光，于是过来一探究竟。昨晚妻子说她发现了一个直立人小族群，这两人应该就是其成员吧。两人很快走近，走到大约 20 米外时放慢了脚步，警惕地盯着这边，手持尖棍一步一步地逼近。渡船的窗户是单向透光，他们看不清里面，但大卫能清楚地看到他们：扁平的额部，突出的眉脊，赤裸的身体披覆着肮脏的黑色体毛，但比起黑猩猩来要稀疏。这正是人类在 150 万年前的尊容。

大卫静静地观察着。那两人绕着时空渡船转了几圈，对这个从没见过的大个头物件十分好奇，当然也夹着惧意。一个人用棍子捅捅渡船，见没有动静，便大着胆子把手慢慢伸过来。大卫屏息等待着那一刻——“砰”的一声，那人被低压电流打倒。他尖叫着，左手护着受伤的右手，连滚带爬地逃离此处。另一个人也慌乱地逃离。

大卫想他们肯定会头也不回地逃走，永远不敢再回到这儿来。但他想错了。那两人没逃多远就停下脚步，心有不甘地回头望着这边，激烈地比画着，讨论了很久。大卫轻轻摇头，看来这俩扁平脑壳尽管脑容量不足，也有很强的好奇心啊。没错，好奇心——这正是人类的强大本性之一，有了它，人类才敢“玩火”。大卫不再关心他们，拿起对讲机重新呼唤妻子，仍然没有回音。这时他听到尖利的连绵不绝的啸声，是一个野人发出的，他把手指含在嘴中，鼓着腮帮用力吹。没有多久，天边出现一群人影，约有二三十人，大步向这边跑来。他们走近了，早先的两人迎上去，比画着什么，向这边指指点点。然后他们合为一队走向这边。

大卫忽然震惊地屏住呼吸，瞪大眼睛——走在人群最前边的、首领模样的人是一个近 50 岁的男人。但他的形貌与别的直立人截然不同！首先他身上没有体毛。皮肤黝黑光滑，仅在胸部和裆部有黑色体毛，与现代人完全一样。他走近了，能看清他脸上也没有毛，而且额部饱满，眉脊不突出，完全是现代人的标准形貌。大卫仔细观察，甚至能从他的体貌中分辨出白种人的特征：眼窝较深，高鼻梁，蓝色瞳仁。但他披散的头发是黑色，鼻梁挺直而不高，这一般是亚裔的特征。尽管他皮肤黝黑，但没有黑人的典型特征，比如卷发、厚嘴唇和翘起的臀部。大卫非常奇怪，150 万年前的直立人中怎么会有这么一个突变，一个异类？也许现代人（更可能是白色人种和黄色人种）的血脉之河正是从这儿流出来的？

大卫隔着单向玻璃近距离观察他。那人看不到里边，但他一直努力向里看，一边保持着身体不与渡船接触，显然头前的两人已经向首领说明白了这个危险。从这个迹象看，这个直立人族群的语言已经进化到了一定程度。那人的眼睛近在咫尺，蓝色眸子显得机警而威严，闪烁着智慧的光芒。大卫苦笑着想，多半此人就是那个盗火者吧。他不该让妻子把激光枪拿走的。目标已经自己找上门啦，这会儿打开窗户给他一枪，自己的事就办完了。

但渡船里没有其他武器，他只能老老实实待着。

那人绕着渡船观察，大卫也随着他转动身体。忽然一声响，是他不小心把妻子放在手边的食物碰掉地上了。外面众人的听力很敏锐，都同时听到了这声轻响，齐齐向后跃出。跃到安全位置后他们才回过头，惊慌地盯着渡船。众人中没有那个首领，原来他离渡船太近，转身跃回时一只手不小心碰上船身，被低压电流打倒了，而且打得较重，此刻正在地上抽搐。其他人赶忙跑过来，把他拖到安全位置。

众人恐惧地盯着这个会咬人的魔物。首领被扶起来后也盯着这边，目光中有恐惧，但更多是狂怒。他在盛怒中做出了决定，一阵尖锐的喝叫之后，人群立即动起来。一人快步离开，沿来路返回。其他人开始拔草折树枝，收拢后堆到渡船旁。首领本人也怒冲冲地干着，他体态剽悍，又带着情绪，干得比别人更快。大卫有点奇怪，他们在干什么？要用草叶树枝把渡船埋起来么？不久，地平线上又出现了人影，这次是多达百十人的长队。肯定是刚才那个信使唤来的。无疑这个部落非常强大，妻子说它有 31 人，那她只看到了一部分。他们走近了，每人腋下都夹着一捆树枝或草。抵达这里后他们也把柴草堆到渡船周围。柴堆的高度已经半掩了渡船的窗户。然后所有人都望着来路的方向，等待着。

按说大卫已经能猜到他们的打算了，但由于思维的惯性——认为此刻的直立人还没有学会用火——大卫竟然没想到那个最明显的答案。他陪这些野人折腾这么久，体力已经难以支持。但眼前的事总该见到答案吧，他凝聚意志坚持观察着。忽然他奇怪地发现，“朝阳”正在慢慢落下——原来那其实是“夕阳”啊。自己的一觉竟然睡了一夜再加一整天？不该有这么久的，这让他心中隐隐觉得不踏实，那盏小警灯又开始闪亮。

暮色渐渐降临，渡船外的众人忽然有一波喜悦的骚动，很多人指着来路的方向。大卫也极目望去，忽然再次震惊了。他发现暮色中出现一个光点，它晃动着向这边趋近。现在能看清了，那是一支火把！火把的光芒照出了三个人的身影，都像是女性，两个年轻的扶着一位年老的。老人相当老迈，步履艰难，所以她们走得很慢。

火把？所谓人类“第一次用火”的时空节点之前竟然有了火把！看到火把，大卫不由得苦笑着自嘲：傻瓜，你这个反应迟钝的傻瓜，直到这时你才知道这些扁平脑壳们是在忙乎什么——在为这个胆敢咬人的魔物准备一场严厉的火刑。要知道他们已经有了“高科技”的火，拥有了世上最强大的魔力。他们要动用神火把魔物烧死，惩罚它竟敢对人类的王者不敬。

大卫苦笑着想，人类的天性倒是一脉相传的，刚学会用火才几天就有了足够的霸气。自己何尝不是如此？这十几年他志得意满，以为自己能把自然玩弄于股掌之中。相比之下，这群扁平脑壳至少对“火”还保持着敬畏。刚才大群人马来时没顺便把火种带来，而是捺住性子等这位步履蹒跚的老妇人，足见他们对火的尊崇。老妇人很可能是部族的女巫，只有她才掌管着用火的权柄。当然这场火刑很可笑，高科技的时间渡船可不怕温和的柴草之火。那就耐心等下去吧，等着这些野人离开后再设法和妻子联系。大卫静下心来，等着擎火把的三个妇人走近。

忽然——真正的震惊降临了。

三　夏娲

就在这一刹那我明白了，我的世界瞬时坍塌了。

大卫和我都太糊涂，主要怪我们这次的时空穿梭太仓促，没把事情想透。我们来到这个时空节点，想施加干涉以影响 150 万年后的世界。我们想当然地认为，这种作用不会影响到“已经处于本时空”的时空渡船。但我们错了。时空渡船虽然处于本时空，但它的根儿是扎在 150 万年后。所以，此处的扰动将会经过 150 万年的两次传递再作用到时间渡船上。这么着，我昨晚射出的那束激光足以让这艘渡船飘移到恐龙时代，或干脆漂到外星球——但为什么我还在这儿？我为什么会留下一串脚印但却在某处突然中断？

打住。夏娲你甭想弄懂这些。时空穿梭本来就建立在深刻的keyword上。而且，夏娲，夏娲，我在心中苦声唤着，你没有时间陷入玄虚的驳难。你还有远为迫切的事要干哩。

我的孩子。

此前我虽然和大卫万年迢迢来到这蛮荒世界，但心理上并未对此看得太重。我们就像是去非洲荒原上观看野生动物的阔佬，身后有一根粗壮的链条连着文明世界。现在这根粗壮的链条忽然断了，不，完全消失了，甚至连带抹去了我的丈夫。只剩一个 26 岁的、高科技时代滋养的精致女人，孤身留在 150 万前的蛮荒世界——不，如果真是孤身一人倒好办了，大不了一死而已。但现在是 1.3 个人！还有一个仨月的胎儿！

荒野的神灵，你救救我吧，不要让一个年轻女人在绝望中疯狂。

我没有疯。我没那个资格。我的慌乱只延续了半个小时，也许只有 10 分钟。然后旧日的我訇然溃散，一个赤裸的女野人从旧壳中走出来。旧日的我——我生长于斯的高科技世界，文明崩溃后的悲怆，我对那个世界的责任，我对重病丈夫的心疼和俯就，乃至我对美食、音乐、首饰和时装的眷恋，我对自身美貌的自恋……如此等等的一切都在刹那间崩碎。现在这个女野人的精神世界中只剩下三个字：活下去。

为了自己，更为了孩子。

我在刹那间建立的目标甚至比这更深远。我身边带有一整套能使用 50 年的高科技行头，它们并未随时间渡船一同消失。凭着它们，在荒野中生存下来并把孩子养大并非难事。但此后呢？等待丈夫的搭救？我绝不能寄望于这个肥皂泡。那么等我死后，孩子将孤身一人？他与谁结婚生子？当他在绝对的孤独中疯狂时，有什么能让他借以逃离的东西，诸如责任、亲情和爱情？

答案非常明显：唯一的希望就在那个直立人族群。尽管他们身上有黑色长毛，他们额部扁平脑容量不足，他们眉脊突出脸上长毛，他们粗野污秽，但至少他们的血缘与我是相通的。我只有（带着腹中的孩子）设法融入这个野人族群。命运对我毕竟还算仁慈，在壁立千仞的绝望中还留下这么一个小小的出口。我只能以感恩的心接受它。

朝阳升起时我已经彻底完成了蜕变与新生。我最后一次用对讲机呼唤，仍然没有声音。便毫不怜惜地抛弃了它，我绝不容许自己再把时间浪费在虚无的希望上。我狠心抛弃的还有其他用具：激光枪、望远镜、猎刀、睡袋……做出这个决定的是直觉而不是理智。理智告诉我应该保留这些极为宝贵的用具和武器，它们可以大大增加我的生存概率，且不说能助我在野人族群中占据王者之位。但直觉告诉我，在一个蒙昧族群中使用这些东西是反自然的，鲁莽的，它可能带来无法预见的潜在危险。比如说，如果族群习惯于依赖这些神物，而它们却不可避免地耗尽能量，那时该怎么办？凭我一人之力，我肯定没有能力让一个蒙昧种族一夕之间跃升为智人，只好让自己（和孩子）向下沉沦以适应它。

扔掉这些东西后我又脱去衣服，全部脱光。生活在野人群中不需要衣服，这样才能抹平我与野人们的鸿沟。虽然想起从此要永别这些“女人之爱”，难免心中作疼，但我没有任何犹豫。记得一位成功的野生动物学家说，要想和野生动物真正贴合，你只有像它们那样四肢走路，像它们那样撕扯食物，像它们那样赤身裸体。虽然我将面对的是野人而不是野兽，我还是照他说的去做吧。只是在脱鞋时我犹豫了，不过只是因为实用主义的原因：我未经磨炼的嫩脚板肯定受不住荒原的坎坷荆棘。但没有办法啊，我不愿把这个“古里古怪”的玩意儿带进那个光脚的族群。而且说白了我没有第二双鞋子和第二身衣服，早晚得走这一步。晚走不如早走。

衣服脱光了，我看着自己白皙光滑的胴体苦笑。它漂亮而精致，但一点儿不实用，我倒是希望进化之神能让我重新生出御寒的体毛，那就谢天谢地了。

没舍弃的只有两件：打火机和全息相机。打火机在我随后准备实施的计划中有特定的用处；全息相机是我同丈夫和儿子唯一的羁绊（我是指原时空中那个水晶雕像般精致的儿子，而不是今后的小野人）。我从内衣上撕下一块布把二者仔细包好，用裙带斜挂在胯部。这对野人们来说仍是“古里古怪”的东西，但让我保留这唯一的奢侈吧。

新生的夏娲在那堆灰烬前等待。我抱着微弱的希望，希望那个野人首领（为方便计，以后叫他野亚当吧）还没有完全死心，还会再来火堆旁看看。至于他来后该怎么办，我已经有了周密的腹案。如果他不来，我再去找他也不晚。

谢天谢地，我的估计没有错。野亚当又来了，而且这回只有一人、估计他是有意独自前来，不想在部众面前重现昨天的狼狈。他能在一夜之间克服恐惧只身前来，我不由佩服他的勇气。显然他对昨晚的受伤心有余悸，离火堆很远就站住了，警觉地睃着四周。我这次没有躲藏，从树干后主动现身，在脸上堆出“最雌性”的笑容。

野亚当惊愕地发现了我，一个无毛的、皮肤白皙、形貌妖异的雌性。他立时收住脚步，紧握木棍，把棍尖对准我。我估计昨晚他受到枪击时可能瞥见了我，所以他目光中有浓重的敌意。我对他的敌意坚持报以友好的笑容，并在笑容中尽可能加进柔媚。他紧紧盯着我，但我拿不准自己在他的眼中是什么形象，是一个比女野人性感漂亮的异性，还是一个讨厌的白化病人。

不管怎样，我一直坚决地笑着，但他的敌意似乎没有减弱。不过不要紧，我还另有招数呢。我向他招招手，向火堆走两步。他没动。我再招招手，再向火堆走两步。然后我俯下身，把整个后背留给他。这意味着对他的信任，陌生的野人之间绝不会这样做的。

我在火堆旁鼓捣了好久。他终于耐不住好奇心，向这边走了两步，伸长脖子向前看，但棍尖仍警惕地朝向我。等把他的好奇心撩拨到足够程度，我站起来，回过身，满面欢笑，手中擎着……一束枯枝，火苗在枯枝前端欢快的跳跃。

野亚当呆住了，目中顿时消去敌意，代之以敬畏和欣喜。他紧紧盯着我手中的火焰。

我笑容可掬，把火把递过去。他立即后退一步，反倒恢复了戒心。我知道自己做错了，有点操之过急，更不该把这事弄得像是对他的恩赐。我应该设法把这个赠予弄得更自然一些，熨平他雄性的自尊心。于是我让擎火把的右手抖一下，火把歪了，燎着了我的左肘。我惊呼一声扔掉火把。它落在地上，与雨后的湿地接触，发出轻微的丝丝声，火焰慢慢变弱。我佯作惊慌地盯着它，同时用眼角的余光罩着野亚当，揣摸着他会不会抢救火把。如果他一直不动手，火焰熄灭前我将不得不拾起它……在火焰快要变成白烟前，他终于弯下腰，小心地拾起火把。脱离了湿地的火焰立即熊熊地燃起来。

他傻笑地擎着那团火焰。我也咯咯傻笑着，拿崇拜的目光看着他，心中则轻松地叹息一声。此时此刻，新时代之门在因我的干扰而关闭之后重新开启了。历史之河稍稍走了一点弯路，但很快裁弯取直，撂下一个小小的弓形湖。我不由想起大卫，有点心酸。他借助时空渡船打算抹去这个时空节点，我帮他实现了。但我随后又把“该得的火”还给野亚当，抹去这段人为干涉，恢复了历史的原貌。

也不全是原貌——这团火并非来自于天火，不是那堆灰烬的复燃，因为那个火堆已经熄透了。这团火是我躲开了野亚当的眼睛，用打火机点燃的。

但我对大卫没有愧疚。我这样做是为了孩子，我们两人的孩子。一个母亲为孩子而做的任何事情都是天然正确的。大卫对科技的突然反叛，突然萌生的回归自然愿望，都是偏于概念化的东西，当它们与现实的顽石相撞后肯定会碰得粉碎。什么是现实？现实就是我们母子如今生活在野人群中。我想让儿子吃熟肉，想让他在晚上睡觉时有一个防御猛兽的火堆。就这么简单。但这个简单的需求又无比强大，强大得足以撞碎一切理性的阻挡。我们会牢牢守着这堆火，一代一代活下去，哪怕它会带来150万年后的社会爆炸。

我小心地盯着野亚当擎着的火把。尽管在“原历史”中正是野亚当开辟了用火进程，我还是担心他缺少经验而使火把熄灭。我从火堆中捡了几支大小合适的焦枝，递给他。这次他顺顺当当地接受了，把它们并在原来的树枝上，火焰立即大大加强。他那未脱蒙昧的心智充分理解了这团火的重要，随手扔掉那根带尖木棍，用双手虔诚地擎着火把，转身回家。我自然不会瞎等男士的邀请，便拾起他扔掉的尖棍，又搜集一抱焦枝，很家常地跟在他后边。他斜眼看看我，没有什么表示，仍小心翼翼地捧着火把前行。

我心中一阵轻松，知道自己已经被他接纳了。

我的赤脚实在难以对付荒原的荆棘。尽管我咬牙忍疼，仍不免一瘸一拐，落在野亚当的后面。那个脑容量不足的家伙竟然有足够的细心，注意到了我的落后，便停下脚步等我。我匆匆赶上时，他正不耐烦地倒换着脚步。看来他急于在族人面前展示手中的神物，不过还是强捺着性子等我。就在这时，我心中突然涌出大潮般的感激之情。

族群的家原来安在刺槐丛边，只是一片被踏平的草丛，背对着绵亘不绝的刺槐。男人睡外边，女人和孩子睡里边。这当然是为了防御野兽。“家”的最里边堆着昨晚运回的鹿肉。今天可能因为首领不在，食物也足够，所以他们全部在家，没有出去觅食。这会儿大家看见首领回来——而且手中捧着可怕的火焰！身后还跟着一个形貌诡异的白色妖孽！所有人都跳起来，惊惧地盯着两件凶物。野亚当走进人群，努力讲说着，不知道是在讲“火焰”还是在讲我。那是一种不连贯的语言，带着弹舌音和吸气音，基本为单音节。他说了很久，但族众依旧茫然。这不奇怪，此时的语言中肯定没有“火”的概念，不好讲清楚的。

我尴尬地站在人群之外。族众看我的目光饱含敌意，特别是那些中年女人。但我早就筹谋好该怎样化解它。我默默走到一旁，把怀中抱的焦枝架成圆锥形，让其中央是空的。在我干这件事时，周围没有声音，但我感觉到 30 双灼热的目光烙在我的后背上。焦枝架好了，我走近野亚当，讨好地笑着，向他讨要那束火把。野亚当困惑地看着我，犹豫着。但他一定想到最初是我把火焰驯服的，便不大情愿地交给我。我把火把塞到焦枝堆中，火焰在树枝缝隙中试探地舔着，腾跃着，轰然一声大烧起来。野人们慌乱后退，有小孩在害怕地尖叫，可能是火花迸到身上了。我默默走过人群，去里侧取过一块带骨的腿肉，又走回来，放在火焰上烤着。族众又慢慢围上来，个个屏住气息，盯着我的手。

肉很快烤熟了，香气四溢。我走过去，把熟肉献给野亚当。他定定地盯着这块肉，很久不接。我保持着笑容，一动不动地举着它。终于他接过来，咬了一大口，立即露出狂喜的表情。他想了想，把肉撕开，分给几个小野人，小野人们立即大口吞吃，个个欣喜若狂。

野亚当抱着几块肉过来，交给我，自然是让我继续烤肉。族众的目光不再带有敌意，而是转为期盼。我轻松地想，整个族群已经接纳我了。

夜里我睡在人群外侧，最接近火堆的地方。我毕竟一时难以适应命运的陡变，再加上还要照顾火堆，所以彻夜难眠。族众都睡得很熟，但我起身添火时，只要稍有动静，立时有七八个脑袋仰起，七八双目光警醒地打量着四周，这中间肯定有一双目光是野亚当的。天已经大晴，河汉低垂，繁星如豆。荒野沉浸在森冷的静谧中，偶有一声鸟啼狮吼也打不破它。极目所至是无尽的黑暗，只有一个小小的金色火堆。火焰跳荡着，小心地舔着夜色。它太微弱了，似乎很快会被黑暗窒息。

但我知道它不会熄灭，它其实比黑暗强大。它会一直烧下去，直到激醒人类的蒙昧——再一直走到22世纪的社会爆炸。

这才是人类史的“自然状态”？是大卫和我曾用时间机器和激光枪中断过的、我又用打火机接续上的自然状态？想起是我一人促成了方向相反的两次大转折，我总觉得啼笑皆非。我想着丈夫，痛苦地思念着他。大卫我违逆了你的意愿，你怨恨我吗？此刻，在我睡在野人群中的第一夜，大卫你随时间渡船漂流到了哪里？

第二天族众照例出去觅食。族群中没有太小的孩子，所以全员出动。我忍着双脚的剧疼也走进队伍中。走前我添足了柴，但我担心火堆坚持不了一天。当然，打火机还在我胯部的布包里，但上次用它点火是在特殊情况下。以后若非万不得已，我不会再重复了。在这个蒙昧族群中，我决心彻底回归自然，抛弃一切“科技之物”。野亚当一定是注意到了我回望火堆的目光，他想了想，把我从队伍中粗鲁地拉出来，指指火堆，吼吼地喊了几声。我顺从地点点头（但愿史前人也知道点头的意思），留下来照看火堆。我不由对野亚当生出钦敬之情。他的扁平脑壳倒也有足够的智力，敏锐地抓住了新时代的关键，那就是——在居住地保持一个不灭的火堆。

这可以说是人类史上最重要的发明，此后，在上百万年漫长的历史中，尽管人类向世界各地扩散，但这始终是各部落不变的传统，在各大洲漫长的暗夜中，一个个小小的火堆守护着人类的文明。

晚上这支队伍拖着长长的身影回来。野亚当给我一只兔子，我想他是让我烤给孩子们吃。我把兔肉烤熟了，交给野亚当。他撕下两条后腿首先给我。我赶忙看看四周的族众，怕他给我的特殊待遇让其他人生妒。但是没有。别人目光漠然，没有赞许也没有敌意，几个孩子不看我手中的后腿肉，只是贪馋地盯着剩下的熟肉。这意味着，这两只后腿肉是“守火堆者”应得的报酬。其实今天我已经用野果鸟蛋填饱了肚子，但我感激地接过它，大口吃起来。

荒野唤醒了我基因中深埋的本能，我在几天内完全习惯了这儿的生活。那个22世纪温室中长大的精致女人完全恢复了野性。我还打算彻底抛弃理智上的清醒（它太痛苦），尽快让心智向下沉沦，达到和那些女野人一样的层次，这对我才是最保险的生活。但在这之前我不得不玩弄一点儿机谋——为我的儿子。七个月后我将生下这个儿子，蓝眼珠，黑发。额部饱满，眉脊低平，浑身无毛，皮肤白皙。他在这个直立人族群中绝对是个形貌妖异的妖孽。这个族群已经接纳了我，还能不能接纳这个婴儿？也许能，也许不能。但我绝不能心存侥幸。我必须未雨绸缪，把儿子置于万全之地。

至于如何办，我苦笑着想，我也早就成竹在胸啦。文明时代的生物学家们说，女人是雌性动物中唯一没有周期性征的，这是一种进化策略。因为人的婴儿过于柔弱，只能靠男人的保护。而最好的作法是让一群男人都以为婴儿是他的后代。女人没有明显的周期性征就易于行使欺骗。

我要趁身孕不明显，加紧实施这样的欺骗。这个族群是群婚制，我会坦然接受它，不过第一个要征服的男人当然是野亚当。那是最合适的人选，有助于我儿子获得较高的社会地位。我这样做其实算不上阴谋，因为其他智力低下的女野人都是这么做的，不过她们是依据本能，而我是依据智慧。所以不妨这样说：何时我能比照她们的水平，使智慧充分萎缩而让本能足够茁壮，我就不必活得这么累了，一切都自然而然地顺流而下了。

也许在上帝的目光中，现代人的精妙心计也不过如此？

我决定今晚就去找野亚当。白天族人们出去觅食，我仍看守火堆。

我从布包里取出全息照相机，打开它。我遗憾地发现，相机中和儿子有关的录相原来就那么一段，可能是丈夫在“偷窥未来”时及时自省，中止了犯罪。我一遍一遍地看着，泪珠在腮边滚落。相机中其他内容都是我和大卫的两人世界。我们在出席高档宴会，我穿着漂亮的晚礼服，裸露的后背如羊脂玉般润泽；大卫揽着我立在高山之巅，脚下翻卷着无边的云海，这应该是在西藏拍的；丈夫为我庆生，鲜艳的奶油花上 25 只蜡烛跳荡着金色的小火苗；然后是我俩一身廉价衣服混在大排档的吃客中，躲在角落里大吃大嚼……

我整整看了一天，不时抹去腮边的泪珠。荒野千里，风吹草低，身边的火堆安静地闷燃着，白烟袅袅上升。十几只鬣狗颠颠地跑来。我不想让它们中断我的观看，就从火堆中抽出一支长枝，做好防卫准备。但鬣狗并没有打扰我。它们被这团变幻的白光迷住了，都蹲在后腿上，痴痴地看着，目光愚鲁而好奇，我甚至感受到了其中的温馨。夕阳沉落在晚霞中，族人们该回来了。我叹息一声，关了相机，随手抛到远处。鬣狗们立即蹿起来，争着叼那个球球，很快跑远了。也许鬣狗们不会咬碎这个玩物吧，那么，也许 150 万年后，某个考古学家能从非洲某处地下挖出它。

但我不能再让它留在胯边的布包里。大卫和野亚当这两个男人不应共处。

夜里，我把火堆上的柴添足，摸到野亚当身边。

七个月后我生下儿子。分娩时刻是白天，仍是我一人在家。没有全息相机上记录的难产，也许这得益于我几个月来在荒野的颠簸。我挣扎着咬断脐带，用早已备好的软草擦干儿子身上的血污，紧紧抱在怀里。我没有麻烦给他起名字，他的一生中用不上这个。令人欣慰的是，也许因为族群已经看惯了我的怪模样，所以平静地接受了这个无毛小怪物。仅在此后野亚当对他明显偏爱时，有些女野人会恼怒地吼叫，然后把邪火撒到我和孩子的头上。不过这样的小小恶行是可以理解的，我会护着儿子，与她们凶恶地对吼，但从没放心里去。

我的儿子出生在一个错误的时间。其他女野人由于本能的指引，都是在旱季怀孕雨季分娩，这样母子容易获得充足的食物。我的儿子却赶在旱季前出生，偏又赶上一个特别漫长的旱季。在整个严酷的旱季里，这个小生命一直在同死神搏斗。族群中的男人们，尤其是野亚当，为了帮我们母子找食物真是累惨了。当然这并非出于高尚而是出于自私本能，以他们的智力，认识不到这个无毛的白色小怪物不是自己的血脉。但……其实这种自私就是高尚，是这些蒙昧心灵中最闪亮的东西。我对他们满怀感恩之心。

母子俩终于熬到第一场雨水来临，绿草和兽群似乎一夜之间忽然冒出来。所有族人都像瞪羚那样蹦跳撒欢，吃饱喝足的儿子格格笑着，而我也学会了像女野人那样狂喜地尖叫。

四　大卫

火把下那三人让大卫经历了真正的震惊。那是三位女性，两个年轻直立人扶着一个 80 岁左右的老妇——大卫在第一刹那的下意识中，正解地没称她为直立人。因为她同刚才那位男性首领一样，明显是现代人的体貌特征，额部饱满，眉脊低平，浑身赤裸，肤色黝黑，没有体毛。她背部佝偻，眼神混浊无光，双乳已经极度萎缩。头上是稀疏的白色乱发，下身围着一条短裙——不，不是短裙，只是一条宽带吊着一个布包，布包明显久经沧桑。她的面部深镌着稠密的皱纹，几乎覆盖了真正的面容。纵然这个老妇与年轻美貌的夏娲没有任何相像之处，大卫还是凭直觉认出了她。他朝对讲机脱口唤道：

“夏娲？夏娲？”

没有回音。对方手中没有对讲机，身上也没有可以装对讲机的地方。但大卫不怀疑自己的判断。他在刹那中猜到真相——妻子受他之托去杀死采天火者，她对本时空的干涉通过150万年的两次反射影响到本时空的时间渡船。影响倒是不大，渡船仍保持在原来的空间位置，只是时间向后漂移了大约50年。他真该死，竟然没提前考虑到这种可能，即使他病入膏肓神思昏沉，这样的愚蠢错误也不可原谅。他回头看看那五棵成五边形排列的扇椰树，没错，它们的相互方位没变，但50年后的树身明显粗大多了，刚才他在下意识中其实已经注意到这一点，只是把它忽略了。还有，难怪他心目中的朝阳变成了落日，现在并非抵达本时空的第二天清晨，而是50年后的某个傍晚。

他再度观察来人。两个年轻女子中，有一个完全是野人体貌，擎火把的另一个则带着现代人和直立人的混血特征。大卫迅速理出了事情的大致脉络：在时空渡船漂移走之后，孤身一人陷在本时空的夏娲不得不加入到直立人族群，艰难地活下来，并带大了他俩的儿子（就是那位想烧死自己的男首领），又和族群中的男人们至少生下一个女儿。这50年来，这个族群可能一直在本地求生；也可能到处迁徙，只是最近刚好转移到这个区域。然后当渡船从时间中凭空而降时，族群成员发现了它。

可怜的夏娲，可怜的儿子。

还有，可怜的大卫。

突然逝去的50年岁月像一条突然结冻的冥河，把大卫的意识冻僵了。他想赶快起身，打开舱门把夏娲（还有她的儿女们）迎上来。但他被魇住了，一动不能动。他看见男首领对老妇说着什么。老妇颤颤巍巍地走过来，浑浊的老眼看清了柴草之下的渡船，立时眼光一亮！但亮光随即转为茫然，她陷入苦苦的思索。大卫推想，也许她萎缩的神智已经忘了时间渡船，仅在记忆深处有一点模糊的印象而已。老妇伸手去摸渡船，儿子赶紧劝止她，但老妇摇摇头，固执地把手伸过来。就在她的指尖快要接触船身时，大卫总算反应过来，一把摁断了低压电防护系统。老妇摸到船身了，安然无恙。男首领愣一会儿，也试探着摸摸，没有事儿。第一个被击中过的男人不相信，小心地伸手摸摸，也没事。一群人欣喜若狂，围着老妇欢呼起来。

无疑，他们认为是老妇的法术显灵了。

老妇围着渡船转，趴在窗户上急切地向里看。单向窗户里，大卫隔着咫尺之距看着她浑浊的眼神，不知道自己该不该出去。在50年的漫长人生中，夏娲显然已把根深深扎在野人社会中了。她严重衰退的心智中恐怕已经没有大卫的存身之地。那么，在她生命之烛将要熄灭的时候，突然强行把她拉出这个熟悉的世界，是不是太残酷？

但老妇分明已经激起比较连贯的记忆。她表情激动，围着渡船蹒跚地转着，摸着。然后她想到什么，吩咐那个混血女人解开她胯部的布包。布包很紧，费了很大时间才解开。所有人都期盼地看着，显然他们从没见过其中的内容。老妇从中取出一个小物件，虔诚地捧在手中，面向渡船，嘴里喃喃说着什么。大卫听不懂，他以为那是野人的语言。但他忽然听懂了，老妇的声调相当怪异，但她分明是在念诵：

“大——卫，我——是——夏——娲。大——卫，我——是——

夏——娲。”

大卫的泪水汹涌而出。他辨清夏娲是在说她的母语。只是 50 年没用过，尤其是没有群体语言环境的自动校正，她的汉语发音已经严重漂移了。

但她在呼唤丈夫。她还记得这个亲切的名字。

她手中的小物件也看清了，是那枚长效的压电式打火机，外表依然铢新闪亮。夏娲在几十年的奔波中保留着它，无疑是作为一种象征，象征着她同逝去世界的联系。至于其他物件估计都已经遗失了吧。到了此刻，大卫大致理清了历史的脉络。50 年前，妻子肯定按丈夫的嘱托杀死了第一个采火者（没有这桩对时空的干涉，时间渡船就不会有漂移）。但她和儿子也因此陷入本时空。此后，为了儿子能吃上熟肉，她肯定又把直立人的用火历史重新接续上了，说不定就是用这支打火机。

所以，那个关键的时空节点并没有改变，最多有短暂的推迟。而且有夏娲做技术指导，直立人的用火进程说不定比原历史还要快一些。

大卫唯有苦笑。他不怪夏娲。要怪只能怪自己的狂妄，妄图借时间机器，单枪匹马就想来改变历史。历史没有改变，唯一的改变是命运之神对他的惩罚，让他在一夜之间失去了妻子的 50 年。

男首领过来，指着渡船同母亲说着什么。老妇也指着渡船说了一会儿。然后首领下令，众人开始把刚才扒散的柴草拢回到渡船上。大卫一时有些困惑，现在这个首领，他的儿子，不会再对时间渡船使用火刑了吧，那他要干什么？忽然大卫明白了。那个首领此刻是在恭顺地执行母亲的意愿。衰老的夏娲肯定已经忘了时间穿梭的概念，她以为渡船是 50 年前的遗留，而丈夫早已逝去。她想为亡夫补行火葬。

大卫的泪水汹涌而下。到了此刻，他已决定不在夏娲前露面了，对夏娲来说这应该是最好的结局吧。虽然此刻他俩近在咫尺，实际已经分处于异相时空，无法相合的，那又何必打乱她余生的平静。她形貌枯槁，这50年肯定饱受磨难；但她受族人尊敬，儿女双全，精神世界应该是丰满的，那就让她留在这里渡过余生吧。至于那位比自己还要大十岁的儿子，也让他留在这个时空里，继续做他的王者吧。

直立人对在荒野放火显然很有经验。男首领把食指在嘴里含一下，又高高举起，判明了风向。他让族人把母亲扶到上风头，从妹妹手里接过火把准备点火。正在这时，老妇高声制止了他。老妇颤颤巍巍地过来，手中擎着那把打火机。大卫知道，她是以这种特殊方式来追念丈夫。老妇一下一下地按着火机，可能手指无力的缘故，打火机很久没打着。她终于打着了，一团橘红色的火焰在薄暮中闪亮。她绕渡船转一圈，在多处点着了柴堆。火焰腾空而起，发出噼噼啪啪的爆裂声。火舌包围了渡船，又顺着风向在草地上一路烧下去，映红了半边夜空。在火舌完全隔断视线之前，大卫见老妇用力扬一下右手，那颗发亮的打火机飞入火堆中。

伴着漫天的野火，火场外的人群疯狂地扭动着身躯，双手向天，齐声吼着一首苍凉激越的挽歌。

大卫长叹一声，按下了渡船的启动键。

第二天，族人出外打猎时经过这里。他们看到烧黑的草地呈三角形扩展到很远，但在最先着火的地方，在厚厚的柴草灰烬中，没有留下任何残骸，那个会咬人的、让女巫奶奶伤心痛哭的魔物，肯定被完全烧化了。

魔环

王晋康

假如生命可以重来

1999年8月20日晚7点

今天是8月20日。

十年来，每到这一天，凌子风的感情世界便有一次势头强劲的回潮。他会陷进那些折磨人的回忆、忏悔和自责中，欲逃不能。吃过晚饭，他开始穿外衣，穿衣时始终躲避着妻子的目光。妻子熟知他的痼习，从未指责过，但也绝不赞成。显然，一个女人不会喜欢同别人分享自己的丈夫，哪怕是死者，哪怕仅在回忆中。

田田发现爸爸想出门，立即笑嘻嘻地拦在门口。他刚刚在布达佩斯参加了“世界少年数学奥林匹克竞赛”，拎回来一块金牌。这几天记者们一直堵着门采访，简直没时间同爸妈亲热。他提醒爸爸，你还欠我半个故事呢，就是那个“某人借助时间机器回到古代买了94枚戒指”的故事，非常有趣，昨天只讲了一半。这人真聪明，他每次都比上一次提前一个小时，向同一个人去买“尚未卖出”的同一枚戒指。“爸爸，要是我有了这个时间机器，就把我最爱吃的蛋卷冰淇淋吃它一百遍，每次只提前半分钟！”

爸爸心不在焉地摸摸他的脑袋，仍然要出门，妈妈不凉不酸地说：

“田田，放你爸走吧，他的心早就飞走啦。”看到丈夫脸上闪过的气怒，田茹干脆地说：“子风，我不想惹你生气，过去我从没有干涉过你。但你不能老是沉溺于过去，你能把这些回忆保持多久？一辈子？让我一年看一次哭丧脸？咱们得找个一劳永逸的解决办法。”她拉过田田，“这事以后再说吧。田田，跟妈走，妈给你讲那个故事。”

机灵的田田看出了爸妈之间的龄龉，很乖巧地收回自己的要求：“爸爸，明天再给我讲吧，再见！”便跟着妈妈走了。田田是他们的希望，也是他们的骄傲。当他还在母腹中时，他们就施以音乐的胎教，两岁教识字，三岁教学棋，如今他才 7 岁，已学完了微积分课程。可以说，夫妇两人的生活重点是放在田田身上的：“我们这一代已经不行了，落伍了，要全力培养儿子，让他茁壮成长，应付 21 世纪高科技社会的挑战。”

而且，这个已经名闻遐迩的神童并不是一个冰冷的机器人，他童稚天趣，妙语解人，一向是爸妈的心尖宝贝儿。凌子风歉然同儿子告别后，走出房门。

1999 年 8 月 20 日晚 10 点 40 分

黄鹤酒家的顾客已经开始退潮，凌子风独占一张靠窗的桌子，醉眼迷离地看着窗外。河水映着岸上和岛上的霓虹灯光，映着天上的星月，对岸的垂柳遮蔽着河湾。10 年前，那个叫若男的妙龄女子就是在这儿遭遇不幸的，全是怪自己该死的疏忽。如果人生能重来一次……但那永远不可能了。

服务小姐笑眯眯地送来一瓶蓝带啤酒：“先生，你要的酒。”

凌子风摇摇头：“不，我没有要。”

身后一个人接口道："小姐，你弄错了，是我要的酒。"

小姐连连道歉，把酒改送到那张桌上。凌子风扭回头向邻桌瞟了一眼，那是一名和他年龄相仿的男子，也在闷头独酌。他的衣着讲究，真丝衬衣，鳄鱼皮鞋，手指上有两个沉甸甸的钻戒。但是很奇怪，他的表情中似乎有一种只可意会的"黑色"，使人感到强烈的压抑。他也在两道浓眉下打量着凌子风，随后笑笑，拎着自己的酒瓶过来：

"原谅我的冒昧，我想两个喝闷酒的男人也许有共同的话题。"

凌子风向他举举酒杯，表示认可他的加入。来人为他斟上一杯酒："说吧，有什么苦恼，不妨向一个陌生的男人诉一诉，这是宣泄感情的好办法。"

凌子风苦笑道："谢谢你。"陌生人正好说出了他的心声，他早就想找一个人宣泄自己的苦恼，沉默片刻后他说："我听从你的建议。喏，就在那儿，就在河对岸，十年前，我同恋人柳若男来游泳，临走，我返回岛上去取遗忘的潜水镜，扭回头却发现若男失踪了！我发疯地游回来，喊叫、寻找，等到从水中捞出来，她已经没有救了。"他的眼眶红了，狠狠地灌下一杯酒说："一个鲜活水灵的可爱姑娘啊，就这么转眼间就没了！我他妈去拿什么潜水镜！十年来，我无时无刻不受内疚折磨。我常想，假如人生能重来一次……"

他的声音哽住了，为了不让对方看到自己的泪水，他低下头闷闷地喝酒。陌生人同情地看着他，低声说："请不要过于悲伤，也许我可以帮你。"

凌子风沉溺于悲伤中，很久才明白了对方的话意："你说什么？你能帮我什么？"

“帮助你重生一次。你不必奇怪，实际上我一直在寻找合适的人以传下一件宝物。你先看看它吧，否则你一定以为我在醉后胡言。”

他从腕上褪下一件东西，从桌面上推过来。

一只魔环。

它的大小相当于一只手镯，膨大处类似于手表的表面，色泽白中泛青，隐隐闪着异光，用手摸摸，光滑坚硬有如玉石，但重量极轻。表面处刻着几个汉字：时间来去器；同相入；异相入；返回。字迹歪歪扭扭，像是初学者的摹写。此外还有一些极小的奇形怪状的符号。

神秘的陌生人说：“知道几年前陕西某县一次很轰动的发掘吗？在修缮著名的天福寺时，在佛塔下发现了唐朝的地宫。这件手镯就是在那儿出土的。手镯盒里还有一张发黄的丝纸的短柬，说这件宝物是一位仙人化胡为佛的至宝：‘仙人凌风子自言亦中土人氏，仗此琢修行凡一千九百九十九年，方脱体飞升，知过去未来之事。仙师蝉蜕之日传此宝于余，余自知福薄不足以持此宝，乃藏诸地宫以待有缘。’你可能已经看出来，这是一件时间来去器，很可能来自于外星人——表面上那些奇怪的符号至今无人能破译，还有人对它的材料做过光谱分析，发现其材料非常奇特，是地球上从未有过的。”他看见了凌子风的怀疑表情，便微笑道：“这个故事太离奇，我也曾和你一样怀疑过。好在它的功能是很容易证实的，我们马上可以进行实验。”

凌子风在心里微微冷笑，他想此人编了这么动听的神话，一定是想把这个“宝物”卖一个大价钱，可惜我不是那么轻信的人。他说：“当然，我很愿意相信。能否告诉我，这个宝物是如何传到你手里的？”

那人脸上掠过一道阴云，苦涩地说：“没什么离奇的，就像你我今天之间的情形一样，是一个陌生人的无偿馈赠。他说我是第九个持宝者。至于这九个人得到魔环之后的经历，你就不必问了，其中都有不愿告诉他人的隐情。”

他的表情十分晦暗，凌子风不再追问，换了一个话题：“它是如何使用的？”

“非常容易，先用按钮调到你想返回的时间，再按一下‘异相入’钮即可。先生，我建议咱们一块去你想要返回的地方，来一次现场实验，如何？”

两人从正阳桥上步行过去，20分钟后到达那个荒凉的河湾。我一定中邪了，凌子风想，我竟然相信这个离奇的神话。不过那个人的言谈中有一种特殊的味道，也许是他的表情中一直浸泡着晦暗和苦涩，他也从未去稍加掩饰。这不像是一个骗子的表情。

清澈的河水抚摸着岸边的细砂，月光下野草绿得十分柔和。虫声暂停片刻又复唧唧。他想到十年前那个夜晚，泪水不由盈眶欲出。陌生人同情地看着他，轻声说：

“可以开始了。现在是1999年8月20日晚上11点01分，请问那位姑娘遭遇不幸的时间？”

“1989年10月15日，晚上10点20分。”

“准确吗？”

凌子风苦笑道：“我绝不会记错的。”

陌生人飞快地调好时间，屏幕上打出“10 － 15/1989 22：20”。“喏，就是这样调整。我冒昧地建议，你第一次返回时，让我陪你一块去，我可以帮你熟悉机器的使用方法，应付一些不测事件，好吗？那么，我要摁下‘异相入’按钮了。”

凌子风微嘲地看着陌生人一本正经地点下那个按钮，好，我在等着你说的神话实现。他忽然吃惊地感到，眼前的景物一阵抖动。

1989年10月15日，晚上10点20分。

抖动的景物很快复原，他惊疑地看着陌生人，等着他的下一步动作。陌生人平静地说：

“已经到了，请你看看，是否到了你想去的时间。”

这时凌子风才注意到，眼前的景色变了。或者说，景色变得虚浮了。河岸上的树木和野草似乎是实影和虚影的叠加，暮色已重，河面上映射着星月和对岸的灯光。水中没有人，但岸上放着一堆衣服，有男人的长裤，也有女人的艳色衣裙。远处扬起白色的火花，两个人影从暮色中钻出来，已经能看见前边是一位姑娘，穿着米黄色的游泳衣，腋下套着红色的游泳圈，一位小伙子在后边推着她，一边用单手划水。人影越来越近，可以看到两人谈笑风生——却听不到声音，就像在看一场无声电影。

忽然，凌子风如遭雷击，绷紧了全身的肌肉，死死地盯着两人，他已经辨认出，那正是25岁的自己和恋人若男。两人游到浅水处，站定，笑着拥抱接吻。救生圈横在两人中间，十分碍事，若男随手取下来，扔到身后，然后又是一阵热吻。“那个”凌子风把女友抱起来，放到岸上。两人交谈几句，他拍拍脑袋，返身向小岛游去，一串水花渐渐隐入水中。

虽然他看到的是另一个凌子风，是25岁的凌子风，但35岁的凌子风清清楚楚地知道，那人是去取遗忘在岛上的潜水镜，这正是悲剧的开端，他应该赶紧去把那个糊涂虫拉回来！但他好像在噩梦中被魇住了，恐惧地盯着这一切，却说不出话。

他们现在的位置离若男只有十米左右，但若男似乎视而不见，她脸上挂着甜蜜的微笑，哼着歌子，旁若无人地脱下泳衣，用毛巾擦拭身体。在若男去世前，两人的恋爱一直保持在柏拉图式的精神恋爱阶段，他从没有见过若男的裸体。所以这会儿他不由垂下目光。他看见陌生人也从那儿收回目光，忧郁地望着自己。

若男忽然看见红色的游泳圈正向下游漂走，她未加考虑，立即跳下水去追赶。直到这时，凌子风才从梦魇中惊醒，撕心裂肺地叫一声：

“不要下去！”

便和衣跳入水中。但若男视而不见，听而不闻，仍自顾小心翼翼地追赶救生圈。她忽然脚下一滑，身子倾斜着，眼看就要没入水中。

凌子风已经赶到她的身边，立即扑过去，用力抱着她的身体……若男的躯体像一团光雾，轻飘飘地穿过他的拥抱，他用力过猛，跌入水中，激得水花四溅。

这儿是一个回水潭，深度已经没顶。他在水中慌忙爬起来，转身，看到若男的头发和手臂尚在水面上，他急忙扑过去……又是一场空。

水面上两只手臂在拼命摆动，随之下沉；又挣扎出来，又下沉。凌子风发疯地嘶声喊道：

“若男！若男！”

手臂已经消失，只余下长发在水面上又飘浮了一会儿，然后缓缓沉下去。凌子风在这片水域疯狂地寻找，游过来，窜过去，用手摸，用脚踢，除了能真切感到水的阻力外，什么也摸不到。他大口喘息着，惶然四顾，见最后一串水泡从不远处冒出来，他再次扑过去，还是一团空。

他真正疯狂了，两眼血红，血液上冲，太阳穴似乎要炸裂。他不能眼睁睁看着恋人在眼前死去，看着她“再一次”死去。他声音嘶哑地哭喊着，狂乱地寻找着。抬头看见陌生人仍留在岸边，怜悯地看着他，他不由暴怒地喊：

“你这个混蛋，你这只冷血动物！快下来帮我呀，若男马上要被淹死了！”

陌生人跳下水，捉住他的双手，怜悯地说：“不必寻找了，那是徒劳的。你看到的景物有虚有实，虚景与我们不同相。不信的话，你看看水面，你仔细看看。”凌子风低头看看水面，发现真实的水面上似乎漂浮着一层若有若无的河水，陌生人用手从这层水中舀水，但手中却是空的。他说：

“看见了吗？眼前的景象是两个异相世界的叠加，我们只能感受到下面的真实河水，上面一层是空的——据此判断，这条河的水面比十年前降低了。你再看岸上的树，那棵大树中是否有一棵小树的幻影？那是这棵树十年前的影像，你只能看到却摸不到……喂，那个凌子风已经返回了。”

“那个”凌子风从岛上返回，发现了若男的失踪，他发疯般游过来，哭喊着寻找，在这个荒凉的河湾里再次上演了刚才那一幕悲剧。有时，这个疯狂的男人就在他们的身体里穿过，但双方都丝毫没有感觉。35 岁的凌子风现在成了观众，绝望地看着舞台上的自己。观众的痛苦与角色的痛苦丝丝入扣，他禁不住热泪双流。

20 分钟后，那个凌子风终于从水中捞到若男的身体，抱着她趺趺撞撞地涉水上岸，把她平放在草地上，开始施行急救。真实的凌子风不由也想扑过去帮助，但陌生人拉住他，摇摇头说：“没有用的。”

那个凌子风哭着，唤着，几乎完全失音了。他一刻不停地按着若男的胸膛，伏在她口唇上度气。真实的凌子风走过去，也蹲在若男的身体前，他的热泪穿过两人的身体，滴湿了若男身下的土地。他清楚那个无可逃避的结局。

远处有人听见呼救声跑了过来，是一个45岁左右的男人。他试试若男的鼻息，趴下听听她的心脏，又翻开眼皮看看瞳孔，然后摇摇头，把近乎癫狂的凌子风硬拉到一边，从地上捡起衣服盖住若男的裸体。

35岁的凌子风不忍再看下去，他猛然揪住陌生人的胸口，愤恨地说："你为什么要带我回到这儿？既然我对眼前这一切完全无能为力，你带我回来干什么？"

陌生人温和地说："先生，请冷静，请冷静一点儿。"他掰开凌子风的手，迟疑地说，"这并不是魔环的全部魔力，你也可以进入十年前的相世界，虽然……"

凌子风不敢相信自己的耳朵："你说什么？我也能和他们同相？能把若男从水中救出来？"

陌生人肯定地说："能，只要刚才你按动的是另外那个'同相入'按钮，你就能进入十年前的相。你会和25岁的凌子风合而为一，但仍保持着35岁的记忆。因此，你肯定来得及把若男救出来……"

凌子风喜极而泣："真的吗？真的能救活她？"他迫不及待地说，"那咱们还等什么？快带我进入吧，我会永生永世感激你！"

河滩上又来了几个人，他们无声地安慰着凌子风。有人找来一副担架，他们抬上若男的遗体走了，那个凌子风泪流满面，神情痴呆，踉踉跄跄地跟在后边。陌生人说："你不要着急，咱们先返回吧。"

他按下返回键。

1999 年 8 月 20 日晚 11 点 02 分

眼前的众人立即消失，景物依旧，但不再有虚浮感，就像摄影镜头突然调准了焦距。陌生人接着刚才的话说：

“在实施‘同相人’之前，我必须把该说的话说完，否则对你是不公平的。要知道，对于一般人，对于正常的人生，无论是幸福还是不幸，属于他只有一次。在它们来临前，你尽可以努力去追求它或者是躲避它，你的努力也能够影响你自己的人生进程。但一旦成为既成事实，它就是宿命的，不可选择的。用量子力学的术语，就是‘你所处的环境已发生了不可逆的坍缩’。不过，一旦你持有魔环，有了对‘过去’重新选择的机会，一旦可以随心所欲地挑选‘已失去的’幸福，逃避‘已降临的’不幸，那就会造成新的错失和迷乱，很可能你并不能得到幸福，甚至陷入新的痛苦。”他苦笑道，“我并不是一个哲人，这些道理只是我持有魔环之后的人生总结。据我所知，已经有幸持有魔环的其他 8 个人，其经历都是很痛苦的。所以，在按下‘同相人’按钮之前，希望你慎重考虑一下。”

凌子风坚决地说：“我毋须考虑，只要能救得若男的生命，即使堕入十八层地狱也无怨无悔！”

陌生人苦笑着摇摇头：“好吧。其实，我知道劝不转你的，就同上一个传宝者劝不转我一样。你也只有经历了一次‘坍缩’之后才能觉悟。在你实施‘同相人’时，我就不能陪伴你了，何时你有疑难，只需按下返回键即可。我一定仍在这河边等你——因为返回的时间不会计入现在的真实时间，所以，即使你在‘过去’徜徉 10 年 20 年，等你一按返回键，你仍会准确地在此时此地出现。先生，在使用方法上还有什么疑问吗？”

“没有了。”

“还有一点，当你决定放弃这具魔环的所有权时，必须为它找一个新的持有者，就像我找到你一样。这是那封短柬上的要求。”

“好，我一定做到。”

陌生人把魔环的返回时间调定到1989年10月15日，晚10点23分，递给凌子风说：“戴上它，你可以按下同相入按钮了。”

凌子风戴上魔环，虽然他对自己的决定毫不犹豫，但陌生人的话使他免不了心中忐忑，他凄然笑道：“还没有告诉你我的名字，我叫凌子风，凌云的凌，儿子的子，风雨的风，住在本市卧龙路。如果我回不来，烦请你通知我的妻子。”

陌生人摇摇头说：“不，你一定能回来的，这只魔环绝对可靠，我所说的‘痛苦经历’不包括这方面的内容。你记住现在的时间：1999年8月20日晚11点02分，我会在此时此地等你。”

凌子风留恋地望望四周，然后决然按下“同相入”按钮。

1989年10月15日，晚10点23分 同相入

他看见那个凌子风在与若男拥抱接吻。眼前景象摇荡一会儿，复归平静。那个凌子风已经消失——实际上是他消失了，他已与25岁的凌子风合而为一，但仍保持着35岁的记忆。

现在，若男的身体在他的拥抱中已经有了重量，他能感觉到她光滑的脊背，饱满的胸脯，能听到她怦怦的心跳。周围的景物清晰实在，不再像上次返回时那样虚浮和重影。若男推开他，羞涩地说：

“我要换衣服了，你不许看。”

他笑道："我决不偷看。唷，潜水镜忘到岛上了，我这就去取。在回来前你一定能换好衣服的。"

他转身跳入水中，向岛上游去，转眼间游过了 50 多米。忽然 35 岁的意识浮出脑海：你不能去，你怎么这样糊涂？你这一去就会铸成终生大错！他浑身一激凌，猝然回头，看见若男正在水中追赶那只游泳圈。他失声惊呼：

"若男，快回来！"

若男侧过头看看他，未及答话，忽然脚下一滑，陷到深水中。凌子风立即用尽全身力气飞速游回去，两臂像风车一样抡动，打得水花四溅。他的心被恐惧撕咬着，担心自己改变不了"已经发生"的事，担心这幕悲剧仍像上次那样从容不迫地演下去，不管观众如何摧心碎胆……但这次他不再是那个毫无参与机会的观众了，等他赶到，若男仍在水中挣扎，他急忙架住若男的胳臂，把她送上岸。

若男脸色苍白，目光中透着惊惧。凌子风一下子搂住她放声大哭："若男，我总算把你救活了啊，谢天谢地！"

他的热泪像开闸的河水，汹汹地往外淌，浇在若男赤裸的双肩上。若男忽然悟到自己还是裸体，她脸庞发烧，忙推开恋人，羞涩地命令："快扭过脸，我还没穿衣服呢。"

等她匆匆套上 T 恤衫和裙子，凌子风仍低着头蹲在地上，肩膀猛烈地抽动，热泪仍汹涌奔流。若男很为他的这份真情感动，屈腿偎在他身边，搂着他的双肩，温柔地擦去泪水，低声劝道：

"值得这样么？好像我真的淹死了！其实，你不来，我也能挣扎出来的！"她好强地说。

凌子风抓住她的双手，哽咽着说："我总算把你救出来了，10

年来这件事一直没日没夜地折磨着我，现在我总算补救过来了！”

若男惊讶地看着他，用手在他面前挥动，看他是不是在白日做梦。她嗔道；“你在胡说些什么呀，莫非你神经错乱了？”

凌子风仍在猛烈地啜泣着，没有回答。他怎么回答？说站在若男面前的是从10年后返回的另一个凌子风？诉说自己10年来的自责和内疚？诉说自己不久前还绝望地又一次目睹了她的死亡？

若男也觉察到，这个男人的痛苦十分深重，十分阴暗，这条粗大的痛苦之蟒是从那人的心灵深处爬出来的，紧紧地箍着他，使他无处逃避。这都是因为那场仅仅3分钟的虚惊。若男又一次被感动了，她乖巧地偎在恋人怀里，温声说：

“不要难过了，我不是好好的嘛。穿上衣服吧，时候不早了。”

凌子风转过身，默默穿上衣服，这具25岁的躯体稍微瘦削一点儿，不过肌肉比十年后较为强健。他把救生圈放了气，捎在肩上，低声说：“走吧。”

若男没有动，她在月色中定定地看着恋人，忽然大笑着纵体入怀：“子风，今天我才知道你是多么看重我。”她笑着宣布，“对你的考查期已经结束，我决定了，要嫁给你！”

她看到凌子风忽然又热泪滚滚，神情十分惨淡，便奇怪地问：“怎么了？你今天怎么变成眼泪包了？”

凌子风擦干泪，勉强笑道：“我也不知道，今天就像一个爱哭的娘们。”

若男，请原谅，我们就要分手了，我在自己的人生大文章中涂改了“一句”，弥补了我一生中最大的抱憾。但我不可能涂改整篇文章，那边的田茹和小田田已经和我的生活不可分割了。凌子风强抑悲酸，笑着，闲聊着，把若男送回家门口。

若男和她吻别后，仍恋恋不舍地望着他。今天的小小灾祸让她窥见恋人的炽热情意，窥见恋人对她的珍视。她一定要与凌子风白头偕老。她忽然面孔红红地邀请："今晚愿意留在我这儿吗？我有钥匙，爸妈不会知道的。"

凌子风有点手足无措，若男的目光就像火炭一样，烫得他低头躲避。他迟疑地说："若男，我真想……可是不行，我要走了。"

他逃也似地转身走了。若男盯着他的背影，虽然不舍得，更多的是感动。他真是一个又至情又至诚的君子，和他在一起，这一生肯定是幸福的。等若男开门进去，躲在阴影里的凌子风立即按下返回键。

1999年8月20日晚11点03分

空间一阵抖动，他现身在陌生人面前，手表指着11点03分，仍是他离去的时间。陌生人探询地问："你的那位恋人救出来了？"

凌子风点点头，面上却了无喜色。停了很久他才说："我救了她，又必须和她分手。我不能抛弃'真实世界'中的妻儿。"

陌生人没有说话，非常理解非常同情地看着他。过了一会儿，陌生人说："那么，如果你愿意留下魔环，我就要告辞了。请记住我对你的要求。"

凌子风急急地说；"请稍等……真实生活中我是在若男去世三年后结婚的，我想再到那个时刻看看，我仍然有点放心不下，好吗？"

陌生人同情地说："好吧，我可以再陪你一会儿。请你调整时间吧。"

1991年12月8日，晚12点，同相人。

闹新房的人总算都走了，子风关上房门，把田茹揽入怀中。烛光映红了她的面庞，她幸福地微笑着，子风也是满腔喜悦。

时间是最好的治疗剂。他和若男分手后，那长久的、刀割一般的痛苦，在三年后总算基本治愈了，可以和田茹共结连理了。

他知道若男至今仍是独身——当然是为了他，这使他十分内疚。但他没有别的办法。因为在人生大文章的“原文”中，他是和田茹绑在一起的，怀中这个娇小的女人会疼他爱他，为他生一个非常聪明的儿子，也会为他对若男的思念吃一点干醋……他不能逃避自己的责任。

田茹已经疲惫不堪，但被喜悦之火燃烧着，仍然不思入睡。她偎在子风怀里，时时抬起头吻吻他：“子风，你睡着了吗？”

“嗯，睡着了。”

田茹哧哧笑着：“睡着了，是不是在说梦话？”

“嗯，是在说梦话。”

田茹两眼发亮地看着天花板，很久又冒出一句：“子风，你会爱我一辈子吗？”

“当然。”

“可是我总怕你会半路上抛下我，还有咱们的儿女。”

“是儿子。”

“儿子？你就这样肯定？”

“当然肯定。田茹，别说傻话了，咱们一定会白头到老的。睡吧。”

田茹真的入睡了，凌子风却难以入眠。他选择这个时间返回，并不是为了证实自己同田茹的婚姻——那是无须怀疑的——而是想知道若男的命运。他等田茹睡熟，轻轻下床，想去客厅打电话。就在这时，电话丁铃铃地响起来，在静夜里显得十分响亮。他急忙拿起话筒，轻声说：

“喂，哪一位？”

对方平静地说：“是我，柳若男。没打扰你们的休息吧，我只想祝福一声，祝你们夫妻恩爱，白头偕老。”

凌子风愣住了，一时不知道该如何回答。田茹睡意浓浓的睁开眼，立即以女人的敏感猜到对方是谁。她从丈夫手里接过电话，问：“是若男姐姐吗？”

“是我，田茹妹妹，祝你们幸福。”

田茹真挚地说：“若男姐姐，我知道你与子风的那段感情，这不会妨碍我们成为好朋友。明天请你来家玩，好吗？”

“谢谢，我明天要出远门，等回来再说吧。再见。”

对方挂了电话，田茹仍拿着话筒发愣。若男的声音太平静了，是那种超越生死的平静。一分钟后，田茹忽然震惊地喊道：“子风，若男姐怕是要寻短见！”

几乎同时，凌子风也凭直觉猜到了这一点。田茹急急地说：“子风，我们打电话再探探她的口气，行不行？她的号码？”

凌子风在急切中竟然记不起来了，自从两年前和田茹结识，他便有意无意把那个电话号码放在脑后——但他没想到自己竟然能忘记！他苦笑着，从西服口袋里掏出记事簿，查出那个极为熟悉的号码。

他们一遍又一遍地拔着号，没人接。五分钟后，凌子风下了决心：“看来，我不得不去一趟了。茹，请原谅，新婚之夜我还要……”

田茹打断他的话：“不说这些了，我和你一块儿去！”

已经是凌晨一点，他们在街口的寒风中等了十分钟，急得直跺脚，才看到一辆出租从街角拐过来，两人立即跳到路中间拦住车：“师傅，去育水河边！”

出租车司机是一个瘦小的中年人，他怀疑地看看两人，委婉地说：“出租车夜里不出城，请原谅。”

凌子风一把拽住司机的胳臂，央求道：“求你去一趟，我们是去救人，有一个女人要在那儿自杀！”

田茹也眼泪汪汪地求告：“司机大叔，求你啦！”

司机看两人不像是坏人，一咬牙说：“好吧，上车！”

夏利车飞快地开到育水河边，在正阳桥上过河，停在那个荒凉的河湾。接电话后，凌子风凭本能立即猜到，若男若是寻短见，一定会来这个地方，来到这个回荡着恋人情意的河湾。但河边静悄悄的，没有任何动静。河水静静地流淌，闪烁着星月之光，狗尾草在秋风中摇摆着。虫声暂停片刻后，又复唧唧如织。司机不愿在这儿多停，催促道：“没事吧，没事就走。”

两人仍不死心，沿着岸边苦苦寻觅着蛛丝马迹。田茹眼尖，忽然喊道：“子风，衣服！你看那是一堆衣服！”

岸边果然有一堆衣服，凌子风一眼就看出，这正是那晚若男穿的。衣服整整齐齐叠放在那儿，下面是蛋青色的风衣，然后是裙子和T恤，最上面是玫瑰红的内衣和红色的游泳衣。这些整整齐齐的衣服无言地诉说着若男的决心，她跳入河水时一定是心如死灰。凌子风欲哭无泪，目光发狂地盯着已经复归平静的河水。好心的司机十分着急，可惜他不会水，便着急地催促凌子风：

“还等什么？你也不会水吗？车上有绳子，我拉着你下去！”

凌子风苦涩地摇摇头，他知道已经晚了，即使跳下去捞出若男，肯定已是面色青紫的尸体。他会哭着施行急救，却终无回天之力。四年前的那个场景浮现在眼前，与真实交叉搅和，几乎分不清哪是彼哪是此，哪是真哪是幻。在这一瞬间，凌子风果断地做出决定，他把田茹紧紧搂到怀中，像大哥哥似地吻吻她的额头，深情地说：

“田茹，再见！”

便抬起手臂按下返回钮。在片刻的虚空摇曳中，还听见田茹在尖声叫喊：“子风！你到哪儿去了？子风！”

1999 年 8 月 20 日，晚 11 点 04 分。

晚风习习，河滩上绿草如茵。凌子风低头躲避着陌生人的探询目光，低语道：

“我还要返回到十年前，我要和若男结婚，我不能眼睁睁看着她为我殉情。”他说得很急，似乎怕自己改变主意。“至于田茹，她和我结婚是在此后，如果我根本不在她的生活里出现，那她就不会有任何痛苦。我说的对吗？”

他哀求地等着陌生人的判决。陌生人迟疑地说：“从理论上说，你说的完全正确。只是……”

凌子风匆匆打断了他的话：“谢谢你，我要调整时间了。”他低下头，很快把时间调定到 1989 年 10 月 15 日晚 10 时 24 分，按下“同相入”钮。

1989 年 8 月 20 日晚 10 时 24 分 同相入

若男感动地说：“今天我才知道，我在你心目中的分量是这样重。”她笑着宣布，“考验期到今天结束，我决定了，要嫁给你！”

凌子风默默地为她披上风衣，没有说话。若男不解地望着他，佯怒道：“怎么啦？听到我的决定，你好像一点也不高兴。”

凌子风把她搂到怀里：“哪能不高兴呢，我当然高兴。”

我真的高兴。从此我可以和你在一起，像平常人那样生活。我不会为“另一篇”文章中某个女人的命运而自责，我不再能预知儿女的性别，也会像别人那样揣测、期盼，在产房外焦急地等待结果……他再次说：

“我真的很高兴。我相信咱们一定会和和美美过一辈子，等咱们满头白发，你会瘪着没牙的嘴巴说：老头子呀，这辈子你娶了我，后悔不后悔？”

若男立即压着嗓子，学着凌子风的粗嗓音说：“老婆子呀，你哪，嫁给我后悔不后悔？”

两人都笑了，但若男的笑声是透明的，纯真的，凌子风的笑声却透着几许苦涩。

20分钟后，凌子风把若男送到她的家门口，说：“再见，我要走了。出租车还在街口等着哩。”

若男恋恋不舍地抱着他，忽然面孔红红地邀请：“要不，你今晚留下来？我有钥匙，爸妈不会知道的。”她又补充道，“知道了也没关系，我对他们说，我明天就嫁给你！”

凌子风很感动，他回头打发走出租车，然后跟在若男后边，轻轻打开门锁，蹑手蹑脚地进屋。听见若男妈问一声：“男男回来了？厨房里有饭菜。”

若男急忙说："妈，我不饿，我困了，这就去睡觉。"

关了卧室门，两人立即无声地笑着，拥作一团。他们和衣躺在床上，絮絮地低声说着古老的情话。慢慢地，若男的声音变得滞涩，浸透了睡意，终于歪过头睡着了。凌子风却全无睡意，他从若男颈下轻轻抽出胳臂，极轻地下床，赤脚走到窗前，遥望着深邃的苍穹。当他以35岁的意识去重复25岁的生活时，他不由想到，也许上帝是最痛苦的。他既然洞晓过去未来，那么，对一桩桩无法避免的惨祸或者是不幸，他一定怀着双倍的痛苦，因为在不幸到来之前他已经在"等待"……凌子风又想到那个叫田茹的女人。如果他自此"目不旁骛"地走完"这一种"人生历程，那么田茹就是一个完全的陌生人，根本不会走进他的生活，因而她也不会对"失去"凌子风有任何感受。但是，凌子风仍然无法铲除一个顽固的念头：他想看看田茹的生活，看看她是否对这一切茫无所知，看看她是否拥有一个幸福的家庭。

若男睡得很甜，很安心，她一定以为自己仍躺在恋人的怀抱中。在这种情形下为另一个女人担心，简直是对若男的背叛。但他还是横下心，把时间调到四年之后，即1993年12月8日晚9点，那是在"另一种"人生中他和田茹结婚的日子。然后按下"同相入"钮。

并没有通常那种虚空摇曳。若男仍在床上酣睡，偶尔呢喃一声。凌子风疑惑地看看表盘，上面打着一行奇怪的符号。忽然符号转换成英文，未等他识读，符号又转换成中文，字写得歪歪扭扭，就像是幼儿的涂鸦：

"调定时间无效，请检查输入指令。"

他想了想，改按了"异相入"钮。片刻之后，表盘上又打出："调定时间无效，只余一次校核机会。"

他不敢再胡来，想了想，决定先返回到出发原点。他恋恋不舍地看看若男——当然，他很快就会返回这儿，他一定会返回这儿。但是，天地无情，谁知道会不会出什么意外？谁知道他与若男这一别是否将成永诀？他犹豫再三，才按下返回钮。

1999年8月20日晚11点03分

陌生人看到他从虚空中现身，这次他的神色比较平静，没有那些内疚、绝望和痛苦。陌生人放下心来，问道：

“请问，你这次……”

凌子风匆匆打断了他的问话，难为情地说：“请原谅我的纠缠不休，我只是想满足一下自己的好奇心，想去看看田茹是否过得幸福。我只用看一眼就放心了，不会陷进去的。但我刚才打算进入1993年时，机器一直显示‘调定时间无效’，我只好返回来请教你。”

陌生人耐心地说：“怪我没有讲清。这个时间来去器只能回到‘过去’，再返回到‘现在’，而不能进入‘未来’。所以，如果你是在1999年得到它，你就只能在1999年之前漫游。1993年当然是‘过去’，但对1989年它又是‘未来’，所以不能从1989年直接进入1993年，必须先返回到真实时间再进入它。现在你就可以去那儿了。不过，你走前我想先和你告辞，你已经不需要我了，我该走了。”

“好吧，谢谢你，再见——可是你怎么同我辞别？你说过，不管我在‘过去’待了多久，等我返回时，仍是离开时的此时此刻。也就是说，你仍在我的面前。”

陌生人说：“对，所以请你等一下，等我离开这儿以后你再按那个按钮。”

凌子风本来就不愿放陌生人离开，他把这人当成他回到真实世界的保障。他立即笑着说：“既然这样，请你再陪我一会儿吧，反正这又不会浪费你的时间，行不行？也许我再次返回时还要请教一两个问题呢。”

陌生人犹豫着，他急欲离开这具魔环，它给持有者留下的可不是什么甜蜜的回忆。但他无法摆脱凌子风的纠缠，因为不管怎样，凌子风总能及时地从过去世界返回并赶上他。他勉强地说：“好吧，不过这是最后一次了。”

凌子风眉开眼笑地说：“谢谢，衷心感谢。现在我要返回到1993年12月8日了——不不，我真糊涂。这一天本来是‘前一种’生活中我同田茹结婚的日子，现在这次婚礼已经不存在了。可是，如果我想看到田茹同别人结婚，我该返回到哪一天呢？我不知道这个时间。”

“你可以用*号代替具体年份，再加一个注解：田茹结婚的时刻，机器会自动搜索的。”

凌子风得理不让人地喊道：“你看，你为什么不早点把所有的秘诀都告诉我呢。下次我返回时，你一定要倾囊而授，以后我就不会麻烦你了。”

他按照陌生人的指点调整好时间，按下“同相入”。这次进入花费的时间稍长，魔环内吱吱地响了一会儿，然后空间一阵抖动。

1992年9月6日上午11点49分 同相入

小点点在水面上踢着脚丫大声叫嚷：“我不嘛，我不嘛，我还要玩水，要玩到天黑！”

若男穿着天蓝色的游泳衣，托着小点点在戏水。两岁的点点面色红润，胳膊像藕节一样白嫩，她玩得很尽兴，头发也打散了，活脱一个疯丫头。若男不解地说："干嘛急着要走？刚刚玩了一会儿，点点还没有过瘾呢。你不是答应她玩一天吗？"

凌子风焦急地说："我刚想起，田茹要在今天中午举行婚礼，我们不能不去的。"

"田茹是谁？"

"到现在为止，她对你我来说还是个陌生人，不过，今后她会成为咱家一个很好的朋友。你不相信我的话吗？"

若男咕哝着说："看你神气的，好像个预言家似的。你那时说我要生个小子，咋会生了个女儿？"

不过，她说是说，实际还是很信服的。不知道凌子风从哪儿学来这些神神道道的本事，结婚近四年来，他确实做过一些很准确的预言，比如1991年的伊科之战，1992年的美国十大畅销影片，等等。现在她相信丈夫说的并非虚言，于是她劝小点点：

"点点，听爸爸的话，你不是最爱看花娘娘结婚吗？那儿有好多好多客人，汽车上都扎着彩球，新娘穿着漂亮的婚纱……"

小点点果然中计了："好吧，咱们走吧，看完结婚再回来玩水，好吗？"

他们给小点点穿好衣服，梳好辫子，叫了一辆出租直奔金鸳鸯首饰店。他知道这儿有田茹最喜欢的那种珍珠项链。项链洁白晶莹，在天鹅绒的首饰盒中闪闪发光，标价是1200元。若男吃惊地说："1200元？子风，咱们也随份子送个200元的红包就行了，哪有人生面不熟的，一下子送这么重的礼？"

凌子风说："听我的，回去后再跟你解释。买吧。"

若男不情愿地掏出长城卡。

他们先到田茹家打听到新房的详细地址，乘出租车急急赶去。等他们赶到时，新郎正抱着新娘进门。田茹一袭洁白的婚纱，娇慵地挽住丈夫的脖颈。他们挤进去，耐心地等仪式进行完，来到新郎新娘身旁，凌子风微笑着说：

“恭喜你们。我们知道得太晚，这就急忙赶来了。一点小礼物，不成敬意。点点，把礼物送给叔叔和新婶婶。”

小点点在妈妈怀中高高举起首饰盒，口齿清楚地说：“祝新郎新娘白头到老，早生贵子！”

这当然是妈妈教的话，来宾们都高兴地鼓掌，田茹和新郎陈习安迷惑地看看对方——他们都以为来客是对方的朋友——接过礼物。凌子风对新娘轻声说：

“请打开它，不知道你是否喜欢这个式样。”

新娘不好意思地打开盒子，立时一声低呼。盒内是一条漂亮的珍珠项链，展开看，正是她最喜欢的样式。她酡颜晕红，衷心地说：“谢谢，这个礼物太贵重了！”

凌子风挥挥手：“不必客气，只要你喜欢，我就放心了。”

是的，我可以放心了。看来田茹对他没一点印象，这串项链也没勾起她的任何回忆——要知道这正是田茹和他结婚时戴的那种式样！不过这并不奇怪，他和田茹的婚姻是在另一个平行宇宙和平行时间里，此时此地的“这个”田茹当然不可能有什么记忆。

新郎的大哥赶忙为新客人安排了座位，喜宴开始了。席上，大哥把凌子风当成了重点对象，频频劝酒。若男竭力抵挡，说：“大哥，他真的不能喝酒，两杯灌下去就要胡说八道了！”

新郎的大哥不依不饶地又敬了一杯：“不行，今天非要一醉方休！

我不认识你们，但我知道你们一定是习安或小茹的好朋友。今天不喝足，就是不给大哥面子！”

凌子风这会儿心境异常轻松，笑道：“若男你别挡，今天我高兴，要陪大哥喝个痛快！”

若男恼火地瞪他一眼，不好再劝。几巡过后，凌子风的脑袋已经胀大，舌头也开始发直。若男十分着急，却劝止不住。更要命的是，新郎新娘也敬到这一桌上了。新郎满满倒了六杯酒，让新娘双手举过来，恳切地说：

“请大哥和大嫂满饮这6杯。抱歉得很，我俩都眼拙，到现在还没有想起大哥大嫂的名字。”

新娘没说话，水汪汪的眼睛紧盯着他。凌子风想，她确实想不起我了，一刹那间微觉伧然，但这点思绪一闪即过。不要再牵挂这个世界的悲欢了，应该高兴的。他与若男，田茹与这位陈习安，一定都会有一个幸福的一生。他接过六杯酒一饮而尽，大笑道：

“你们本来不认得我，咱们之间的缘分是在前生结下的，说来话长，闲暇时再说吧！”

新婚夫妇困惑地笑着，这位仁兄一定是喝醉了，在说疯话。他们又为若男倒了6杯，凌子风又接过来：

“内人不会喝酒，我代劳了吧，祝二位幸福美满，早生贵子！”

12杯喝完，若男扯扯田茹的衣袖，偷偷示意实在不能再灌他了。两个新人不再勉强，转向别的客人敬酒。小点点看见爸爸满脸通红，格格笑着，点着爸爸的鼻子：“爸爸喝醉了，爸爸是个大酒鬼！”

凌子风威胁地说：“不许胡说！谁说我醉了？”

若男调侃地说：“爸爸没醉。醉人管不住自己的嘴巴，尽说废话，点点，你看爸爸，一定能把嘴巴闭上！”

凌子风倔强地说：“我当然能闭上。”他闭紧嘴巴不再说话。

我没有醉，我只是高兴。我们三个人都有了圆满的结局。田茄会心安理得地和“新”丈夫生活，为他生儿育女，白头到老……不对，这里有一点点不对，是什么呢？……早生贵子，早生贵子……

新人们敬完一圈，说：“失陪，各位请吃好。”便要转到另一桌去，经过凌子风的身边时，他忽然抓住新娘的手，急急问：“田田呢？”

新娘吃惊地瞪圆眼睛：“什么田田？”

若男知道丈夫醉了，怕他做出什么失礼的举动，忙来拉他，但凌子风的手掌像铁箍一样箍住田茄的胳臂，恼火地说：“当然是咱们的儿子田田，那个最聪明最逗人爱的小神童，你怎么能忘了呢？”

满座皆惊！新娘面色苍白，强忍住眼泪，这个素不相识的人为什么专程来搅混她的喜宴，败坏她的名声？新郎和若男都双目冒火，他们对凌子风的醉话有几分相信，因为那件1200元的贵重礼物本来就惹人生疑。几个邻座的小伙子已经逼过来，摩拳擦掌的，要来教训这个厚颜无耻的流氓。新郎倒还冷静，不愿在吉日良辰把事闹大，便抑住怒气，拦住那几个小伙子：

“他是喝醉了，满嘴胡扯，大林，你们几个把他架出去。”

凌子风看到满座的敌意，他挥挥手，不耐烦地解释：“你们误会了，新郎你也别多心。我没喝醉，也没认错人，就是这个田茄，一点儿也不错。不过她生田田的事发生在另一个宇宙内，另一个平行时间内，此时此地的田茄并不知道。”他恍然大悟，捶着自己的脑袋，“是我糊涂了，既然这样，我问她有什么用？我得去那个平行时间里去找田茄。”

他颓然坐到椅子上，开始急急地调定魔环上的时间。一座人迷惑不解，不知道他是真疯还是假醉。若男强忍住泪水，真想抱上点点一走了之。但她看见几个壮小伙子正向丈夫逼近，怕他吃亏，不敢离开。凌子风对这一切充耳不闻，自顾按下魔环的“返回”钮，他在这个世界里最后听到的是点点的哭声：

“爸爸！爸爸！你到哪儿去了？”

1999年8月20日晚11点05分

醉醺醺的凌子风忽然现身在陌生人面前，陌生人很奇怪，两人从黄鹤酒家步行过来时，凌子风并没有多少醉意，那么，他的醉意是从“过去”带来的？从理论上说这完全不可能，因为一个时间旅行者在返回现在的时候，应该完全恢复出发前的形态。但眼前这个人却分明满身醉意，他口齿不清地急急忙忙地说道：

“我要找田田，我的儿子田田。先生，怎样才能找到我的儿子田田？”

陌生人苦笑地端详着他，似乎不相信他是如此弱智。他说：“我想凌先生在返回过去之前，对此该有一点最起码的了解吧。你已经按自己的意愿和若男结了婚，和她有了一个可爱的女儿小点点。田茹已经和你没有任何关系了，自然不可能有什么田田。”

凌子风急急地打断他的话：“我知道我知道，可是，田田是个少见的神童啊，他很可能成为爱因斯坦那样的科学家，在人类历史上写上自己的名字。这种神童是很难得的，怎么能让他悄无声息地消失呢？”

陌生人断然说：“很遗憾，这件事情无法可想，当你决定救下若男并和她结婚后，田田就根本不存在了！”

凌子风的神情已近于癫狂，喃喃地说："那么是我杀了他？实际上是我杀了他？"

陌生人已经不耐烦了："怎么能这样说呢？从概率上说，你和无数女人都有结合并生儿育女的机会。但这无数个可能的组合中只有一个会成为既定事实。当你的生活发生这么一次'坍缩'后，也就斩断了其他婴儿的出生之路。你能说这无数有可能出生但未能出生的婴儿都是你杀死的？"

"我知道，我知道，但田田毕竟已经出生并活到七岁了呀！"

陌生人冷冷地说："很抱歉，我不能帮你什么忙，我劝你不要有太多的欲望，下决心挑选一种生活，目不旁骛地过下去吧。另外，请你记住，不想再拥有它时，要为它找一个新的主人。凌先生，我要同你说再见了。"

凌子风彷徨无路。他很想按陌生人所说，挑选仅仅一种生活。但挑选哪一种？几种生活已经揉来搓去，弄得皮破肉烂，不堪入目。更要命的是，不论挑选哪一种生活，他都不可能"目不旁骛"，他都要操心另一种生活中亲人的命运，牵肠挂肚，摧心裂肝，一直到他疯狂。

他如果挑选第一种生活，就要认可若男的死亡；

他如果挑选第二种生活，就要扼杀田田的生命。

十年前，若男的不幸使他痛不欲生，但毕竟那是一个不可抗拒的意外。而现在，若男或者田田是否死去却是取决于他的决定，他该如何选择？该留下哪一个而"杀死"哪一个？

陌生人看见了他的绝望和无奈，作为一个过来人，他当然能深深理解，但是爱莫能助。他叹口气，又说了一遍：

“凌先生，再见。”

便转身走开。走了十几步后，他才听到凌子风的回答，像是答话，又像是自语：“再见。我要把这个不祥的东西送回原地，不让它再害人。”

陌生人立即领悟到这句话的含义：如果他想把魔环留在唐朝，那他自己也不可能返回了，他是以这种自我牺牲来求得解脱。陌生人觉得内疚，毕竟是他造成这种局面，他想尽力劝劝凌子风，扭回头，那个地方已经空无一人，只有空气还在微微振荡。

凌子风已经走了。

陌生人默默地等了一会儿。如果凌子风是在一时冲动下做出这个决定，也许他随后会后悔，会使用魔环返回这里。十秒后他仍没有返回。他永远不会再回来了。陌生人忽然想到天福寺地宫中那封短柬，直到这时，他才恍然悟到短柬的含义：

“仙人凌风子自言亦中土人氏，仗此琢修行凡一千九百九十九年，方能脱体飞升，知过去未来之事。”

当时他就纳闷，为什么凌风子修行的时间有零有整，是如此准确的一千九百九十九年？现在他明白了，仙人并不是什么凌风子，而是凌子风；他于1999年得到魔环，在绝望中回到唐朝并死在那里。临死前他肯定对某人（很可能是位僧人）讲述了自己的经历，留下魔环；而那位对高科技一窍不通的唐朝和尚把这些话半生不熟地吞下去，写出那封短柬，与魔环一起葬在天福寺地宫。

然后，魔环在20世纪80年代被发现，几经辗转，来到凌子风手里。这是一个闭口的时间循环，周而复始，没有开头和结尾。至于外星人的这件宝物是何时添加在这个循环中？恐怕只能是一个解不开的谜。

远处出现了汽车灯光，一辆黄色的出租车开过来，停在河边。一高一低两个人影从车上下来，然后出租车转过灯光，把大灯对准岸边，那两个人影在光柱中蹒跚地走过来，边走边喊：

“子风！爸爸！你在哪儿？”

听得出一个是女人，一个是小孩。小孩的声音很尖，无法辨出是男孩还是女孩。陌生人知道这是凌子风的家人来寻找他，但究竟是若男和点点，还是田茹和田田？他不得而知。

他知道自己留在这儿将会很尴尬，凌子风的妻子肯定不会相信她的丈夫已经到了唐朝，说不定，她会把这个可疑的陌生人当成杀人凶手。陌生人苦笑一声，悄悄离开岸边，走了很远，还听见两人焦急绝望的喊声。

图书在版编目（CIP）数据

平行世界/ 何夕等著.—北京: 北京理工大学出版社, 2017.6（2023.10重印）
（虫·科幻中国）
ISBN 978-7-5682-3957-8

Ⅰ.①平… Ⅱ.①何… Ⅲ.①科学幻想小说-中国-当代 Ⅳ.①I247.5

中国版本图书馆CIP数据核字(2017)第081692号

出版发行 / 北京理工大学出版社有限责任公司
社　　址 / 北京市海淀区中关村南大街5号
邮　　编 / 100081
电　　话 /（010）68914775（总编室）
（010）82562903（教材售后服务热线）
（010）68948351（其他图书服务热线）
网　　址 / http: //www. bitpress. com. cn
经　　销 / 全国各地新华书店
印　　刷 / 北京欣睿虹彩印刷有限公司
开　　本 / 880毫米×1230毫米　1 / 32
印　　张 / 9
字　　数 / 185千字
版　　次 / 2017年6月第1版　2023年10月第7次印刷
定　　价 / 39.80元

责任编辑 / 李慧智
文案编辑 / 李慧智
责任校对 / 孟祥敬
责任印制 / 李志强